人生无处不诗意

郑永涛 著

中国言实出版社

图书在版编目（CIP）数据

人生无处不诗意/郑永涛著. --北京：中国言实出版社，
2023.10

ISBN 978-7-5171-4607-0

I.①人... Ⅱ.①郑... Ⅲ.①散文集-中国-当代 Ⅳ.①I267

中国国家版本馆 CIP 数据核字(2023)第 191978 号

人生无处不诗意

责任编辑：李　颖
责任校对：薛　磊

出版发行：中国言实出版社
　　地　　址：北京市朝阳区北苑路 180 号加利大厦 5 号楼 105 室
　　邮　　编：100101
　　编辑部：北京市海淀区花园路 6 号院 B 座 6 层
　　邮　　编：100088
　　电　　话：010-64924853（总编室）　　010-64924716（发行部）
　　网　　址：www.zgyscbs.cn　　电子邮箱：zgyscbs@263.net

经　　销：新华书店
印　　刷：河北赛文印刷有限公司
版　　次：2024 年 01 月第 1 版　　2024 年 01 月第 1 次印刷
规　　格：710 毫米 × 1000 毫米　　1/16　　17 印张
字　　数：200 千字

定　　价：78.00 元
书　　号：ISBN 978-7-5171-4607-0

秋风凉冷问真源

——《人生无处不诗意》的"潜台词"

张继合

郑永涛先生，年轻，能干。比花开花落的速度都快，眨眼间，最新散文专著《人生无处不诗意》正式出版了。常说，功夫总与收获画等号，新作面世，他确实潜心耕耘、辛苦创作了很长时间。如此收获，来之不易。这并非他的首部散文集，而是最新鲜、更大胆的知识备注与创作尝试。

2021年10月，他的首部专著《土生土长》由天津人民出版社出版——一本丰厚、地道的乡土情怀"大集合"面世。眼下，《人生无处不诗意》迅速付梓，书中囊括了这位青年作家尝试、修正、创新与突破的博大胸怀。正如清代《西岩赘语》所说："悟从疑得，乐自苦生。"尽管"疑"与"苦"，绝非轻松、舒展的过程。

读书作文，本是件苦差事。苏轼一辈子陷入复杂的政治漩涡，曾写诗自况："人生到处知何似，应似飞鸿踏雪泥。"高空飞鸿，轻踏雪泥，这种小心翼翼的姿态，既大胆，又飘忽，好像没扎下根儿。古代，风行诗词歌赋；当今，流行散文随笔。跨时代的文字，却从未逃出"匆忙而飘忽"的小圈子。对作家与受众而言，假如有力气，不如赶紧忙活——时不我待呀。殊不知，辛苦多年，作家未必能出手更体面、很动人的成品；倘若怕麻烦，干脆甩手远去，毕竟，笔墨文字，堪称天下最廉价、最奢侈的名利道具。

永涛先生年轻，不但敏感、勤奋，而且有品、有才。囊括乡情的散文随笔，率先成为他的文学起跑线。这恰与苏辙雷同，苏辙曾将心爱诗文，纳入了《栾城集》。唐代，祖先苏味道，从河北栾城，远迁巴蜀眉州。尽管隔朝隔代，苏辙的殷殷乡愁却从未泯灭。至少，《栾城集》以故乡命名，多少验证了这一点。永涛先生与"三苏"异曲同工，尽管生活在不同时空，彼此却朴实地哺育着刻骨铭心的游子情。也可解释，土生土长的文字，始终应和着实力雄厚、诗意奔放的文学才思。

著名作家老舍先生，为人踏实，创作丰产，他笃信："没有一位语言艺术大师是脱离群众的，也没有一位这样的大师是记录人民语言，而不给它加工的。"他紧扣一大主题——"俗"，其实，雅俗这两个层面绝非褒贬，只是强调，恰如老舍先生的艺术理想，"俗"着的灵魂，反倒驻足于深思、精研的基础之上。首先，艺术家的天分非常要紧；其次，每位追求者的勤奋，更无法被忽略。两者相互照应，声息相通，才使局中人物，总能抓到机会，干出点儿成绩来。

"诗圣"杜甫，《望岳三首》传世："稍待秋风凉冷后，高寻白帝问真源。"意指天凉之后，登峰远眺，足以体悟山水的本性。唐诗随即叩响了当代的文学理想，那就是追本溯源，力求精进。虽说这种过程很难，却又别有趣味。

立足文化，追问真源，当然无可厚非。须留心的是，任何"圈儿里人"，究竟能问谁，能问多深，能悟多少……这就赖于时空与机缘了。

在题材方面，《人生无处不诗意》凸显了三大品性：一，植根乡土；二，删繁就简；三，追异图新。这是散文创作的升华理想，也是永涛先生的信念追求。

散文集《土生土长》，素材亲切而丰富、严密且扎实。旧著，意犹未尽；新作，锦上添花——所谓"添花"，绝非机械地重复，而是，查漏补缺，突破自我再升级。他打破了补白、填充乃至润色的念头，想法单纯，那就是重塑自我、调整笔力、广涉疆界、图存谋新……

正所谓："熟才能生巧。写过一遍，尽管不像样子，也会带来不少好处。不断地写作才会逐渐摸到文艺创作的底。"其实，永涛先生热爱生活、善捕灵感。他敢于"立"，落足于"破"；破，堪称难以省略的手段，想上进，求自新，时时处处都验证着"否定之否定"的情趣吧。

梳理"诗意"，永涛先生认为："诗意是从任何一种生活里都可以发现的美和浪漫，是从每个人的人生中都可以升华出的人生况味""完全可以与诗歌无关，完全可以与诗人无关""它遍布于生活的各个角落，存在于人生的每个阶段。生活中时时处处有诗意……"

细想，"再生诗意"纯属一种层次更高的思想观念，恰似中国诗意的三大境界：其一，诗学境界；其二，美学境界；其三，哲学境界。永涛先生所跨越的，恰在诗学与美学之间。至于拷问灵魂的哲学境界，则时刻隐藏在每个人的思想进程里。能否重塑人格、度化自我，只能凭借机缘与天分了。或许，陡然顿悟；或许，徜徉在"相逢两无事"的天地之间。看来，从文，较容易；悟道，却很艰难。理如唐诗："千淘万漉虽辛苦，吹尽狂沙始到金。"

《人生无处不诗意》这部新著，饱含乡情，细致入微。比如，《不同的回家路》《大学时代》《秋风中的舞蹈》以及《小妹》等等。《小妹》写道："小妹小我六岁。哥哥、我和小妹兄妹三个小时候整天吵吵闹闹，一个比一个嗓门高，似乎很是合不来。不过这也热闹，不像别人家里总是冷冷清清的。后来哥哥渐渐懂事不吵了，就只剩了我和小妹吵……"这些家长里短，原有絮叨、闲聊甚至耗工夫的味道，居然能直抵人心，俗得有趣。显然，离不开作者对亲情与民风长时间的审视与思索。

此外，新著还突破固有的结构方式，试探性地扩大涉猎疆域。比如，《最后一个军礼》《一副不同寻常的肩章》以及《我的母亲是军人的母亲》等等。

这些作品收纳了特性鲜明的生活经历，却能带来"俗中带雅，雅俗共赏"的独特视角与思想品位。与其说，生活选择了作家；还不如说，作家重塑了生活。永涛先生的"二度创作"，远比最原始的生活资料，更潜藏文化探索性。

《文心雕龙》期望："义典则弘，文约为美。""义"与"文"，前指正确表达；后指优美文风。一旦两者兼具，那么，上等文章，便昭然天下了。想必，散文创作突破固有格局，从而达到"义文"双全，恰是永涛先生试图跨越的特殊门槛了。

再有，新著增添了"素笺"章节：通过私人书信，反观不同时期的生活经历与心路历程。无疑，信笺成为独具品性的文献资料。虽然所涉篇目相对短小，却属于处心积虑的创作尝试。正如短文说："灯下絮语，不知所云，遥寄同窗，纸短情长。""纸短情长"，早已把作家整个儿给搭出去了。倘在受众群体，稍见成效，那么，等于作者率先亮起了散文创作的"第三只眼睛"。这种创举，的确很宝贵。

新著格局，雅中蕴俗，俗中炼雅。街巷之间，零零碎碎的亲情，当然可以入文；最难把握的是，从哪里落笔，在哪个角度锤炼，在哪个侧面用功……这部新著并不急躁，不但聚焦最熟悉、最亲近的人，比如，父母长辈、兄弟姐妹等等，此外，还极目远眺，收揽着更新奇、更豁达的兴奋点。这道选题，既轻松，又复杂。轻松在，舒缓各异、深浅不计；复杂在，情境流转、细节动人。倘无读者在场，那么，究竟选谁，到底怎么选，无非一笑而已；一旦听众介入，无论笔落何处，都暗藏着被挑剔、遭嬉笑甚至招人一弃了之的风险。

清代文映江曾写诗调笑："百炼千锤一根针，一颠一倒布上行。眼睛长在屁股上，只认衣冠不认人。"话虽粗，理很细。千古文章，首需心性恒久，胸襟博大。略看，这种场合似乎任何人都能参与；殊不知，笔墨王国，苟刻得很，所谓辈分、资历、财产与权势，都得靠边儿站。形形色色的"假斯文""真傲慢"与"小儿科"，最终总要沦为跳梁小丑，难以长久。

深思、选题、落笔、修正……这些细节，翻来覆去，循环往复，既有趣，又多险。倘有分寸，便可险中受益；若归俗流，无非人云亦云，甚至连头一道门槛都摸不着。难怪鲁迅先生说："我从别国里窃得火来，本意却在煮自己的肉的……"假如读者觉得，《人生无处不诗意》确属永涛先生的"心头肉"，那么，这部新著便称得起"力有所逮"吧。

《人生无处不诗意》触及了一个独特概念——"格外诗意"，也算对"大众诗意"的再补充吧。读到末尾发觉，"格外诗意"居然升格为整部新著的"潜台词"。书中写道："一个人独处时，沐浴一会儿暖暖的阳光，听一段优美的音乐，品一盏淡淡的香茗，赏一朵偏僻角落里开放的花，读几篇滋润心灵的散文，忆几位久未联系的故知，写几行只属于自己的可以随手撕去的文字，都能将身边的诗意浓郁……"

散文随笔的生命力，不仅停留在阅读、思考、尝试、取舍、选材、落笔与研磨上，更难收揽的，则是极清贫、最奢侈的人生犒赏——文化诗意。它是一种感性文字，却跳不出哲学思想的臂弯。常说"文史哲"连体，虽说追求者们甘苦自知，却可独享"日上层楼"的精神快乐。

再祝郑永涛先生"内化于心，外化于行"。这种特殊造化，离不开勤于探索、潜心笔墨。新著迭加，无非深浅足迹，串成了一条探索曲线；即便多出几道旅痕，或许，仍能撞上更多的文学故事与思想奇遇吧。当然，不同时期的新作，将递增递换，陈为"旧垒"。若能主动跳出固有模式，深思精进，那么，新作递增，也算跳出了数字叠加的物理概念。看来，"否定之否定"，也是千头万面，格调与层次，大不相同。

期待郑永涛先生日益博大、愈发高远，力争植根乡土文学，在阅读、思考、积累、选题、叙述、描写以及哲理等方面，不断删繁就简，愈加追异图新。新书亮相，无非阶段性总结；但能日日图新，堪称意外惊喜吧。就像景岑禅师所说："百丈竿头不动人，虽然得入未为真。百尺竿头须进步，十方世界是全身。"

"秋风凉冷"，泛指创作环境，确实辛苦；"问真源"，则属终极目的，或许，谁也推不掉。迷恋着文史哲的人们，究竟能参悟多深、承受多少，还是让时间说了算，走着瞧吧。

2023 年 10 月 19 日　正午

石家庄　半竹瘦荷轩

目 录

第一辑 诗意

人生无处不诗意

什么是诗意？

《现代汉语词典》上的解释为：像诗里表达的那样给人以美感的意境。网络上的解释为：是诗人用一种艺术的方式，对于现实或想象的描述与自我感受的表达。

而我认为，诗意是从任何一种生活里都可以发现的美和浪漫，是从每个人的人生中都可以升华出的人生况味。没有诗意的生活是黯淡的生活，没有诗意的人生是苍白的人生。"诗意"这个词虽带"诗"字，但似乎可以与诗歌无关，似乎可以与诗人无关。因为诗意的范畴无限之广，它遍布于生活的各个角落，存在于人生的每个阶段。生活中时时处处有诗意，正如德国诗人荷尔德林所说："人，诗意地栖居在大地上。"

是的，生活中时时处处有诗意。书房有书卷的墨香，家中有港湾的温馨，远方有如画的风景；清晨有鸟语花香，正午有阳光灿烂，傍晚有夕阳西下，夜里有明月清风；春天有百花争艳，盛夏有热情似火，秋日有红叶熟果，冬季有雪花飘飘；童年有如水的纯真，少年有蓬勃的朝气，青年有沸腾的热情，中年有厚重的成熟，老年有淡远的闲适；轰轰烈烈的生活有激荡的诗意，平平淡淡的生活有安然的诗意，即使是悲剧的人生，也有与命运抗争的悲壮的诗意……

生活中诗意无时不有、无处不在，这就需要有一双善于发现的眼睛。热爱生活，修炼一颗细腻的心，随时随处留心，就能从平淡之中和细微之处发现美和浪漫，从曲曲折折的人生中体味出别样的人生况味，发现无尽的诗意。

过诗意的生活，重要的是要有一颗浪漫的心，同时还要有"偷得浮生半日闲"的自觉与主动。如若闲暇，时光充裕，当然不用去"偷时光"。而如果工作繁忙，生活琐碎，那就要去适度地"偷时光"了。有了一颗浪漫的心，有了这些闲暇时光，一个人独处，两个人生活，抑或是一群好友相聚，都是格外诗意的。一个人独处时，沐浴一会儿暖暖的阳光，听一段优美的音乐，品一盏淡淡的香茗，赏一朵偏僻角落里开放的花，读几篇滋润心灵的散文，忆几位久未联系的故知，写几行只属于自己的可以随手撕去的文字，都能将身边的诗意浓郁。两个人在一起，无论是花前月下的卿卿我我，还是不长不短、不远不近的分离，抑或是一个温馨的小惊喜，都会让诗意降临。约上三两好友一同品茶谈天，将凡俗事务统统拒之门外，这里只有闲人闲事，只有闲散的时光。这情景，这情境，又是何等的诗意。而如果还嫌不热闹，那就多叫几位好友选一处新鲜景点同游，感受自然，品味人文，悠悠诗意便会萦绕左右……

　　如此种种，生活中的诗意是何等之多，何等易得。而归根结底，要想拥抱充满诗意的生活，最重要的还是要有一颗浪漫的心。只要拥有了一颗浪漫的心，人生，便会无处不诗意……

且享慢人生

人的一生，是一个由慢变快，继而由快变慢的过程。然而这个变慢的过程，大都是年老、退休所致。只有主动、自觉地变慢，才是人生的大彻大悟和大智慧。只有慢下来，人生才能进入到一个新的阶段、新的境界。

由慢变快，是由于眼界的开阔和欲望的膨胀。脚步变快了，自然会得到许多。然而与此同时，也会失去太多太多，因为人生的意义远远不止得到的这些。人生路上，还有太多太多重要的内容，比如路过的风景，比如爱和美，比如对自己灵魂的抚慰。错过太多，即是得不偿失，即是枉度此生。因此，脚步慢下来，且过慢生活，静享慢人生，才是人生的要义。

然而，由慢变快易，由快变慢却难。慢，不单单指速度和节奏，更是指一种心态、一种境界、一种智慧、一种哲学。要想慢下来，过上真正的慢生活，不仅需要生活的历练，更需要对人生意义的透彻了悟。了悟人生意义的人，会把人生看成是一段旅程，而不是一段行程。会把生活当作一种享受，而不是一种应付。会过上慢生活，成为一个会过慢生活的人。

会过慢生活的人，都有一颗善于发现的敏感的心。善于发现爱和美，善于发现一切有趣的事物，从而从中获得无尽的生活妙趣。会过慢生活的人，会把每一分每一秒都过得缓慢、安静、真实而幸福，从而从另一个层面上延长了生命的长度，增加了生命的厚度。会过慢生活的人，并不是消极怠慢，而是在取与舍之间找到了合理的平衡点，找到了内在灵魂与外在世界和谐相处的绝佳方式。会过慢生活的人，找到了内心的平静，获得了灵魂的安宁，因而再纷乱的俗务也扰乱不了自己平和的心境。

慢下来，是一种大觉悟，是灵魂的觉醒，是生命的升华，是平静和幸福的真正开始。

慢下来，任何时候都为时不晚。慢下来，即从此刻开始。

孤独之美

孤独是什么？

孤独，从外在来说是一个人独处的生活状态，从内在来说是内心的一种宁静、平和的心理状态。

人，本来就是孤独的。生命诞生的初期，就是自己一个人在娘胎里悄悄孕育、生长，直到来到这个世界上才有了众人的陪伴。离开这个世界后，更要面对无边无涯的孤独。即使是活在世上的这几十年的人生之路，很多时候也需要一个人去走。孤独，每个人都无法逃离。

热闹，是孤独的劫难。一个人从出生到长大的过程，也是一个越来越热闹，离孤独越来越远的过程。或是因为喜欢热闹而主动求之，或是迫于合群的社会性要求而被动接受。在这个过程中，热闹往往容易使人的灵魂变得粗糙、习惯、麻木，甚至意识不到自我灵魂的存在。如此度过一生，未免可惜。照此说来，热闹似乎就有着谋财害命之嫌。

孤独，是一种美。热闹地度过的时光，往往是迎合他人或麻醉自我，或虚度光阴，因而不是自己应得的属于自我的时光。只有一个人孤独地度过的时光，才真正算得上是属于自我的时光。因为一个人独处的时候，灵魂是觉醒的，能意识到自我灵魂的存在，能听到自己内心深处的声音。一个人独处的时候，个体是灵敏的，能细微地感知到世间的一切。一个人独处的时候，时间是缓慢的，能真切地感受到每一分、每一秒的流逝。孤独一人的时候，没有了人声喧哗，没有了世事纷扰，没有了内心的波澜，每一分、每一秒的时光，都是那么安静、和谐、圆融，达到了生命的至境。

孤独，创造着世界。世上的科学和艺术，无不是从孤独之中获得灵感、默默创造出来的。没有孤独里的坚守和努力，就不会有人类的今天，也不会有世界的未来。所以，对孤独，需要怀有感恩之心。而如果想要拥有不凡的创造，获得生命的价值和意义，走近孤独，也就成了必不可少的一步。

孤独之美，需要努力方可获得。孤独是一种美，然而却不是每个人都能享受到这种美。除了需要用外在的努力创造孤独的环境，自身还需要拥有享受孤独之美的能力。这种能力的获得，需要学习，需要修身，需要积淀，需要练习和适应。而当拥有了这种能力，生命便会进入到一个新的境界。

孤独之美，抚慰灵魂。孤独之美，使人迷恋。孤独之美，催生创造。

你，是否已经想要走近孤独，享受孤独之美了呢？

吃茶去

年少不识茶滋味，只是觉得苦、涩。如今，年近不惑，经历过世事沧桑与沉浮起落，心境渐趋平和宁静，方知茶中美味，渐谙生活美学。多数爱茶人，大抵应是如此吧。千帆过尽，云淡风轻，万千心绪赋予一杯波澜不惊的茶，人生的百般滋味尽在其中。

喝茶，需要慢下来静静领略其中的滋味与乐趣。慌慌张张的，干脆来一大碗凉水，勿要与茶牵扯。只有慢下来，在舒缓闲适的慢生活里，才能发现美，才能体味生活的妙处，也才能享受茶中的无尽滋味。听风，赏雨，独坐，闲谈，等等情境，均适宜饮茶，惟慌乱时不宜。生活再忙，也要学会偷得浮生半日闲，在一盏清茶前停留片刻，等一等灵魂。

品茶，需要素雅的茶具，否则便有损兴致。也需有一方教人静下来的小天地。地方不用大，无须复杂堆砌，简洁、自然、古朴即可。在小而简的空间里，在草木间感受自然的气息，在旧物中体会侘寂之美。若伴以古乐，则意境更佳。在此境之中，烹上一壶茶来细细品饮，在这非生命必需的啜饮中静静享受无用之美。

吃茶，人可多可少。宾朋满座可设茶宴，在欢声笑语中感受人情之暖；三两好友可围坐闲谈，在侃侃而谈中分享见识、交流思想；只身一人可独饮，在淡淡的茶香里滋养灵魂，在慢慢的时光中咀嚼生活，在喧嚣的红尘外体悟生命。一个人喝茶，是喝茶的最高境界。

烹茶的过程，是感悟不尽的唯美之旅。将汲取了天地日月精华的茶叶投入杯底，倒入滚烫的甘露将茶香激发，在热烈的相遇中彼此成全。当杯中风平浪静，起落沉浮的茶叶，像极了颠沛飘零的人生。端起一杯，观其色，闻其香，品其味，茶汤穿喉过，哲思渐升腾。正所谓茶禅一味，茶人合一。茶，乃无言之知音。

人的一生，也如茶。少年时如绿茶，绿意萌发，满面春气，遇水便清香四溢，惹得人见人爱；中年时如青茶，发酵至半，青褐相间，喝起来香气浓郁，回味悠长；老年时如红茶，经过了全发酵的淬炼，变得沉稳内敛，经久耐泡，品时茶香醇厚，饮后回甘生津。不同的人生阶段如不同的茶，不同的人生阶段也会喜欢不同的茶，同一个人生阶段也可以同时喜欢几种茶，一切全在心境。茶似心境，心境如茶。

茶，可以伴随人的一生，映照人的一生，启迪人的一生，温暖人的一生。

人世间最有兴味之事为何事？且慢，吃茶去！

素简人生

素，即朴素、素淡；简，即简单、简洁。素简，即删繁就简、返璞归真。

素简的生活，素简的人生，是一种领悟，是一种艺术，是一种境界。人，还是应该过素简的生活，素简的人生。

童年时代是混沌的，少年时代是懵懂的，青年时代是火热的。只有走过半生，人到中年，才能领悟到生活的意义、人生的要义、素简的真谛。

蹉跎半生，走过了弯弯曲曲的路，见过了形形色色的人，经过了千千万万的事。看过了花花世界，习惯了人情世故。在无数次的奔波劳碌、焦头烂额、身心俱疲和怀疑、思索之后，忽然发现，朴素才是化解生活烦琐的最佳良药，简单才是应对人生俗务的最高智慧。

是的，生活其实可以很朴素，人生其实可以很简单，关键是要有一颗至情至性、至真至纯、安然自得的心。

一日三餐，其实可以很简单。甚至，可以是一碗清粥。只要有一颗平静、淡然的心，便能从一碗清粥中品出最真的味道、最初的香甜来。

生活内容其实可以很简单。原以为五彩缤纷的生活才叫充实，后来才发现，自己最喜欢的生活方式才是最滋养灵魂的。这种生活方式往往只是一个人的独处。一卷书便可温暖半日的时光，一杯茶即可唤醒旧日的尘梦。

人际关系，其实可以很简单。曾经以为结交社会名流才是资本，认识三六九等才显神通。等见多了人情冷暖和世态炎凉，才明白，人生其实只需三五好友、三两知己，甚或得一知己足矣。过多的人情是一种累赘，心与心的相通才是生命中可遇而不可求的缘分。

人生目标，其实可以很简单。从小到大，一路走来，目标越来越多，越来越大，世俗给了生命太多的负担和太大的压力。到头来才懂得，只有让自己乐在其中、不计得失、义无反顾的目标才是真正的热爱，只有让自己获得精神愉悦和心灵抚慰的事情才真正有意义。人生真正的乐趣在于做自己喜欢做的事，如此而已。

......

素简的生活，需要摆脱。素简的人生，需要放下。

素简，不易。然而，素简，又轻而易举。

素简，或许在心中由来已久，却始终难以成全。

愿素简的生活，早日到来。愿素简的人生，终属你我。

仰望星空

小时候的夏夜里，我喜欢到平房的房顶上去睡。那时候，我对这个世界充满了好奇，总是喜欢在开阔的房顶上仰望星空，漫无边际地思索、想象，然后在神秘而美妙的感觉之中进入梦乡。那时候的世界，充满了新鲜感。那时候的时光，美好而难忘。

后来渐渐长大，走进了社会。在纷纷扰扰的俗世里摸爬滚打，功利心渐渐多起来，对世界的好奇心却少之又少了。每天想的都是现实生活中的事，每天考虑的都是如何得到更多。仰望星空的那些事，早已抛到脑后了。

再后来，随着岁月的流逝，心境的宁静，渐渐的，我又开始关心起现实生活之外的一些事了，譬如读书、写作、音乐、电影、摄影、军事，以及宇宙和天文。低头多年的我，又仰起了凝望星空的头，开始了对茫茫宇宙的思索和求索。当我渐渐了解了宇宙的起源、大小、膨胀、演化和循环，了解了暗物质、白洞、黑洞、虫洞和多维时空，当我一次次思索"我是谁？我从哪里来？要到哪里去？"这终极三问，我会有许多的体会和感悟。

仰望星空，使我知道生命的偶然和来之不易，使我更加热爱生命，感恩生命。感受宇宙，使我体会到自己的渺小、人类的渺小和地球的渺小，使我的心胸和格局更加开阔，进而看淡身边的俗世纷扰。思索生命，使我感到人生的无意义，却又激发我去创造更多的人生意义。

仰望星空，思索宇宙和生命，使我体会到宇宙的玄妙，感悟到生命的美妙，使我获得暂时的超脱和开悟。但是，这并不影响我回到现实，脚踏实地，投入生活。相反，时常仰望星空，反而能使我获得更高的高度、更多的角度和更宽的思路。因此，我觉得，仰望星空，是人生的必修课。

是的，朋友，当你低头走路走得久了，请不要忘记，时常仰望一下头顶之上的星空。

站在山的肩膀上饮酒

春天说来就来，从不会给谁发一封请柬。她只会绿自己的枝，开自己的花，美自己的景。你来，她自是美丽。你不来，她依旧绚烂。

这个冬天太漫长了，至今让人心有余悸。不如找来酒葫芦，吹去灰尘，倒出寂寞，打上酒，上山去寻春。高高的山峰，总是早那么一点捕获春的讯息。

山路弯弯，像极了人生的路。丈量的每一步，都是一些苦苦甜甜的日子。且不去想它，今日，山顶就是幸福所在。

登顶俯瞰，一些景象模糊了，一些道理却清晰了。站在山的肩膀上举杯，加点阳光，让春风来调匀，邀闲云来对饮，干了这满杯的情怀。托举我的山呵，我也敬你一杯，谢谢你将我送上云端。

春天不醉，有负春光。青春不醉，空逝年华。有时候人醒着，却醉得不知所向。有时候人醉了，反而更加清醒。半醉半醒间，往往离自己的灵魂最近。

在山上微醺，在山腰赏景，在山脚醒酒。琼浆催开了春花，玉液陶醉了夕阳。抬眼望去，世界换了模样。不如归去，继续在山下渺小，在凡间隐没。不同的是，日子已经不再枯寂，只要愿意，灵魂每天都能盛放。

陌上，忽觉酒葫芦格外的沉。打开来看，原来它装回了太多的春光……

秋

夏天，是一场华丽的演出。落幕之后，秋天来为它清扫舞台。

太阳悄悄南移着路线，留下秋风几场。秋天，渐渐深了。西风拂过，秋叶飘零。泛黄的书页躺在叶间，想与叶子们一同回到故乡。静下来，聆听叶落的声音，正如倾听爱人的心跳。叶落的声音，是秋天的心跳。

登高望远，多彩秋光尽收眼底，定格心中。一条弯弯曲曲的小路，蜿蜒向远方。一个背草的孩子，走向秋天深处。成熟的果实们，讨论着来年的行程。田鼠们奔忙着，在做最后的储藏。四面八方的水，都已躲起来进入梦乡。我看见，一个身穿红衣的女人在远处遥望原野，神情静美。她，像是一位母亲。

菊花是秋日的情人，总是选择在秋天绽放最美的容颜，张扬生命的热情。执着坚守，一年一度，从未改变。花蕊之中，吐出万千情丝，缠绵情话。不知秋日，听懂了几许？

夕阳西下，薄雾弥漫，月儿初升。秋夜，是一场诗意的邂逅。明月对着平湖梳妆，使湖也有了自己的眼睛。夜未央，垂钓的人始终不愿离去。他将自己孤冷的身影，做成了一尊夜色。

明月之下，一位白发老翁独坐江边，翻看千古春秋。浊酒饮下，豪情装了满怀。他用一次次的顿悟，一声声的感叹，将秋天读成了永恒。

而秋天，从来都不只是一片风景。它还是一部诗集，一种意境，一种人生，一片无边无际的永恒……

绿水寻梦

春日里，偷半日光阴，找一个无关紧要的理由，到春天深处去寻春，到绿水中央去寻梦。每一次，都不会失望。每一程，都会收获满满的春意。

撑一只乌篷船，摇一对船橹，沐着春风，载着小小的期盼。到绿水中央，停下来，让船停泊，让舟自横，让心荡漾，让梦飞翔。绿水清清，绿波粼粼，暖风徐徐。坐在船头远望，波光映绿眼眸，满眼都是江南，心中全是诗意。

是的，我想把诗句写在春风之上，然后让诗行散落春水，溅起朵朵白莲。一同散落春水的，还有翩翩飘落的花瓣。红的，粉的，白的，片片都是最纯净、最纯粹、最美好的颜色。

我也想，提一壶美酒，就着岸上美景，自斟、自饮、自醉。或者，沏一壶清茶，就着和煦的春风，细细啜来，让思绪更加灵动，让天地更加澄明。如若花瓣落入杯中，那就干脆一饮而尽。那美丽的花瓣，不就是春天最美的印章么？

当然，我更希望时间能够静止，让美景长久，让春天永恒。是的，春天，就是我灵魂的故乡。

我愿化作一片春叶、一朵春花、一滴春水、一缕春风，成为春天的一部分。如此，我便获得了永恒，回归了故乡。

我愿在绿水中央，在春天深处，做一个永不醒来的梦，直到来生……

春雨

春雨来时，从来不打招呼，并且喜欢在夜里敲窗而来。就像梦。

只有在落过春雨后的清晨，大口吸过潮润的空气，才能把春雨装进心中。只有沐浴过春雨的水汽，才有资格向春天报到。

微雨后的花瓣，沾满露水，就像一颗多愁善感的心，挂满思念。

留住春天最好的办法，是翻开一本诗集去接春雨的雨滴，然后轻轻合上，就像夹上一枚叶子。而且，这本诗集，最好有关春天。这样，等到秋日来临，或者老之将至，你打开旧日诗行，依旧能看到春雨的姿态，还有春天和青春，这两个都带"春"字的美好。

趁雨未住，还是尽快淋点春雨吧，如此梦便不会干燥。趁春雨滴答，还是早点关灯听雨吧，这样心灵便不会苍白。

其实最要紧的，还是赶快用舌尖去品几滴春雨。因为错过了春雨的味道，日子会那么索然无味。其实最最重要的，还是别对春雨熟视无睹，那样她会流泪，尽管你看不到她的泪水。她的使命，本就是敲开一颗颗冷藏一冬的心。

留住春雨最好的办法，是在春雨滴答声中入梦。如此，有梦的地方便会有春雨。留住春雨最好的办法，是在春雨中重温初心。那样，旧梦就会醒来、发芽、生长。等到梦想开花，你会感慨：哦，春雨，原来你一直都在……

春日读石记

一声春雷惊醒大地，回响山谷。春风紧随其后，梳绿一树树的枝，催开一朵朵的花，吹皱一湖湖的水。大山醒了，山寨醒了，石头醒了，春天，到了。

沿着风的方向，追着春的讯息，一路向北，遁入大山深处。不为赏春踏青，只为偷得半日清闲，更为寻找春天深处的那颗石头。

天长日久，日月更迭。我没来时，它在那里。我来了，它仍在那里。我走了，它还会在那里。满山的石头，是一条条不慌不忙的生命，是一颗颗安静跳动的心，是一个个情节各异的故事，是一段段尘封凝固的历史。

它太慢了，一个微笑就是三生三世，一滴泪水就能见证历史沉浮。不管世界多么喧嚣，世事如何变幻，永恒不变的，是它那颗亘古不变的心。经年累月，沧海桑田，海枯了许多，石头却并未烂一点点。有时候，我们真的需要向石头致敬，向石头学习，向石头靠近，努力做一个有石性的人。

一颗颗石头从山上分裂而来，各自而去，落在不同的位置，走着不同的路程，等待不同的去向。不抱怨，不纷争，顺从天意，遵从自然，但内心的坚守却永不动摇，除非石碎，否则决不变形。只是，山可以分裂成石头，石头却再也组合不成山。

面对一颗石头，可以照见自我，可以体味生命，可以洞见世界。读懂了一颗石头，就读懂了生命的卑微、读懂了人生的意义、读懂了世界的奥妙。如此，便不枉来这世上一程。

躺在石头上，闭目，静思。它的凉让我趋于冷静，它的棱让我感知生命的疼痛，它的糙让我知晓生活的本来面目。读一读石头，心灵就不会苍白，灵魂就不会麻木，生命之河就不会干涸。

我凝望过四个季节的石头，但我发现，只有在春天，石头的眼睛才是睁开的，并且带着微微的笑。夏日太炙热，秋景太萧索，冬风太凛冽，只有春日才能打动石头冰凉的心。看来，谁都对春天情有独钟。

石头旁开放的花是多情的，也是执着的、凄美的，用生命中仅有的一次花开，也等不来石头一个温柔的眼神。滚滚红尘中，爱情悲喜剧，只要爱过，就值得，莫问是苦是甜，是死是活。

杨柳依依，斜阳迟暮，和风催上来时路。蓦然回首，石头没有招手。不如相约下一个春天，寻石，读石，再做一次安静的读石人。与石头相约，可要遵守，一诺千金，你看它的分量多重啊。

挥一挥手，我不敢带走一颗石头……

今夜有酒

今夜，有你，有我，有这一片小天地，有这片刻的清闲。最重要的是，今夜，有酒。

朋友纵有万千，今夜只愿和眼前的人相聚。世界之大，今夜只占方寸之间。人生漫长，今夜只求短暂的欢颜。只要有酒，什么人都可以拒一拒，什么事都可以推一推，什么烦恼都可以躲一躲。只有这酒，才能让我们安坐下来，偷一段儿闲散时光，享一会儿人生之乐。感谢你，我的酒。

这酒，水一样平静，却又如火一般热烈。当这琼浆玉液穿喉下肚，入心上头，总能让人摘下面具，回归本真，也能让人想起一些往事，在心湖中荡起一圈圈涟漪。它使人豪放，让人忧郁，让人伤心。可是，我们仍然想让它浇灌心田，荡涤灵魂。

初饮，我喜欢品味酒的浓烈。三巡，我愿意感受人情的温暖。当醉意弥漫，我便解脱了久被禁锢的灵魂。端起酒杯，我想笑，笑得没有原因。我想哭，哭得毫无缘由。我也想沉默，陷入回忆或思索。但不管如何，最终，我们还要回到眼前，还要举杯痛饮。我不怕伤身，我更不怕伤心。今夜，请感激这酒，请珍惜眼前的人，请不要虚度这片刻的光阴。今朝有酒今朝醉，管他明日是何年！

谁说，醉了就糊涂了？谁又说，醒着就清醒着？这都未必。酒中有眼，酒中有道，酒中有高境界，酒中有大智慧。不饮酒的人，此生恐难体会。

醉了，归了，入梦了。醒来，又是一个洒满阳光、伴着酒香的早晨……

飘过苏州

那年五月初，我去苏州出了一趟差。因事务繁忙，在苏州只逗留了两日，且大部分时间都在处理事务。尽管如此，我还是用心感受了一下苏州城的气息，并去定园匆匆地游了一趟，然后就依依不舍地踏上了归程。然而，就是这短暂的邂逅，这匆匆的飘过，却让我深深地爱上了苏州，以至于我至今仍念念不忘。隔三岔五的，苏州就会悄然入梦来……

苏州是一座历史文化名城，一处江南水乡，以其独特的园林景观被誉为"中国园林之城"，并素有"人间天堂"、"东方威尼斯"之美誉。五月的苏州，天气不冷不热，空气不干不湿，气候极佳。走在苏州城中，好像每一个毛孔都在沐浴春风，都在浸润水分。因为有这江南特有的水气，苏州城中几乎是没有尘土的。汽车驰过，卷起的是几片落叶，而不是北方的滚滚尘土。在苏州生活，仿佛是鱼在水中生活，格外滋润。

苏州的民居，一律是素白的墙，青黑的瓦，皆由黑白两种颜色构成，俨然一幅幅水墨画。就连市区的楼房，也都是按照传统建筑风格设计的，风格古朴，黑白相间。黑与白搭配，洁净而不单调，暖亮而不轻薄。行走在苏州城中，粉墙黛瓦配以墙边的绿树红花，不由得使人产生误入水墨画的错觉，令人忘却现实，忘却现世，恍然如梦。水墨丹青苏州城，这黑白苏州，这粉墙黛瓦，犹如一张张白纸黑字，仿佛是在诉说一个久远的故事，一个遥远的传说，又仿佛是在书写一封诚挚而深情的请柬，期待着每一个有缘的人能来赴一场盛情的邀约……

苏州人对黑白颜色的偏爱，对我们是有哲学意义上的启发的。如果能够沉下心来细细品味这素雅的苏州民居，细细品味这水墨画一般的苏州城，我们就能慢慢品出这美景里的深奥、这黑瓦白墙背后的哲学。黑色与白色，尤其是白色，是最简单、最朴素的颜色，然而也是最耐看的颜色。大美至简，最简单的颜色就是最美的颜色，最简单的生活就是最好的生活。在滚滚红尘中追名逐利了很久很久之后，或许我们早已应该除去粉饰而还原一个真实的自我了，或许我们早已应该放慢脚步来静享这诗意的人生了……

苏州园林，天下闻名。来苏州，园林是有必要游一游的。由于繁忙的事务，直到登车前我才挤出一个多小时来领略苏州园林的神韵。我选了定园，因为它的名字使人感到安定。定园是园主刘伯温为远避政敌而修建的，它的名字亦是为求安定之意。我心想，如若定园一游能使我浮躁的心归于平静，那么，今生不枉此行。

行走在定园中，除了依旧的粉墙黛瓦之外，更多了绿树红花、亭台楼榭和莹莹绿水的装扮。定园彰显着苏州园林的精致共性，细致入微，处处即景，游人无论站在何处，眼前总能呈现一幅完美的图画。闲步定园，一步一景，三步一园，每每要迈开步子离开一处，都大有意犹未尽之感。然而我只是一个匆匆飘过的过客，无福消受这满园的诗情，我只有像一只蝴蝶一样在这园中飘过、路过，用眼睛尽力采下一处处美景了。在这匆匆的游程中，尽管行程紧张，但有几处景点我还是用心地感受了一下，如双照井、凤凰台、塔影湖等。双照井是当年西施和郑旦两位美人用来梳妆的两口井，一口名为西施照，一口名为郑旦照。静默井旁，想象当年如水的美人在井旁照水梳妆，人美、水美、井美、园美，梳妆的姿态也美，这该是怎样美的一幅美人梳妆图！戏楼凤凰台上的江南四大才子侧耳倾听秋香抚琴，虽皆是蜡像，却也可现当年江南才子之风流雅兴。而泛舟塔影湖，则是定园游程中的诗意之最。踏上古朴的江南摇橹船坐于船头，看船橹划过静静的绿水，听橹声水声声声入耳，随船轻轻摇晃着穿过长满青苔的石桥，已然忘了时间，忘了前世今生，整个心魂都化入这如诗如画的美景中了。也仿佛回到了那才子辈出的明代，仿佛自己成了一位满身才情的才子，立于船头，吟诗作画，尽情挥洒着青春与才华……

下了船，上了岸，我不得不说再见。回去的火车上，苏州渐行渐远，然而相思却越来越浓。不知不觉间，心中便又多了一个永远的去处。回到家中，蓦然回首，满眼仍是水墨苏州……

去了一趟苏州后，深深地爱上了这座城市。那一片片苏州建筑，岂不就是一幅幅醉人的水墨画？在苏州游走，岂不就是在画中游？在苏州生活，岂不就成了画中人？匆匆地飘过苏州，很是意犹未尽，以后有机会一定还要去。同时，我打算把新家也装修成朴素、耐看、诗意的苏州风格。墙壁只取黑白两种颜色，墙上画一幅江南风景图，挂几幅字画，墙角再种几盆花草。尤其是我的书房，一定要充满苏州和江南气息。文人属于江南，才子属于苏州。苏州出才子，江南生才情啊！

飘过苏州，找到，灵魂的归宿……

剪一段时光给丽江

　　从丽江回来已有些时日了，然而我至今依旧沉浸在丽江那独特的情境和浓厚的氛围中，我的心依旧在丽江徘徊，始终不愿离去。

　　丽江，是一个离天空很近，离信仰很近的地方；丽江，是一个荡涤灵魂的纯净的地方；丽江，是一个能让人放下世俗累赘，静享慢时光的地方；丽江，是一个自然与人文完美融合的地方；丽江，是一个来了便不愿离开的地方……

　　在丽江，我先是去了玉龙雪山。

　　玉龙雪山是纳西族人和丽江各族人心中的圣山。这座海拔5596米的圣洁之山，迄今无人征服。玉龙雪山也是一座殉情之山，相传纳西族的男女相恋之后，如若不能结合，便会来到玉龙雪山脚下的殉情谷双双以死殉情。在去往玉龙雪山的路上，听了这么久远的传说，我心底生出无尽的遐想和莫名的感动。随着海拔的不断爬升，车窗外的云雾也显得越来越低。她们在山间舒展，宛若仙气，使我觉得天空是如此之近。当车到达玉龙雪山脚下的时候，仰望巍峨的玉龙雪山，我难以形容自己的震撼和激动。坐索道到了半山腰能看到雪山全景的观景台，深情凝望雄伟的玉龙雪山，心中的感动难以名状。虽是盛夏，但玉龙雪山山尖上依然有着些许的积雪，烘托着她的圣洁。蒙蒙的云雾笼罩着雪山，映衬出她的庄严和美丽。这是迄今为止我所登上的最高海拔，也是我所见到的最高的山。此时，怀着谦卑的心仰望着她，高山是如此之近，云朵是如此之近，天空是如此之近。面对近在眼前的自然，面对神秘、圣洁的玉龙雪山，我思索着关于信仰的问题，思索着自己的信仰。在下山的路上，这思索也久久徘徊在我的心中。或许，这就是玉龙雪山带给我的最大的收获，给予我的最好的恩赐吧。

　　从玉龙雪山下来，我来到了神往已久的丽江古城。

丽江古城始建于宋末元初，古称大研镇，迄今已有八百多年的历史。这座中国历史文化名城中唯一一座没有城墙的古城，青山环绕，流水穿城，到处都是小桥、流水、人家的江南景象，故而素有"高原姑苏"之美誉。行走在新雨后的丽江古城，潮润的空气中弥漫着石头、青瓦和青苔的气息。曲曲折折的街巷皆由当地的天然石料五花石铺就，湿漉漉的路面古朴、厚重、干净而雅致，别有一番韵味。这斑痕累累、凹凸不平的石板路面，见证了茶马古道的沧桑历史。抬眼环顾临街而建的古屋，皆是粉墙黛瓦、青砖红木，格外清秀，使人不觉产生误入江南的错觉。走一段石板路，便会邂逅一座石桥。一座座精致的石桥下是潺潺的流水，流水在脚下穿街过巷，水声便成了这座闲适古城的背景音乐。在这低低的水声之上，一个个手鼓店里的才女和着丽江原创音乐，用灵巧的素手拍打着古朴的手鼓。除了手鼓店外，还有手工艺品店、玉石店、银器店、时装店、茶庄、糕点铺、餐馆、酒吧、客栈等等，皆在保持着原貌的古屋内营业。他们的招牌皆用纳西族象形文字东巴文、汉文、英文三种文字书写。东巴文是世界上仅存的活着的象形文字，有着深厚的历史文化底蕴，它们散布在丽江古城的各个角落，使这座古城充满了书卷气。最打动我的是那些店铺的名字，如一米阳光、枕水人家、阳光很暖、梅子树下、草木生活、陌上江南、百合小筑、柔软时光、雪山语、素颜、雨停等等，充满诗情画意，格外温暖人心。这石街、古屋、小桥、流水、乐声、象形文字以及店铺名字，给这座古城营造了浓厚的人文艺术气息。在这里，我真正体会到了什么叫自然与人文融为一体，什么叫人与自然完美结合，什么叫天人合一。

漫步在这慵懒、悠闲的丽江古城，穿行在这闲散的人群中，置身于这特定的情境之中，冥冥中，我似乎找到了内心的平静与安宁。在这离天空很近、离信仰很近的高原古城，远离了都市的喧嚣和世俗的纷争，人能更专注地关注自己的内心，回归本真的灵魂，也能更深入地思索生命的意义。或许，我们早就应该慢下来，一步一步地享用时光，体味人生吧。或许，脚步越慢，生命才越真实，活着才越值得吧。至少，我们都应该在这庸碌的生命过程中，给自己的心灵放个假，都应该剪一段悠闲的时光安放于丽江，安放于这片神秘、圣洁的净土……

　　丽江，今生，我来过……

极简餐饭

几年前的一个夏日，我去拜访一位前辈。因路途遥远，费了不少周折，因而未到中午便饥肠辘辘了。来到前辈家后，大米饭刚刚蒸好，还没炒菜，单单那满屋的米香就已令我魂不守舍了。我顾不得见外，盛上一碗便就着餐桌上的豆腐乳狼吞虎咽起来。还别说，虽然豆腐乳算不上什么菜，但那次搭配起大米饭来，还真是别有风味。

小时候，家里缺粮少菜，遇到无菜可吃时，母亲便会做一锅疙瘩汤来吃。她在拌面疙瘩时，会先往面粉中洒上少许食盐，如此，做出来的面疙瘩便有了味，咸中透香，味道独特。吃完了面疙瘩，再举碗喝下那碗中的面汤，一顿将将就就的饭也能吃得酣畅淋漓。

再往前追忆。我刚上小学那几年，吃得不好，活动量又大，因而经常才到课间肚子便咕噜噜地叫起来。于是我赶紧跑回去，翻过土墙进到家中拿出一个馒头来吃。回学校的路上，我边啃馒头边走路，一个什么调料都没加的干冷馒头，竟也嚼得一路香甜。

主食吃起来都能如此简单，更不必说瓜果蔬菜了。

看来，餐饭的最高境界，是极简。

餐饭如此，这世上的很多事，又何尝不是如此呢？

生命的意义

我常常仰望星空，思索生命的意义。

意义，是相对而言的。一个人、一件事、一个物，相对于不同的主体范围和不同的时间范围，其意义就有大小、有无之分。

比如你做成了一件事，对于你而言意义重大，对于你的家庭而言也有一定的意义，但对于整个社会以及全人类来说，就不一定有意义。这，是从相对主体范围的大小来说的。

再比如，你做成了一件事，对于你现在而言有意义，许多年后就不一定显得有意义，对于你的一生来说更是可以忽略不计。这，是从相对时间范围的长短来说的。

面对宇宙的无限时空，一个人的生命显得那么渺小、卑微。就整个人类而言，倾尽所能，也到达、影响不了几个星球，更不要说直径 930 亿光年的宇宙了。人类在宇宙面前，显得如此无力、无奈。如此，还有什么意义可言呢？

或许，由小往大了说，一个人的生命是无意义的，整个人类的存在也是无意义的。

然而，作为有智慧、有思想、有情感、有创造力的人，不仅需要仰望星空，思索意义，也需要脚踏实地，创造意义。

意义不存在于意念之中，也不存在于虚空之中，它是用实实在在的行动、创造和奉献换来的。同时，衡量意义的相对范围，既不应局限于自身个体和眼前，也不应纠结于宇宙的无限时空。在自身所能达到的最大能力范围内，确立对自己而言有成就感，对他人、对社会而言有益的目标，并尽最大努力去实现理想，就能体现价值，创造意义。

而这意义，正是我们活下去的根本理由，是我们奋斗的不竭动力。没有意义，我们跟动物又有什么区别呢？

　　思索意义，是为了灵魂的觉醒。树立理想，是为了找到前进的方向。而唯有奋斗，才能最终创造生命的意义。

　　愿你我，愿所有人，都能创造令自己欣慰的生命意义。

血色的心

今天我用眼睛看透胸腔，才发现我的那颗饱经沧桑的心已变得如血一般地惨红，像在无声地哭诉一样正向外渗着殷殷的血迹……

我总认为，人生是痛苦的，人生是不圆满的，人的一生到处充满了困难、挫折与苦难，人从一来到这个世界上便要开始面对、承受和战胜这些困难、挫折与苦难，直到生命的终结。然而我也认为，人活着是要有一种战斗精神的，人的一生便是一个战斗的过程，一部战斗的历史。人只要活着便需要战斗，否则便无法继续活着。人生的意义在于战斗，战斗是人存在的唯一方式。

我向往平静、向往安逸、向往幸福，然而命运抛给我的却是无尽的困难、挫折与苦难。几十年来，我承受了太多太多的困难、挫折与苦难，那颗本该鲜活的心如今已变得如血一般地惨红，伤痕累累，无限沧桑，悲苦地向外渗着如泪一般的殷红的血迹。我曾不止一次地抱怨命运，也曾一次次地在心里向命运无声地哭诉，然而我多灾多难的生活却一如既往，毫无改变，甚至遭到了命运的恶意戏弄，变得越来越惨。当我对命运彻底丧失信心后，我便开始渐渐学会了同命运作战，学会了自我疗伤。每当白天来临，我便会拿起我身体的武器同命运作战，与命运进行殊死搏斗。而每当夜幕悄悄地降临，我便会躺进夜的深深的怀抱里，在夜的深处静静地舔舐自己的伤口，享受黑夜带给我的母亲般的安慰，为下一次的战斗积蓄力量。黑夜是孕育宇宙的子宫，是世间一切生命的母亲，也是抚平所有创伤的最好的良药，只有在黑夜，疲惫、受伤的心才能得以安放。于是，每一天第一缕的阳光都成了我战斗的号角，每一天第一抹的夜幕都成了我归家的呼唤。如果说白天是我的战场的话，那么黑夜就是我温馨的港湾。白天有多么喧闹，战斗便有多么惨烈；黑夜有多么深远，安慰便有多么温暖。因为有了黑夜，我便不再害怕战斗，也不再计较于战斗的结果。我只知道，人生没有完满，人活着便要战斗。当我一路走来已是遍体鳞伤，我才发现我已不再害怕战斗，甚至已病态般地恋上了那无尽的困难、挫折与苦难。每一次的困难都是我意志的磨炼，每一次的挫折都是我精神的洗礼。一路走来，我的生活愈是悲苦我愈是坚强，愈是坚强我的生活愈是悲苦，愈悲愈强，愈强愈悲。然而，我从没有放弃过希望，从没有停止过战斗。正如诗人郭路生一样，他从冰天雪地中走来，然而却始终坚定地相信着未来。回首往昔，这么多年都一路坎坷地走了过来，那么以后的路也应该能够走下去，不管会是能够平坦一些，还是依旧不尽如人意。无论经受怎样的困难、挫折与苦难，我都将捧着我的这颗饱经沧桑的向外渗着殷殷血迹的血色的心，一边怀着感恩的心，一边生命不息，战斗不止……

我对黑夜的依恋

1984年冬，我降生在故乡一个黎明前的子夜时分。不知是不是因为这个缘故，一直以来我都对黑夜情有独钟，充满了无限的依恋。然而这黑夜却要比死亡与痛苦温柔得多、温暖得多。不管我们是否喜欢，黑夜对于这个世界的一切来说都必不可少。没有黑夜，便没有白昼。白昼捎来了黑夜，黑夜孕育了白昼。所以说，黑夜的降临就意味着白昼的来临。

黑夜的降临是一个极为庄严、神秘而又浪漫的过程。当红红的夕阳渐渐坠入地平线的时候，黑夜女神便披着黑色的纱衣从这个世界的上空开始悄悄地降临了。她像是拿了一支蘸了水墨的画笔，要把这个世界一笔一笔地描黑。先是天空，接着是云朵，然后是树木、房屋、大地，最后只留下月亮和星星闪烁着洁白的光芒。你若要问我黑夜降临到这个世界上的时候有声音吗，我要说，有，她来时的声音就如同雪落的声音，轻轻的、簌簌的，充满了无限的寓意。黑夜就是由数不清的尘埃般的黑色小精灵组成的，在美丽的傍晚一个个垂落到这个世界上来。先是一个，接着是两个、三个，然后渐渐地成群结队地垂落下来。他们轻轻地垂落，簌簌地垂落，在空中划下无数条透明的垂线，千丝万缕。他们降落在天空、云朵、树叶、房顶、大地上，降落在我们的头顶、我们的肩膀、我们的心中，降落在世界的每一个看得见和看不见、有形和无形的角落与缝隙，直至将这个世界完全包围。黑夜，降临了。

黑夜的降临，正如希望的降临。黑夜不仅孕育了白昼，也使这个世界上的一切得以休息，焕发新的生机，使一切生命得以休整，积蓄新的力量，使所有的心灵得到安抚，燃起新的希望。黑夜，是我们心灵永远的港湾。没有了黑夜，这个世界便没有了希望，没有了活力。

黑夜，是上天赐予我们的最宝贵的安静时光。当黑夜降临之后，我们便能从这忙碌而庸俗的现实生活中解脱出来，静静地自由地享受一个人的安静时光。在这安静的黑夜里，我们可以做任何事，可以不做任何事，可以想任何事，可以不想任何事。只有此时，我们的个体生命才得以回归真实，获得幸福。黑夜属于我们每个人，黑夜是我们每个人的黑夜，在每一个安静的黑夜里，我便要在我的小小的台灯下开始我精神的远行。

对于我而言，黑夜与家也有着密不可分的联系。小的时候贪玩，白天可以不回家，可以没有爸妈在身边，甚至想都不会想起，然而天黑后却绝不能不回到家，绝不能见不到爸妈。于是我渐渐明白，天黑了人是要回家的，动物们也是要回家的。直到有一天我出了门，远离了故乡，投进了社会，才真正体会到了想家的滋味。于是，乡愁便常常伴着黑夜而来。然而人总是要长大的，在经过了无数个想家之夜的煎熬之后，我终于学会了把眼泪往肚子里咽，学会了克制，学会了坚强。而又过了些年，我竟又学会了把黑夜当家。黑夜，因为安静，一切的回忆和想象便变得更加真实、细腻而持久。于是每每黑夜降临的时候，我便开始回忆和想象着爸妈和哥哥妹妹就在我的身边，他们就和我在一起生活着，一如儿时的温馨夜晚。而黑夜所给我的精神的安慰，也如亲人般亲切、温暖。于是，黑夜便成了我的家，哪里有黑夜，哪里就是我的家，有黑夜的地方都是我的家。从此，我便不再害怕浪迹天涯。

小城里

　　近些年来，随着年龄的增长，我渐渐倾向于慢节奏的生活。我常常喜欢步行或推着一辆自行车，慢悠悠地行走在这座名叫肥乡的小城中。已到中年的我，时常会仰起头来久久地凝望笼盖着这座小城的穹顶，久得有点走思，久得有点入神。此时的我，思绪往往就飘飞得漫无边际，久久沉浸于回忆与感慨之中，半生的岁月风起云涌般在心中翻滚……

　　我常常想，现在的我，一个慢悠悠行走在小城中的中年人，平凡的人，平淡的生活，是我二十年前无论如何也不会想到的。二十年前的我，胸怀大志，如今的我，仍然壮志未酬；二十年前的我，豪情满怀，如今的我，已然心平如镜；二十年前的我，年轻气盛，如今的我，早已满脸沧桑，沉稳如石。我虽知时光如梭，但没有料到如此之快，好似初春的花朵刚刚绽放便遭遇了春寒大雪，一夜之间便化作落红满地，无可奈何，毫无办法。但尽管如此，花朵毕竟绽放过，青春毕竟是有过。想到此，便不应该过于遗憾和纠结。

　　每个人的青春，都不应该平庸。

　　十九岁那年，我参军入伍，北上报国。两年的军旅生涯中，虽然军校梦、文工团歌手梦一一破灭，但自己的拙作变成报刊上的铅字却给了我莫大的鼓舞。退伍后有幸成为某单位的一名刀笔小吏，但大学梦的日渐强烈最终使我冲破各方压力毅然辞职，南下求学，度过了一生中最充实、最诗意的时光。毕业后，进京北漂，当过编辑、校对，也干过保安，亲友家里寄居过，公园里偷偷啃过馒头。再后来，回到邯郸，干过路桥工程，当过实习记者。再往后，就回到了肥乡小城，再次干起了刀笔小吏的老本行。换过许多单位、许多岗位，然而始终是断断续续地在电脑前码字。在横撇竖捺的堆砌中，送走了一个个匆忙的白天和漫长的夜晚。在键盘枯燥的敲击声中，从青年写到了中年。头发渐次斑白，身材不再消瘦，心中已少激荡。

二十年就这么过去了，很必然，又很快，差点闪了我的腰。自从十九岁离开学校踏上社会，实现了许多的梦，也留下了诸多的遗憾，鬼门关里还捡回过一条命，有收获，有失落，有欢笑，有眼泪。得失参半，成败难分，悲喜交加。回望逝去的岁月，蓦然发现，到头来仍然一事无成。

这些年，走过许多许多的路，去过很多很多的地方，见过形形色色的人，经历过悲悲喜喜的事。经过了社会和岁月的淘洗，见证了社会百态、人情冷暖，也收获了温暖的真情。不止一次被暗算、欺骗、伤害过，也得到过许多好人的帮助。社会和人生的大书，渐渐读懂了一些。

回首往昔，一句话浮上心头——半生飘零，换来不惑。

半生的跌宕起伏，从远离故乡到回归故土，生于斯长于斯，起于斯止于斯。二十年的时光里，我行走的轨迹从离故乡越来越远到越来越近，最后终止于肥乡这座小城，我用奋斗和折腾画了一幅不规则的岁月图。曾经想要逃离的地方，最终成为收容自己灵魂的港湾。就像始终对自己不离不弃的母亲，纵然平凡、卑微，但她永远是你的至亲。不再年少的我悄悄归来，从不敢、不甘、羞愧到释怀、坦然、平静，一颗浮躁的心渐渐沉了下去。我想，这应该叫作成熟。

半生的沉浮和淘洗之后，我觉得人留下的最可贵的品质应该是，不要变坏，不要放弃梦想，要学会与平凡的自己和平凡的生活和解。

是的，不管我们活得如何平凡，都不应该活得平庸，不应该放弃自己。平凡和平庸不是一回事。我相信，即使是一个平凡的人，生活在平常的小城，于平静的生活中，依然可以拥有不平庸的灵魂、不平淡的心境、不平俗的情怀。在肥乡的天空下，我虽然只是我，但是，我可以成为我。

一次自言自语，一片胡言乱语。写这些文字，为青春画上句号，给岁月一个交代。

不同的回家路

　　春天真正来到的时候，会是一天一个样。那天下班回家，平日里匆匆忙忙的我终究是没能抵挡住春色的诱惑，半路上拐进公园赏了一会儿春色。坐在亭子里，望着夕阳下满园的春色，觉得实在不该辜负这一年一度的阳春三月。既然春色每天不同，那么当然值得每天关注，每天欣赏。而春色每天都不相同，那么我们的生活是不是也应该每天都有所变化呢？如果每天都一模一样，是不是就辜负了这美好的生活，这只有一次的人生旅程呢？想到这里，忽然觉得自己真是荒废了不少本应精彩的日子。于是决定，以后每天都要过不同的生活。而改变生活的第一步，我选择从回家的路上入手。我要走不同的回家路。

　　第二天下班，我选了一条偏僻的小路。这条小路虽不宽，但风景却很别致，路边种着两排婀娜的垂柳，半路上还有一处清澈的池塘。漫步在柳树之下，嫩绿的柳枝掠过肩头，温柔而舒适。远远近近的绿色，深的深，浅的浅，成片成片的晕染在城郊野畔。火烧云逐渐辉煌起来，将天地染得通红。我沉醉在这傍晚的春色中，久久不愿加快自己的脚步。

　　几天后，走遍了所有的回家路，我便琢磨着如何在路上做些不同的事情。第一天傍晚，我带着纸和笔来到公园的亭子里，坐在一簇繁花前写了几行长长短短的诗句。诗句有关春天，虽不是很美，但写诗时的心情却很美。收笔回家，走在路上，一路都是诗意。

　　第二天傍晚，我到亭子里看了一会儿书，翻阅了几篇美文，陶冶了一番情操。第三天傍晚，我到亭子里欣赏了几首钢琴曲，被浓浓的艺术气息久久包围。第四天傍晚，我仔细地观察了一朵小野花，体味了它平凡中的感人的美。第五天傍晚，我坐在池塘边，认真地聆听了一次布谷鸟叫，感受了它对春天的无限热爱。第六天傍晚，我望着天上迎风飞扬的风筝陷入了遐想，久久沉浸其中……

就这样，每天走着不同的回家路，我走完了整个春天。这让我更深刻地领悟到，我们的生活，我们的人生，每天都应该不同，每天都可以不同。哪怕只有一朵小小的涟漪，生活的湖也不会变成一潭死水。只要我们不安分于一成不变的生活，只要我们每天能寻求一点变化，人生的路上就会开满五彩缤纷的花儿。

不同的生活，从现在开始。不同的人生，始于脚下。

春日里的一束鲜花

一个阳光明媚的春日，我从单位出去办事，回来的时候，发现单位对面新开了一家花行。我是一个爱花之人，于是便停下匆忙的脚步走进了花行。

这里，真是一个精致、浪漫、温馨的地方，一个花的世界。各色鲜花很自然地摆放在地上、窗台上、木桌上、吧台上，半空中还挂着几盆长长垂下来的绿萝。窗户旁边是一组古朴的桌椅，桌上是一套精美的紫砂茶具，正等着有心境的人来品茶。素白的墙上，钉着几个大大小小的木格子，里面放了一些竹筒和工艺品，更加浓郁了这里的艺术气息。唯美的轻音乐缓缓浮动，萦绕在充满生机的房间中。花丛中，年轻的女店主专注地插着花，分不出是花更美，还是人更美。

身处于此，忽然就有了一种世外桃源的感觉，也同时生出一丝人世惨淡的感慨来。身在花丛间，心在此境中，总想什么也不想，什么也不做，只是一个人静静地待上一会儿，作片刻世事的逃离，找瞬间灵魂的回归。

坐在椅子上发呆时，望着桌上一束开得正艳的鲜花，忽然就想起了一些事。我想到，此生，我还从没有给别人送过花，没有给爱人送过花。想到此，觉得颇是遗憾，于是便很突然地决定给爱人送一束鲜花，以令她猝不及防的方式。向被花香熏陶得超凡脱俗的女店主请教，她说，经典的红玫瑰是最能代表爱情的鲜花，寓意"我爱你"，一朵玫瑰花的含义是"你是我的唯一"，而新到的雏菊的花语是"深藏在心底的爱"，如若用一束雏菊烘托一支玫瑰，则表示你一直在心底深深地爱着她。鲜花漂亮，女店主也解读得极妙。二话不说，我立刻参照她的建议订了一束鲜花，并让女店主代为送达。

于是，那个春日，我送出了自己的第一束鲜花。而爱人，也收到了我送她的第一束鲜花。惊喜之后，幸福感仍萦绕了她好些日子。

　　这一束临时决定送出的鲜花，却带给我诸多的感慨和思考。在忙忙碌碌的生活中，在日益加快的节奏里，我们到底应该将夫妻之间的爱情放在什么样的位置呢？又应该怎样去呵护和经营呢？毋庸置疑，夫妻之间不应该只有亲情，还应该有爱情贯穿始终。而爱情，也是需要呵护和经营的。或许正如花行女店主说的，生活是需要仪式感的，爱情也是需要保鲜的。我想，只要我们从内心深处真正看重爱情、珍惜爱情，就一定会不断有新的创意去增添仪式感的，会不断有新的方式去呵护、经营、保鲜爱情的。一切都取决于我们对爱情的态度，心态好了，便会把生活过成诗，把爱情开成花。

　　一个春日，一束鲜花，一堂课。

孔雀飞

我酷爱电影，也喜欢做梦。我所珍藏的经典电影，都至少看了三遍以上。在我看过的所有电影中，最最钟情的是《孔雀》。这部电影，我已看了六遍了。对于我来说，《孔雀》是真正的百看不厌了。而每一次看，我都会产生强烈的共鸣，都会被深深地感动。这种共鸣和感动是刻骨铭心的、深入骨髓的。

《孔雀》再一次深入地探讨了梦想与现实的距离。看着她，我常常痛彻心骨，欲哭无泪。《孔雀》是朴素而真实的，她给我们讲述了 20 世纪 70 年代小城里一个普通家庭中姊妹三个的梦想与爱情的故事。而爱情也是他们的梦想。他们都追求着梦想，追求着完美，然而他们的现实结局却都是不完美的，甚至是残酷的。而在这几个凄美的故事中，最令我感动的是姐姐高卫红对伞兵梦的追求。姐姐是个狂热的理想主义者，一次与伞兵训练的偶然邂逅，使她产生了当伞兵的强烈梦想。她为此而竭力争取，而苦苦奔波，然而最终，那个美丽的梦想还是破灭了。后来，她自己做了个漂亮的降落伞，拴在自行车上在大街上飞奔，让那象征着她的梦想的降落伞展开它那美丽的翅膀自由地飞翔，以此在心中获得虚幻的快乐与安慰。她骑着自行车飞奔，她呼喊，她大撒把，她沉醉在自己的梦想中……然而，即使是这虚幻的、暂时的沉醉，也被她的母亲残酷地扼断了……

梦想啊，人类的一个永恒的主题！只要有人，就会有梦想。只要有梦想，就会有欢乐与痛苦、美丽与残酷。

我是喜欢做梦的，而在成长的岁月里，也曾破碎过许多许多的梦想。而这，或许是我钟情于《孔雀》的一个重要原因吧。

在我们青春年少的时候，谁没有过美丽的梦想呢？那梦想是那样的美好，那样地令人神往，让我们一次次地沉醉其中，也让我们为此而努力，而追求。可是呵，现实，坚硬的现实，把我们一个个美丽的梦想击得粉碎。岁月流逝，我们渐渐地面对了现实，适应了现实，习惯了现实，而不再去做梦了，也很少会想起自己曾经的梦想了。然而当我们偶然回忆起年少时的美丽梦想时，那梦想依然是那样地美丽，那样地令人沉醉……

梦想，必然有的会实现，有的会破碎，这是梦想的本质，梦想的真理。

然而，就因为梦想有的会破碎，就因为我们已不再年少，我们就永不再去做梦了吗？不，还要做的，还要沉醉的，还要追求的，还要让梦想活在我们心中的。没有梦想的人生是苍白的人生，没有梦想的人生是可悲的人生。梦想是只有我们人类才会有的，是造物主赐予我们人类的专有的幸福。也正因为有梦想，我们才一步步地走到了今天。梦想的真正意义在于她的美好，而不在于她的实现。梦想是我们心灵的翅膀，只有有了梦想，我们才不会在现实生活中感到苍白、感到可悲、感到残酷。她会带着我们的心灵去自由飞翔，去寻找人生的快乐与幸福……

梦想，不是因为一定要实现而有的……

现实使我们的生活平静，但我们依然有权利做梦……

那美丽的梦想就像那美丽的孔雀，让我们放飞心中的孔雀，让她永远向着美好的远方去飞吧……

轻轻地来与轻轻地去

在这温柔的傍晚，我轻轻地来到了这片草地。我必须是轻轻地来，因为这里全是轻轻的安静。

这真是片美丽的草地。墨绿的草儿高低起伏，黄的和紫的花儿点缀其间。轻轻地风来了，花儿和草儿便轻轻地摇曳。花儿淡淡的清香轻轻地飘向我，使我的心绪也轻轻地漂浮起来了。我轻轻地走着，轻轻地赏着，觉得整个人都变得轻轻的了。暮色轻轻地浓了，我不得不轻轻地去了。我轻轻地去了，心里满是轻轻的依恋。我轻轻地回望，但草地仍是轻轻地远了。

生命就是一次次的轻轻地来与轻轻地去。轻轻地，我们走进一个人，走进一件事，走进一个地方，走进一种心情。后来，我们轻轻地去了，又去轻轻地走进另一个人、另一件事、另一个地方、另一种心情。周而复始，一次又一次。

可是，既然轻轻地来了，为什么又必须得轻轻地去呢？难道就没有永远的相聚吗？上帝轻轻地摇摇头，给了我们一个轻轻的答案和一个轻轻的疑惑。既然如此，那么就让我们把轻轻走过的一个个人、一件件事、一个个地方和一种种心情都轻轻地珍藏起来吧。轻轻的回忆也是一种轻轻的美。

既然我们是轻轻地来到这个世界的，那么也就该轻轻地离开这个世界。轻轻地来是美的，轻轻地去也是美的。

轻轻地我去了，正如我轻轻地来。

山中寻笛

前些年参加一次培训，住进了山中的一处景区里。宾馆就坐落在山脚下，位置极佳，依山傍水，风景甚好。对于工作繁忙、生活单调的上班族来说，这样的培训，简直就是上好的福利了。到宾馆安顿下来，打开窗户，张开双臂，深吸一口山中的清新空气，感觉如释重负，找回了真正的自我，那种感觉使我沉醉。

培训按部就班地进行着，不紧不慢，节奏适宜。培训期间，大家抽空三五成群地登了几次山，聚了几次会，放松了身心，也结交了新朋友，收获了知识之外的友情。而对于我来说，一次独自游山的经历，更使我收获了受益终身的人生哲理。

那天清晨，我醒得很早，便想一个人到山上走走，于是轻轻关上房门，独自走出宾馆，进入景区，来到了山上。夏日的山上草木繁盛，郁郁葱葱，充满了无限的生命力。路边偶有小花点缀其间，给人小小的惊喜。微凉的山气清新而湿润，吸入肺中感觉格外舒爽，使我禁不住大口呼吸起来。远处氤氲着淡淡的雾气，使这山间美景更添了几分神韵。不知名的鸟儿啾啾地叫着，和谐的鸣唱萦回在山间，似一曲清晨主题的交响乐。沿着山路拾级而上，在微微的晨曦中移步易景，时而有曲径通幽之处。每遇一处美景我都驻足欣赏，在此地寄存片刻宁静的时光。陶醉之余，时有淡淡的情愫和轻轻的感慨生于心间。是呵，我已很久没有慢下来，停下来，等一等自己的灵魂了。

沉思间，忽听得山间传来悠扬的笛声。竹笛声声，婉转动听，沁人心脾，令人沉醉。在这清新的早晨，游走于清新的山景中，又邂逅清新的笛声，心旷神怡之感无以言表。我不禁停下脚步，贪婪地聆听这美妙的笛声，望着远处柔和的晨光和淡淡的雾气，恍惚中仿佛进入了仙境。这种奇妙的体验，这种美妙的感觉，从来不曾有过。聆听了几曲之后，我忽然对这吹笛之人产生了浓厚兴趣，很想知道这悠扬的笛声是出自怎样的一个人。这吹笛之人或许是个身着唐装的老者，经历了岁月沧桑的洗礼，看淡世事后透出超凡脱俗的仙风道骨。也或许是个充满文化气息的女子，身着旗袍，手执竹笛，在晨光中伴着笛声婀娜着曼妙的身姿。这样想象着，便起了更重的好奇心。于是，我循着笛声向山上走，感觉吹笛之人是在前面的亭子里。到了，却见亭子空空如也。仔细听笛，感觉吹笛之人应该还在前方，于是便又加快脚步向上走。走了数十步之遥，却发现自己已经过了笛声的来源，于是便又折返往回走，并且一边走一边把手放在耳旁帮助寻声。等我费了好一会儿功夫精确定位后，出乎我的意料，这笛声不是出自一个老者或一个女子，不是出自人，而是从隐藏在路边草地上的一个音箱中飘出来的。这音箱是石头造型的，十分神似，难辨真假。这样的以假乱真，再加上山中地形的影响，怪不得我难以找寻笛声的来处了。我苦笑几声，感觉自己像是被骗了似的，心里顿时空落落的，听笛的兴味也减了大半。时间已然不早，于是便在淡淡的失落中向山下走去。

走在下山的路上，我回想着清晨的山中之游，觉得前面的游程格外有趣，结尾却令人失望。但是忽然之间，我似乎顿悟出了一点什么道理，继而开始为自己的失望而感到懊悔，像是做错了什么。是的，我的失望是源自自己的心态，源自过于注重事物的形式而忽视了事物的本质。这笛声本身就很悠扬，很婉转，很美好，我只管欣赏、享受就好，却因了它不是人吹出来的就失望不已，这是多么愚蠢啊。再细细想来，在平日的生活中，已经过去的半生里，自己经历了多少只重形式而舍本逐末的事，失却了多少生活的趣味和生命的本意啊。此时醒悟，但愿为时不晚。

山中笛声依然悠扬，我就在这悠扬的笛声之中，沐浴着明亮的阳光，带着满满的收获，迈着轻快的脚步，愉快地走下山去……

采一缕春风

平日里工作繁忙，加班是家常便饭，极少有属于自己的业余时间，连家人都照顾不好，外出游玩更是一种奢望。春天到了，窗外春光明媚，虽心向往之，但想想手头成堆的工作，即刻便打消了踏青春游的念头。心想，真要是有点时间，还不如补补觉、陪陪家人呢。

周五晚上加班时，接到文友一个电话，说作协组织我们去参加一个采风活动。在他的鼓动下，我竟突然有了一股激情与冲动，便拿出一种豁出去的劲头爽快地答应了。我多加了会儿班，又计划了一下后边的工作，便在满怀期待中进入了梦乡。

第二天上午，一帮志同道合的文朋诗友聚齐后，我们便驾车来到了采风目的地。在东道主的引领下，大家游山玩水、抒情寄怀、拍照留念，好不热闹、好不快乐。春光好，友人好，心情好，大家都纵情山水、陶醉其中，我也暂时忘却了工作的忙碌和压抑，随着大家一同忘乎所以起来。

临近中午，东道主带我们来到当地一家特色饭店用餐。当地的菜、当地的酒上桌，大家便开始一边把酒言欢，一边探讨诗文，快乐洋溢在每个人的脸上。酒过三巡，大家情绪高涨，便一致要求几个有文艺特长的文友表演节目。于是，有朗诵的，有唱歌的，有跳舞的，有打太极的，一次次将宴会推向了高潮，招待宴会俨然成了文艺晚会。

酒足饭饱、一同尽兴后，东道主与我们握手话别，我们在依依不舍中踏上了归家的路程。

归途中，望着车窗外流动的风景，回忆着上午的快乐时光，恍惚间心中生出诸多的感慨与感悟来。淡淡的怅然里，觉得这世俗的生活就像一个没有出口的圆，我们每个人都在一天天绕着这个圆奔忙、转圈，日复一日，年复一年，周而复始，无穷无尽，很少有跳出去的新鲜想法。即使有了想法，也很难找到跳出去的出口，或者畏惧于外面的未知，压根儿就不敢跳出去，只是在心里幻想一下外面的世界罢了。但生活毕竟不止眼前的苟且，还有诗和远方，暂时的逃离是必不可少的。独行有独行的乐趣，结伴有结伴的快乐。约上三五好友，一同出游、采风，或拥抱大自然，或品味人文历史，都将成为大家共同的美好回忆。而其实，有时候风景如何倒在其次，和谁在一起才是最重要的。和志同道合、谈得来的朋友在一起，本身就很快乐，风景反而显得没那么重要了。不是么？

所谓采风，便是采一缕春风，换一种心情，过更精彩的人生。

遇见

在无尽的虚空与黑暗之中，时间与空间相遇，于是才诞生了这个宇宙，也诞生了我们所寄居的这个地球。

后来，经过无限漫长的时光，阳光、水、空气等等先后相遇，才构成了能够生存生命的环境。

再后来，在茫茫的大海上，终于诞生了最初的原始生命。然后，原始生命慢慢演化，从简单到复杂、从低等到高等、从水生到陆生、从植物到动物，才逐渐有了丰富多彩的生物界，有了猿类。

此后，智慧与猿类神奇般地相遇到了一起，才最终有了人类。

此后，又经过许多万年的沧桑历程，历史的长河才奔流到了当代。

然后，父亲和母亲偶然相遇，我们才来到了这个世界。

然后，于茫茫人海中，你和我相遇。就在此时此刻，就在此地此境，不早不晚，不远不近。

从头至此，凡此种种，需要多久的岁月，多少次偶然，多少次巧合，多少的机缘？

这世间所有的遇见都是缘分。我们唯一能做的，便是珍惜缘分，珍惜每一次遇见……

春天小炒

　　植物是最藏不住心事的，春风一来，该发芽的发芽、长叶的长叶、开花的开花，一扫冬日的枯寂，将世界重新装扮得美丽生动起来。不过，春天里的植物们也不光是用来观赏养眼的，形形色色的野菜便是大自然额外的馈赠。但我最惦念的，却是一种长在树上的嫩叶——香椿芽，用香椿芽搭配鸡蛋烹炒出来的香椿炒鸡蛋，我谓之"春天小炒"。

　　香椿树是一种遍布大江南北的乔木，尤以中原一带居多。在我的故乡冀南平原，香椿树更是一种房前屋后随处可见的寻常树木。因香椿芽食材易得，很接地气，因而香椿炒鸡蛋向来是乡人们春天里一道不可或缺的时令小菜，北方地区很早便有"三月八，吃椿芽"的谚语流传。其实，中国人食用香椿久已成习，汉代时就已盛行。及至北宋，药物学家苏颂在《本草图经》中对香椿的食用价值进行了确认："椿木实，而叶香，可啖。"金元时期元好问的"溪童相对采椿芽，指似阳坡说种瓜"，明代李濂的"抱孙探雀舟，留客剪椿芽"，清代康有为的"长春不老汉王愿，食之竟月香齿颊"，都是对古时人们采椿、食椿、赞椿的生动描写。香椿的嫩芽营养丰富，被称为"树上蔬菜"，用来炒菜、凉拌、煎饼、烹卤、做汤、腌制等等，不仅味道鲜美，还有食疗功效，能有效祛除外感风寒、风湿痹痛、胃痛、痢疾等病症，非常实用。我之所以钟情于香椿炒鸡蛋，不仅是因为贪恋它的美味，更是因为它只有在春天才可食用，是春天里独具特色的美味时蔬，是一段心情，也是一种情怀。何况，"椿"本来就与"春"谐音，它就是为着春天而生的，是专门在春天来给人们增味助兴的。而它逾期不候的脾性，似乎也教给我们一些道理，催促着我们勤谨。

　　香椿炒鸡蛋的烹炒程序并不复杂。将香椿芽去根洗净后焯水，用冷水冲凉后抓干水分，然后切碎备用。将几个鸡蛋磕入碗中用筷子打成蛋液，接着放入切好的香椿芽和少许盐等调料搅拌均匀。炒锅放入食用油烧至七成热后，倒进香椿鸡蛋液，蛋液定型后翻炒至熟即可装盘食用。

香椿炒鸡蛋这道菜，真正把色香味俱全体现得淋漓尽致。装在白瓷盘中的香椿炒鸡蛋，鸡蛋金黄，香椿芽翠绿，黄绿相间，似一簇碧叶繁花。层层叠叠的香椿芽和鸡蛋相拥相抱，散发着香椿芽自身天然的香、鸡蛋的香和食用油的香，氤氲飘散开来，顿觉满屋生香。用竹筷夹一口外焦里嫩的香椿炒鸡蛋送至舌尖，那种鲜嫩的口感、鲜香的美味，瞬时就能勾住人的整个心魂。一盘吃完，口齿留香，回味悠长，又觉意犹未尽，让人不由自主地盘算起下一顿来。

香椿炒鸡蛋的要领，全在一个"嫩"字上，因此选材要嫩，焯水时间要短，翻炒更不可过了火候。因此，能把香椿炒鸡蛋炒得鲜嫩的人，都懂得火候的重要性，做菜、做事应当都不会太差。

我之所以送香椿炒鸡蛋"春天小炒"的雅号，是因为这道菜的确是充满了春天的情致和雅趣。为此，我还专门组织过一次香椿宴。那年冬末春初，疫情闹得厉害，大家都在家憋闷了好几十天，彼时我早就想念香椿炒鸡蛋了，于是便相约三五文友解封后一起去吃香椿炒鸡蛋。久别重逢，文人雅集，那个春夜大家兴致格外好，除了小酌、畅叙、吟诗，还品尝了当晚宴席上的主角——香椿炒鸡蛋。大家吃着香椿炒鸡蛋，吟诵或即兴创作有关春天的诗词佳句，心情都像春天一样畅快，笑脸都如太阳一般灿烂。对于这道菜，对于这个春天，大家真的是盼了好久好久啊。

我小的时候，春天是最缺粮少菜的时节，因而乡人们对香椿树是怀有感激之情的。那时候，院子里那两棵不大的香椿树，能供我们家断断续续地吃上几顿。母亲让我们小孩子采了香椿芽，就会炒上一盘我们期盼已久的香椿炒鸡蛋，上桌前还要用筷子拨出一些留到下一顿吃。我记得一个中午，我们兄妹三个都饿极了，因此不一会儿就把母亲盛上来的香椿炒鸡蛋给抢完了，然后不管不问地跑出去疯玩了。等到快上课时我跑回家拿书包，发现母亲正掰着玉米面窝头抿着菜盘子吃，那菜盘子已被抿得干净锃亮，完全不用再刷洗了。我问母亲，你怎么不吃留着的半盘菜呢，母亲说她吃了留着的菜，晚饭大家就没菜吃了。我听了，疯玩后仍高涨着的情绪一下子低落了下来。我默不作声，提上书包，低着头走向学校。路上我没有说一句话，但我感觉在那一段路上我应该长大了一些。也是因为这件往事，香椿炒鸡蛋在我的心中其实也是一道很有分量的菜。

麻婆豆腐

　　人到中年，有些事就想明白了，就懂了，就看开了，看淡了。走过了许许多多的地方，最后发现，亲人相伴的家中才是世上最温暖、最令人留恋的地方；结识过许许多多的人，最后发现，最懂自己的知己就那么几个，甚至得一知己足矣；经过了许许多多的轰轰烈烈和辉煌时刻，最后发现，平平淡淡的生活才最有真味；追逐过许许多多的新鲜事物，最后发现，最钟情的就那么三两件，甚至就那么一件；品尝过许许多多的山珍海味，最后发现，一道熏燎了人间烟火的家常菜才最抚慰味蕾和心灵。

　　这几年，已然中年的我越来越钟情于一道家常小菜——麻婆豆腐。麻婆豆腐，没有山珍海味的奢华，没有吸引眼球的品相，名字也土得掉渣。但与此同时，它又有着麻辣、开胃的味道，更有着颇接地气的平民情怀。这道并不起眼的小菜，其实是有着久远的渊源的。据史料记载，麻婆豆腐始创于清朝同治元年。当时，成都万福桥边有一家陈兴盛饭铺，饭铺由早年丧夫的老板娘经营。因老板娘脸上长有麻子，因此得名"陈麻婆"。当时，光顾饭铺的不少是苦力之人。一次饭铺快关门的时候，又来了一伙贩夫走卒。陈麻婆见店里已经没什么食材了，便急中生智，将豆瓣剁细加上豆豉放油锅里炒香，加汤后放入切成两厘米见方的豆腐块，再加入炸好的牛肉末和其他调料，一道美味的豆腐菜便做好了。后来经过完善，便形成了一套烹制豆腐的独特烹饪技艺，烧出来的豆腐色香味俱全。陈麻婆热情好客，为人实在，价格公道，特别是对穷苦人更关照有加，因此饭铺名气越来越大，顾客越来越多。后来，麻婆豆腐逐渐成为四川省传统名菜之一，并远渡重洋走上了许多国家的饭桌，成为一道极具中国特色的国际名菜。麻婆豆腐不仅是一道中国菜，而且已经成为中国的一个文化符号。它的发展历程，与许多成功的人、事、物都有某些相似之处，能带给我们诸多的启示。

作为一个北方人，能吃到地地道道的川菜似乎是一个奢侈的愿望。尤其是在这普普通通的北方小城里，吃上正宗的川菜更是遥不可及的梦想。但我是幸运的，因为自从五六年前邂逅了一家名为"成都小吃"的饭店后，便能时常享用到天府之国的美味了。饭店老板兼厨师向东，是一个地地道道的四川人，早年间在成都师从名厨，得到真传后到北方开店创业。在他拿手的琳琅满目的川菜菜品中，麻婆豆腐很快便成为我的最爱，已经成为我光临此店的必点菜。当一盆刚出锅的冒着热气的麻婆豆腐端上桌，在翠绿的香葱花的点缀下，白白的豆腐浸在红红的汤汁中，夺目的色彩和热烈的味道，让人立即就有了无限的食欲。用勺子舀一勺送入口中触碰舌尖，麻、辣、鲜、香的味道立即就通过味蕾传遍了全身，打开了胃口。此后，便再也难以放下勺子。这道麻辣豆腐菜，色泽诱人，味道鲜美，口味独特，口感顺滑，食用时酣畅淋漓，微冒细汗，食用后浑身舒坦，回味无穷。如果是用麻婆豆腐来下饭，米饭或馒头吃得定要比平时多上好几成。

我虽少有做饭的时候，但曾经也是烧菜的一把好手，至今对美食有着浓厚的兴趣，因而遇到百吃不厌的麻婆豆腐，自然要将做法要领学到手的。经过向东的多次口授手传，我也大致掌握了麻婆豆腐的烹制过程：先切好水豆腐丁、牛肉末或猪肉末、姜末、香葱花备料，然后将水豆腐丁放入加了少许盐的沸水中焯一下去除豆腥味，接着烧锅放油炒肉末，肉末将熟时再放入豆瓣酱、姜末、辣椒粉炒香，烹料酒，放一勺高汤或水，再放入水豆腐丁以及味精、鸡粉、酱油烧入味，随后勾芡增浓汤汁，起锅后倒入菜盆，洒上花椒粉和香葱花，麻辣可口的麻婆豆腐便可食用了。

麻婆豆腐味道好但不华丽，名气大但不昂贵，有文化但接地气。它的平民情怀是最让我欣赏的。它用料简单、成本低廉、价格实惠。也因了这实惠，才让它走进百姓日常生活，得以更广泛地流传。它也让我想到了一些物、一些事、一些人，让我明白，越是放低姿态，服务到更多的人，才越能体现更多更大的价值。豆腐如此，人更是如此。面对麻婆豆腐，我们真的需要向它学习很多很多。

每一道中国菜，都是一个创意、一段历史、一种情怀，当然，也都是生活和人生的一堂课。

萌

　　这是北方的一片黄土地。这片土地上的冬天又冷又长、又长又冷。土地被冻得裂开了一道道口子，像是长了一块块的冻疮。每天，北风的呼啸就像魔鬼和野兽的吼叫，令所有生命战栗不已。一场场的大雪是一场场美丽的骗局，带来无边无际的严寒。土地上的枯草和落叶经霜打雪盖，已变成黑褐色，变得更加残败、腐烂，愈加接近土地。

　　这个冬天太冷了，冷得好像把世界都冻住了，把时间都冻住了，每一分每一秒都是那么难熬，好像要永远冷下去、冻下去、萧条下去。这片土地上的所有生命几乎都要丧失熬过去的信心了。

　　这个冬天是那么冷、那么长。但是，大地上，树木紧闭着双眼，朝向天空的枝干就像插在地里的戟，在沉默中倔强地反抗着严寒。动物们都蛰伏在洞中和角落里，用深深的冬眠与严寒对抗。所有的种子都深藏在冻土中，耐心地等待着重生的时机……

　　这个冬天是那么冷、那么长。但毕竟，漫长的冬天已经过去了大半，接近了尾声。坚硬的冻土开始有所松动，土地上裂开的口子渐渐变小，就像伤口在慢慢愈合。雪花落到土地上，很快就消融在了土地中。寒风有所减弱，并开始改变风向，转为南风。在逐渐温和的风里，捎带着令所有生命感到欣喜和振奋的讯息……

　　这时，深藏在土里的一颗种子醒了……

第二辑　絮语

一棵枸杞树

去年夏末，在熟人开的饭馆里吃饭，见他在各式的花盆中栽了好些棵不知名的小树苗儿，便问他这是何花何树。熟人答曰：枸杞树。我对这稀罕之物来了兴趣，便问他从哪里买的，他的回答出乎我的意料，竟然是从野地里挖来的。我对他立刻佩服起来，因为我压根儿不知道我们本地还有野生枸杞树，压根儿不认识枸杞树，更别说从野地里辨认出来了。在后来的攀谈中，我又了解到，他之所以挖来枸杞树栽种，一是为着枸杞树清秀古雅、苍健雄劲的身姿，栽入盆中即是立体的画、无声的诗，二是为着枸杞子滋补肝肾、益精明目、延缓衰老、提高免疫力的养生功效，是一味药食同用的中药材。听了他的介绍，我对这低调生长的枸杞树起了更浓的兴趣，并且很想带回单位一棵种在办公室里，装点陋室，颐养性情。熟人很是畅快，让我尽管挑，我便看中了其中一棵身姿俊秀的枸杞树。说是枸杞树，其中就是一棵小树苗儿，主干筷子一般粗，高二三十厘米，甚至比花盆中的花儿还要矮小。然而，它那曲曲折折的躯干，确乎透着一股傲骨之气，颇有文人情怀、君子之风，使我甚是欣赏、尊重和敬仰。我想，它若是长在我的办公室，定能使我的寒舍生机盎然，充满勃勃生机和诗情画意。这样想着，回去的路上格外欣喜。

然而，这棵本来倍受宠爱、前途光明的枸杞树，却遭遇昏主，时运不济，命途多舛。它被我捧回办公室后，我将它随手放置在一个最不起眼的角落，想在第二天好好把它侍弄一番。不曾想，第二天工作格外繁忙，于是便忘了此事。再后来，工作节奏似乎日渐加快，更主要的是自己热情的减退，于是它便一直默默地待在那个角落。有时我也有心侍弄它，但我的繁忙和懒惰使它始终没能改变自己的命运。它来时其实不是种在花盆里，而是临时种在半个酒瓶中，但它落在我的手里，始终没能混上一个花盆。不仅如此，浇水也是靠不住的，有时候一个多月都浇不上一次。由于我的冷落，同事便没把它放在眼里，偶尔还会倒点茶渍、扔个烟头到土里，那个破旧、寒碜的"花盆"，俨然成了办公室里的临时垃圾桶。由于主人的冷落和生存环境的恶劣，来时还算枝繁叶茂的枸杞树，很快便叶黄枝干、形如枯槁。然而，让我意想不到的是，尽管它不受待见，生存艰难，几次近乎死亡，但它每次都努力不死去，每次都挣扎着活了下来。

这棵浮沉跌宕、历经生死的枸杞树，它真的像一个君子，它真的是一个君子。

一次次为着枸杞树揪心、震惊、感动，也使我生发了诸多的人生思索。作为一个走过半生的人，经过了那么多的世事沧桑，见过了那么多的人和事，便很容易从这棵枸杞树身上看到人的影子，悟出人生的哲理。也或许，许多人都能从这棵枸杞树身上看到自己的影子。人世间，总有那么一些人，生不逢时，怀才不遇，壮志难酬，他们是悲壮的，也是可敬的。总有那么一些人，本来也有着雄心壮志，但迫于生活和世俗，渐渐流于平凡，归于平淡，然而内心深处却仍然不甘平庸。总有那么一些人，出身卑微，身处底层，平凡得如一粒尘土，然而即使他们处在最恶劣的环境中，也始终在拼命挣扎着，向上生长着，努力让自己活得更有意义、更有价值。我们应该向他们致敬。

这棵脆弱却不懦弱、平凡却不平庸的枸杞树，我对它更加肃然起敬起来。

一棵枸杞树，一堂人生课。

绿窗

绿窗是一个很浪漫、很诗意的意象，但实际上它却十分平淡，甚至充满了苦楚。

那日清早，我散步路过一所中学时，被这所学校的栅栏围墙所吸引。那是用铁栅栏围起来的墙，墙上攀爬着蔷薇等绿植，墙外数米宽的绿化带内，是品种繁多的花木。长长的围墙，简直成了植物的天堂。层层叠叠的绿叶，有的墨绿，有的翠绿，有的嫩绿。盛开的月季花、格桑花，有的鲜红，有的粉红，有的鸭黄，有的雪白，使人无法不陶醉在花团锦簇的画面中。我扭头欣赏着难得的美景，不知不觉地就放缓了脚步。我想，我已经很久没有如此悠闲地散步了，很久没有这样的闲情逸致了。而这天清晨，我给自己匆忙的灵魂开了一个小差。

在缓慢地行走和流动的风景中，忽然间，一处与众不同的景象映入眼帘，然后又极快地消逝过去。好奇心驱使我退后几步，来细细地观察那一处景象。那是一处不甚显眼的景象，一条窄窄的光秃秃的小土路横亘在绿化带中，连接起了围墙和便道。小土路尽头的铁栅栏处，是一个绿植围起来的矮矮的洞口。倏然间我就明白了，那是家长们等候孩子的地方。而当我明白过来之后，鼻子忽然酸酸的，眼眶忽然湿湿的，忽然间就失掉了男子汉的阳刚之气。

是的，那是一个家长们等候孩子的地方，那么狭窄，那么低矮，那么委屈。然而，再狭窄的洞口也挡不住看望孩子的愿望和心情。那光秃秃的小土路，需要多少家长走过多少趟才能踩出来呵！它就像父母手上的老茧，那么坚硬、那么明亮、那么刺眼。那用身体挤出来的洞口，需要家长们梳理、挤压多少次，与扎人的植物对峙、竞争多久才得来的呵！那是用爱夺来的高地，那是用爱塑出的丰碑！

我实在不忍心把这里称为洞口，我想给它一个诗意而温情的名字——绿窗。

　　在这扇绿窗中，不知有多少父亲母亲、爷爷奶奶、姥姥姥爷，在四季的不同的时辰不同的天气中，蜷缩在这扇绿窗下，耐心地或焦急地等待着孩子的出现。在那深情的注望与欣喜的期盼中，满是血浓于水的亲情之爱。那深情的目光一定能够穿越操场，穿透墙壁，抵达孩子身上。但唯一的又是最大的遗憾是，此时的孩子不一定能够感受得到。对他们来说，校园生活是热闹的、精彩的、充实的，家长们用长久的热切期盼换来的相见，对于他们来说不过是短暂的片刻时光。而且相见之后，他们还会觉得不耐烦，会很快跑开。而这离去的背影，又会换来家长们久久的深情注望……

　　此刻，想到自己的学生时代，想到母亲，想到父亲，我的眼泪早已不受控制……

　　长大了，结婚生子了，为人父母了，才渐渐懂得当年父母的不易。多么简单的道理，但要真正深刻地体会得到，又是多么的不易。这次，偶然的机缘让我站在父母的角度来审视孩子，审视过去，心中最柔软的部分毫无防备地被强烈的情感所击中。导演陈凯歌说，长大有时只是一瞬间的事。我想，成熟也常常是一瞬间的事。这一瞬间，就是你想明白一些事的那个豁然开朗的片刻。初闻不知曲中意，再听已是曲中人。是的，有些道理人只有到了一定年龄才能想明白，有些感悟人只有经过岁月的历练才能获得。这不是聪明不聪明或智慧不智慧的事，这事只能由岁月来决定。

　　一扇小小的绿窗，打开了我心中的一扇大窗……

脚步

父亲的脚步，是缓慢而沉稳的。父亲是一名军人，经受过部队的摔打，拥有过辉煌的岁月，经历过生活的磨砺，见证过世事的沧桑。如今，从他的脚步声中，能听出岁月的沉淀和人生的厚重。在那缓慢而沉稳的脚步声中，是见识，是阅历，是了悟，是通透，是踏实，是从容。像一本书，需要我去阅读、体会、感悟，以使自己走得更稳、更远。

我的脚步，是急促而焦躁的。结婚生子后，渐渐告别了青春的激情和浪漫，不得不将更多的精力放在了家庭日常、柴米油盐上。一地鸡毛，渐渐取代了风花雪月。生活的大手推着自己急匆匆地向前赶路，来不及欣赏沿途的风景，顾不得路上短暂的停留。数不清的日常俗务等着自己去处理、应付，急促而焦躁的脚步成为常态。然而，在忙碌和疲惫的同时也收获着最珍贵的亲情。一碗烟火里，是最真实的幸福。

孩子的脚步，是轻快而欢喜的。孩子的降临是世上最喜悦、最奇妙的事。在孩子身上，有着自己的深刻烙印，更有着无限的可能。在看着他们长大的同时，我也对比、回望着自己的童年，重温着儿时的旧梦。一个个新生命，对世界充满了好奇，每天用轻快而欢喜的脚步探索着更广阔的天地。而我，愿意在背后默默地当好他们最坚强的后盾，帮助他们走得更远。他们的前方，是充满无限希望的明天……

远方

他从小就是父母眼里的好孩子，也是众人眼里的好孩子。

从小，父母就教育他要听话，一次次告诉他，只有听话的孩子才是好孩子。而他也的确很听话。按时吃饭，准时睡觉，尊敬长辈，与人为善。不骂人，不打架，不贪玩，不晚归。

他学习很用功，各门功课成绩都很优异，不偏科，均衡发展。同时，他热爱劳动，热心帮助同学。在老师眼里，他是个不折不扣的好学生。每年他都被评为"三好学生"，家里的奖状贴了一墙。

参加工作后，他遵从父母的安排，和一个门当户对的姑娘结了婚。日子虽平淡，但他很知足，也很珍惜。为了这个家，他踏踏实实工作，不染不良嗜好，不乱花钱，不乱交友。他体贴妻子，疼爱孩子，孝敬父母，是妻子眼里的好丈夫、孩子眼里的好父亲、父母眼里的好孩子。除了工作，他把所有心思都用在了家里，用在了亲人身上，舍不得在自己身上花费一点心思。为了照顾家人，他甚至没有真正旅游过一次。

在这大半生里，他心底似乎总有一股力量想要突破什么，但最终都被理智说服。因为他相信，只有中规中矩地去工作、去生活，才能做个好人，才能过好日子。

一天，他突发急病，无力回天。弥留之际，他努力拿起笔，在纸上颤颤巍巍地写下了最后两个字：远方……

原野中的草房子

那是一片辽阔无边的美丽原野。

天，是那样蓝，蓝得像宗教。高远的天空上，一朵朵轻轻的白云静静地移动，将天空擦得越发明净。原野上草儿茂盛，如同一地碧玉，绿得使人振奋。各色的花儿探出在草丛间，就像一盏盏小小的彩色灯笼。站在高处放眼望去，整个原野就是一片碧绿的大海。轻风吹来，草儿翻起柔柔的绿浪，花儿摇起美丽的花朵，一起唱起欢乐的歌。这是世上最辽阔、最美丽的原野。

在原野的高处，有一间精致的草房子。

草房子是用稻草搭的，小巧玲珑，坐北朝南，是朴实的稻黄色。房顶是三角形的，角度不大不小。房身的稻秆整齐而细密，像少女柔顺的发丝。风来了，稻叶就跳起纤纤的舞蹈。草房子里面是个安静而自由的世界，里面有一张桌子、一把椅子和一张床。桌子立在小小的椤窗下，椤窗把房子外的美景采给了房子的主人。

那是一片辽阔无边的美丽原野，在原野的高处有一间精致的草房子。

草房子是安静而自由的。草房子在哪里？我不知道。我只知道，草房子在远方。

我还知道，草房子在我的心中。

草房子是一种绝对的安静和自由。草房子是谁的？我不知道。我想，草房子是属于原野的。

然而，我又认为，草房子也是属于我的，因为它存在于我的心中。

但是，草房子仅仅属于我吗？不，草房子其实也属于你，属于他，属于每个向往安静和自由的人，只要你向往，只要你想象……

悟在藏地

有没有一个人，让你念念不忘？有没有一段岁月，让你久久怀想？有没有一个地方，让你无限向往、热泪盈眶？

我的心里，就有这样一个地方。她的名字，叫西藏。西藏之行、圆梦之旅，带给了我诸多的体会和感悟。

西藏是神秘的、美丽的、纯净的，然而却不是每个人都能领略她的风采。除了需要克服剧烈的高原反应，还要经历盘山公路的九死一生。有个同伴在进藏的第二天便因身体严重不适而不得不坐飞机返回，留下了终身遗憾。在高海拔景区，时常有急救车接走一个个晕倒的游客，并曾有游客因抢救无效而死去。在去往羊卓雍措的盘山公路上，我看到山崖下横着几辆摔烂了的汽车，那其实就是一个个为追随西藏而断魂的生命。最美的风景在远处，在高处，在危险处。我们需要学会敬畏自然，因为生命本就脆弱而渺小。

在大昭寺外，在拉萨街头，在西藏的一条条道路上，时常能见到磕着等身长头的朝圣者。他们从千里之外的家乡，几步一个等身长头，一直磕到拉萨，磕到大昭寺，只为一睹佛的真容，朝圣心中的信仰，哪怕死在路上也不畏惧。他们衣衫褴褛，但目光清澈而平静、虔诚而执着。是的，高原缺氧，但不缺信仰。在信仰缺失的年代，有信仰的每一个人都值得敬仰。

西藏的天，是明净湛蓝的，蓝得那么动人；西藏的云，是雪白无瑕的，白得那么纯粹；西藏的山，是高大雄伟的，高得那么神圣；西藏的水，是清澈透明的，清得那么圣洁。西藏，是大自然中的一片净土，是心灵深处的一方净土。只有在这片净土中，才能回归最真实的自我，才能找到心中最初的梦想。西藏，是荡涤灵魂的地方。

西藏，有着久远的历史，有着众多的民族，有着繁盛的佛教，有着神奇的藏药，有着丰富的民俗，有着美味的饮食。西藏，是博大精深的。一个"藏"字，就足以彰显西藏的神秘和深厚。她的博大，永远值得我们去品味、学习和研究。

在西藏，处处激荡着爱国主义情怀。在这片广袤的土地上，流传着一个个抵御外敌、舍命筑路、坚守国土的感人故事。爱国主义，就是这片土地上的主旋律，就是全区军民最闪亮的精神品质，是他们共通的民族情感。那高高飘扬在军营和家家户户的庭院中的五星红旗，就是他们对祖国最赤诚的告白。

......

悟在藏地，感悟西藏......

前世今生

在茫茫人海中，在比一粒沙还要小的一次偶然中，你出现在我的视线里，就那么一眼，就那么一瞬间。然而就是在那一刹那间，你给了我从来没有过的心动，让我如此震惊，让我感到如此不可思议和难以理解，让我如此难忘。你这是第一次让我邂逅，然而却让我感到你是我前世最亲最近的一个人，亲得就像是一个人。当你消逝在人海中的时候，我依然久久地驻足原地，久久地陷入难以理会的思绪。失落的我，于是就开始期盼着能与你再次相遇，以印证我这莫名的感觉。可是，你还会来吗？

你闯进了我的心，闯进了我的生活。从那以后，你成了我心里最爱翻看、最爱品味的一本书。白天想你，夜晚想你；春夏想你，秋冬想你；高兴时想你，心情不好时也想你；不做事时想你，做事时也想你；想你时想你，顾不得想你时也感觉着心里的你。可是，你还会来吗？

我挖出心底最深的记忆、感觉与想象，固执地认为我们前世有缘，有着缠绵的爱情和难忘的故事，有着来世的约定。然而，我却不能确定我们能不能再次相遇，更不能确定我们能不能续写前世的情缘。于是，对你的思念中也开始伴随着一丝的孤单、失落与忧伤。你就那么走了，眨眼间就走了，不留给我半点机会。然而，我却不甘心就这么失去，于是我便开始了等待，漫无边际、没有尽头的等待。我执着地等待着，我固执地认为今生还能与你再次相遇，哪怕只是一眼，只是一个轻轻的擦肩而过，这，便足矣。可是你，还会来吗？……

我爱你，但与你无关

我爱你，但与你无关。如果现实使我得不到你，那我就不会再去奢望得到你，不会去打扰你，甚至不会告诉你。我将在心里默默地爱着你，并且为此而幸福。爱你，是我一个人的事。

这是电影导演徐静蕾的爱情观，同时也是我的爱情观。亲爱的朋友，你呢？你是不是也是这种爱情观呢？

这种爱情观，完全不是指少年时期的暗恋，而是一个成熟的人的成熟的爱情观，是一个人在现实世界、现实人生中跋涉千山万水而形成的一种爱情观。爱情，是人类的一个永恒的主题。古往今来，爱情造出了多少悲欢离合、爱恨悲歌。茫茫人海，滚滚红尘，花花情场，有多少人得到了世上最甜蜜、最幸福的爱情，又有多少人情场失意、留下了彻骨的伤痛与遗憾。而更可悲的是，有多少失意者出于怨恨或妒忌而伤人害命，又有多少人因失意而过早地结束了自己的生命旅程。爱情是世上的一个普遍而永恒的矛盾，它给我们带来快乐，也给我们带来痛苦。它不可能完全圆满，也不可能让所有人都获得完美的爱情。这，是爱情的真理。

既然这样，那就让我们学会默默地爱吧。当我们深深地爱上了一个人而现实又使我们得不到我们最爱的人的时候，放弃得到他（她）的愿望，而在心里默默地爱他（她），让他（她）永远活在我们的心里。不必怨恨，不必妒忌，也不必看不开，我们能够爱他（她），这就是我们最大的和永远的幸福。爱着，就是幸福的。幸福其实就在我们的心里，我们又何必去固执地追逐一个人呢？幸福，只能靠我们自己来创造。

当我们打开了久闭的窗子，就会倏然发现，天，是那么高，那么大，那么蓝……

我也要对我深爱的而又得不到的人说：我爱你，但与你无关！

世界

听一个年轻的上班族母亲讲她与年幼儿子每日分别的故事，触动很深。

她结婚三载，于去年初喜添新丁，生下了与丈夫爱情的结晶，一个白白胖胖的儿子。可是年轻人压力大，她需要去上班，于是全职带了几个月后，便不得不给儿子断了奶，让婆婆来帮忙照看。此后的每一个早晨的分别，就成了她最心疼、最纠结、最心酸的时刻，也是常常让她泪眼蒙眬的时刻。当她准备上班走时，总要再抱一抱儿子，然后再将儿子递给婆婆。儿子特别黏她，一离开她的怀抱便会哭闹。那一刻，她心里充满了无限的不舍。可纵使她有多么心疼儿子，多么不忍心离开儿子，理智还是让她不得不狠下心来毅然决然地把儿子递给婆婆，然后扭头走出门去。而走出门外的她，泪水早已溢出了眼眶……

她说，虽然时间长了，这种分别趋于习惯，但每次分别时她对儿子的不舍却未曾减少过一丝一毫。

在每一次分别后下楼的楼梯上，她总是这样想，儿子，现在妈妈或许就是你的全部，就是你的整个世界。但世界很大很大，妈妈也有自己的世界，妈妈现在去上班，暂时夺走了你的世界，是为了给我们家打下更坚实的基础，为了让你以后能够有条件拥有更大的世界。你是男子汉，需要慢慢面对生活，面对人生，然后一步步打拼出属于自己的更大的世界……

每次这样想想，她心里就会稍稍减少一点难受，然后调整好心态，坚强地去面对忙碌的一天，去面对残酷的世界……

母亲的半日游

"五一"假日，有半天的时间没有游玩日程，闲来无事，我突然心血来潮，开车带母亲到附近的两处景点逛了逛。路上，久不出门的母亲兴致很浓，时而下车漫步赏景，时而让我拍照留念，游玩的热情出乎我的意料。见她如此高兴，我便顾不得劳累，用心当好导游，全力搞好保障，想尽一切办法让母亲玩好。回来的路上，有些倦意的母亲心满意足地睡在了后座上。

母亲虽然睡着了，我的心里却久久不能平静。

细想起来，母亲已经很久没有这么开心过了。曾几何时，我还许诺过，要给她报团去北京旅游，弥补她没有去过京城的遗憾。然而，自己虽然提过，但并没有真正上心，也没有真正付诸行动。而自己呢，天南海北地游，五湖四海地玩，却很少想到，旅游是每个人都向往的事，包括年迈的母亲。我想，我真的太忽略母亲了。尽管有时候工作也确实是忙，但这绝不能成为忽略母亲的理由。

想得再远些，母亲为我、为这个家操劳了一辈子，甚至现在还在努力地工作着。母亲从黑发到白发，从年轻到年老，我是最亲近的亲历者。然而，正因为是最亲近的人，反而最容易忽略。在平平淡淡的日子里，一切照常如旧，一切理所当然，一年中孝心回归的时刻并不多，我给予母亲的回馈少之又少。想到此，心中的愧疚难以形容，良心发现后的自责久久难以消解。

树欲静而风不止，子欲养而亲不待。我们总是认为，父母的日子还长，自己的工作很忙，等不忙的时候再好好孝敬他们。但是，我们真的不知道，时间有多无情，生命有多无常。静下来的时候，我们真的应该好好想一想，人活一世，哪些是重要和珍贵的，哪些是无足轻重的，哪些是永远和永恒的，哪些是过眼云烟。分清了轻重，理清了缓急，便明白了该何时孝敬父母，该怎样孝敬父母。

孝敬父母，永远都不晚。孝敬父母，即从现在开始。

听泉

　　水，是人类之源、一切生命之源，是中华文化之源、世界文化之源。没有水，就没有人类和一切生命，就没有中华文化和世界文化。我崇敬水、向往水、渴望水。

　　位于文化古都南昌的洪崖公园坐落于南昌市湾里区雄伟的群山之中。求学到此地，少不了逛公园，洪崖公园我已去了数次。其中有一次，我久久地、全身心地听了一次泉。

　　由于出生、长大在黄土地，所以我很早就有了听泉的愿望。那天下午我独自游览洪崖公园，游罢后我就来到泉水中游的石滩上坐下来听泉。放下背包，手捧清凉透澈的泉水痛饮、洗面，真是痛快之至。而后，我就坐在大石上静静地听起泉来……

　　泉水哗哗，奔流不止……

　　听泉，使我想到了生命的根。水，人类之根、一切生命之根啊！水，我们的母亲！

　　听泉，使我想到了永恒。泉水那么永不停息地向前奔流，使我们没有缘由想象它的枯竭。时间，是永恒的；生命，是短暂的。

　　听泉，使我想到了一种执着的精神。泉水奔流，永不知疲倦，这是一种震撼人心的执着。这种执着，把石头冲圆；这种执着，可以使我们做成任何事情……

　　听泉，使我想到了宁静。尽管泉水有"哗哗"的声音，然而这声音却是轻微的，而且这轻微的声音更衬出了泉水的宁静。淡泊以明志，宁静以致远。宁静，其实是最真实的一种生命状态。作为个体的人，我们需要宁静，只有宁静、沉默地阅读世界、阅读生活、阅读人生，我们才能真正地读懂世界、读懂生活、读懂人生。

听泉，使我想到了清纯。泉水的清纯是美丽的、动人的。清纯，是泉水所独有的永恒的魅力。而人的心灵的清纯，则是人生的一种高境界。心中无杂念，乃是人生之最高境界。随遇而安，随遇而乐，心中无物，多么悠然的人生啊……

…………

听泉，我听出什么来了吗？没有。然而，我真的没有听出什么来吗？非也。

向左转，向右转

自从我们来到这个世界上，我们就开始了在人生道路上的行走，坚定而执着地行走。一步，又一步，每一步都浸透了眼泪，每一步都盛满了欢笑。我们走啊走啊，一刻也不曾停止。

我们在人生的道路上走着，走着，不知不觉的，一条路却分成了两条路。这时，我们停住了，不知该向左转还是向右转。道路，需要我们做出选择。向左转？向右转？我们一时茫然。然而，选择是必定要做的，不然我们就会在这个路口停滞，在这个路口衰败，甚至在这个路口消亡。于是，我们开始了艰难的选择。经过了漫长的思索，我们终于决定了一条路。于是，我们跨出了坚实的一步，走上了我们选定的那条路。

于是，我们学会了选择。

从那以后，选择就开始一个个地接踵而来了。而我们，也一次次或主动或被动地做出了选择。这选择有坚定的，有犹豫的；有轻松的，有沉重的；有快乐的，有痛苦的；有圆满的，有遗憾的……

选择啊，相伴我们终生的恋人！

其实，常常，选择是无所谓对与错的，只能是根据我们的目标和喜好而定。常常，选择都是一半是获得，一半是遗憾，没有绝对的完美。在这个时候，选择是最痛苦的。

在任何时候，人都无法逃避自己的选择，就像无法逃避自己的人生。而无论是向左转还是向右转，其实，都是为了向前走。

做个多情的人

这里说的多情，是广义上的多情，并非爱情上的多情。

这个世界上固然有许多壮美的景象令我们惊叹，使我们久久难以忘怀：辽阔无边的大海，高耸入云的山峰，飞流直下的瀑布……然而，那些微不足道的小生命也不乏其美。阴暗的墙角里，默默探出一棵小草来，既秀顾又纯净，使人不禁顿生爱怜；尘土飞扬的路边，砖缝里钻出一株野花。花开了，摇曳着向行人绽放她美丽的微笑……发现这些，需要我们多情。

生活中固然有许多让我们刻骨铭心的相遇，有的成为挚友，有的成为恋人，有的因对方而改变了自己的一生……然而，许多瞬间的邂逅也足以令人感动。擦肩而过的一个善意的眼神，能扫掉我们心中不少孤尘。一个陌生孩子的灿烂的笑脸，能带给我们一整天的好心情……发现这些，也需要我们多情。

……

这些平凡和渺小，是生活中无处不在的美。如果没有这些美，生命的旅程将是多么惨淡。而如果我们不能发现这些生活赐予我们的美，又将多么遗憾。

要发现这些美，就必须磨炼出一双多情的眼睛和一颗多情的心，做一个多情的人。

多情的人不仅善于发现美，更善于创造美。

小时候，家里一贫如洗，土打的房子都裂了大缝。父亲母亲为了改变破败的现状，每天拼了命地在地里劳作，天黑时从地里回来，浑身像散了架。可是即使这么忙这么累，父亲仍坚持精心照料他的那几盆花。每天晚上，在昏暗的煤油灯下，爸爸精心地给他的花松土、修剪、浇水，忙完了就久久地欣赏，大加夸赞他的花。渐渐的，我们也都一个个地喜欢上了花，喜欢上了养花。因此，那些年月日子虽艰难，但我们一家人的心情却是那样快乐。

父亲是个多么热爱生活的人呀！

只有多情，我们才能发现生活中的美，从而活得更加充实和快乐。我的朋友，你愿意做个多情的人吗？

世上有多少种爱情

在这纷繁的世上，爱情到底有多少种呢？

有一种爱情是最深的，也是我们常人所渴望的。两个人真正地情投意合、深深相爱、不可分离，在共同走过一段人生之路后，他们终于结合到了一起，从此相濡以沫，永不分离。我想这就是所谓的倾城之恋、旷世之恋或永恒之恋吧！

有一种爱情是沉默的爱情。一个人深深地爱上了另一个人，真挚地爱着，朴实地爱着。然而，那个人却从未对心中的恋人说出自己的爱。那个人就这样默默地爱着，从未说出口。这样的爱情叫作暗恋。也许有的人在默默地爱了很久以后，终于鼓起勇气表白了自己的爱，但遭到了拒绝，于是就继续默默地爱，像表白之前一样默默地爱。这样的爱情，大概也应该叫作暗恋。热恋热烈，而暗恋又何尝不是感人的呢？

有一种爱情是短暂的爱情。两个人由于偶然的缘分而相识并深深地相爱。这种爱情也是真挚的、热烈的、动人的。然而，由于许多现实的原因，他们最终不能走到一起，相守一生。这种爱情是短暂的，然而也是永恒的。

有一种爱情，是仅仅一次的邂逅。两个人偶然地邂逅了，这邂逅也许只是短短的几句话，或一段相伴无言的路程。然而，就在这么短暂的邂逅中，其中一个人爱上了邂逅的对方，或者他们彼此都爱上了对方。然而，在这么短的时间里，谁又能把自己心中的爱表白给对方呢？所以，这爱，也就只有珍藏在心底了。这种爱情，慢慢变成甜甜的回忆，永远，永远无法忘记……

还有一种最短暂的爱情，这爱情只是那么一眼、一瞬。两个人相向而遇，而其中的一个被对方深深地吸引了，深深地爱上了对方。那个人深情地望着对方，直到看不见为止。这瞬间的爱情没有言语，只是那么深情的一眼。而那一眼，又常常使人终生难以忘怀……

…………

世上到底有多少种爱情？其实谁也说不清。

行走

人一来到这世上就开始行走，从未停止，也不能够停止。

我们走过无数的路：长的路和短的路、宽的路和窄的路、平坦的路和坎坷的路，有美丽风景的路和毫无看头的路，一时间，真难以算清到底走过了多少路。有些路我们愿意走，因为那是充满快乐的路，因而，即使是很长的路，在我们眼里也是极短的路；有些路我们不想走，甚至是怕走，因为路上有泥泞，有荆棘，因而，即使是很短的路，在我们眼里也是漫长的路。然而，不想走不等于不必走，我们有很重要的事要做，这些路是必须要走的。我们咬着牙坚持着走过了那些难走而可怕的路。有些路我们走过了很难忘，有些路我们走过不久就会忘得一干二净。然而，我们走过的每条路都是值得记住的，因为那些路上踏着我们曾经的心情和思索。多记住一条路，就多了一份美好的回忆。

人有一种最本质的行走，那就是在岁月的路上行走，这可真正是每个人每时每刻都在进行的行走。我们醒着的时候在行走，我们进入梦乡就停止行走了吗？不，我们仍在行走。不管我们能不能意识到这种行走，我们的确是一直在行走，不曾落下过一分一秒的路。不知不觉中，我们走过了十年、二十年，或者五十年、六十年的路。我们走过了数不清的人、数不清的事、数不清的地方和数不清的心情。岁月是走过了，不能够再来，然而我们拥有了记忆，因而也就没有理由埋怨岁月的无情。也正是因为我们有记忆，所以在岁月的路上我们应尽力走得光明正大，走得有意义，而不要走得阴云密布，走得空虚，以免将来被无休止的痛苦、懊悔和自责包围、窒息。

人活着就要行走，有匆匆的行走，有安闲的行走。在行走的路上，我们不妨时而回望一下走过的路。这是一种总结，更是一种享受。不管此前走过的路是酸是甜，是苦是辣，岁月都会将它们裹上一层厚厚的糖渣。回忆总是美好的。

我写这篇稚拙的短文，也是一次忙里偷闲的回望。收了笔，我还要行走，匆匆地走或安闲地走，直到灵魂飞进另一个新世界。我想，恐怕到那个世界后也还要行走，只不过换了一种形式罢了。朋友，你说呢？

一个人的时光

　　我们的生活是由许多种的时光组成的：工作的时光、学习的时光、聚会的时光、吃饭的时光、走路的时光、睡觉的时光……然而有一种时光却在我们的现实生活中变得越来越少，甚至消失，那就是一个人的时光。然而这越来越少甚至已消失的一个人的时光对我们每个人来说却无比重要，我们的生活中不能没有一个人的时光。

　　生活是忙碌的，生活是紧张的，生活是压抑的，压得我们甚至都喘不过气来。在这种时候，我们就需要偶尔从现实生活之中挣脱出来，为自己争取一些一个人的时光。在一个安静而懒洋洋的下午，坐在斜斜的金晃晃的阳光下，品一品茶，听一听音乐，读一读书，抑或是在荒郊野外进行一次毫无目的的远行，无疑都将使我们苍白的心灵得以滋润，得到安抚，从而获得新的前进的力量。从这一点上来说，我们的生活中不能没有一个人的时光。

　　然而，我们对一个人的时光的需要的缘由却不仅仅是这一点，还有一个更高层次的缘由，那就是更深地认识世界与生活。只有在一个人的时候，我们才能彻底摆脱世俗的纷扰，才能摘下面具，放松紧张的神经，回归到一个最本真的自我。一个人的时候，我们才更容易看清时间的影子，更容易听到世界的声音，更容易了解自己，读懂世界与生活。一个人的时候，静静地回忆过往，体察世界，思考人生，生活才能得以沉淀与升华，我们才能获得对世界与生活的更深刻的认识。没有一个人的时光的生活是枯燥的，是粗糙的，是肤浅的，是庸俗的。从这一点上来说，我们的生活中更不能没有一个人的时光。

　　可是，现实生活中，我们的一个人的时光却变得越来越少，甚至消失。一个人的时光在哪里呢？

　　一个人的时光，就在我们自己手里。

学会生活

　　当兵第一年，我洗衣服总是快而又快，每洗完一件总是使劲拧了再晾，为的是让衣服快点晾干。可是第二年，我洗完衣服后就不再使劲拧了，而是带水搭上铁丝，因为我已渐渐喜欢静静欣赏刚洗完的衣服有节奏的滴水。每次洗完衣服，我总会在湿衣服旁欣赏它们滴水，这是很有生活情调的事。一滴滴安静的水珠从袖口、衣角有节奏地滴在地上，溅起的小水珠又都划个优美的弧线落到四旁，不一会儿地上就会盛开一朵朵美丽的莲花。这时，心灵总会随之平静，随之安闲。我想，这一变化应该说是我的一点进步，应该说我对生活又多了一点点的理解，又品到了生活的一个鲜美滋味。

　　是的，我们每个人都应该学会生活，多发现生活中的美，多创造一些新的生活方式。这样，我们就能做到忙碌而不疲惫，紧张而不麻木。生活应该是一次快乐的旅行，而不应是沉重的劳役。时代进步了，但也带来了紧张、忙碌、疲惫和空虚。若是不能学会生活，麻木的心灵随时可能会走向崩溃。学会生活，不仅仅是为了自己。

　　学会生活，轻松快乐！

让我们都来跳舞吧

来到大宇学院后，我喜欢上了看舞会。

每个周末的晚上，学校都会在教学楼下举办舞会。这两个晚上，是舞迷们的节日。而舞迷们不一定都是要跳舞的，还有许多喜欢看跳舞的，比如我。我越来越喜欢看舞会了。

跳舞，使我们的生活变得更加丰富多彩。灯光是炫目的，舞曲是丰富的，舞姿是变幻的，舞伴是不确定的。沉醉其中，丰富多彩的生活变得更加丰富多彩。

跳舞，使我们的身心得以充分放松。现实的生活太枯燥、太压抑了，那么就来跳舞吧，舞池是个别样的世界，是个热闹的世外桃源。不管你的心情如何，只要来到这里，你就会快乐而放松起来。若是你的心情不好，在这里会变得好起来；若是你的心情好，那么你会变得更加快乐！在这里，你跳吧，你尽情地跳吧，把心中压抑的情感全都释放出来，让心灵和身躯都获得自由、得到放松！世界是我的，生活是我的，我，是我的！

跳舞，使我们感动。一支支优美的舞曲，有的欢快，有的伤感，有的起落，有的平稳；歌唱爱情，歌唱青春，歌唱往事，歌唱未来，歌唱生活，歌唱人生，歌唱亲情，歌唱友情……飘逸在这动人的舞曲里，我们的心情被渗进舞曲的水分，我们想起了许多许多，许多许多……此时，我们常常会不由地被感动，我们的内心世界会变得更加丰富，我们的生活会变得更加宽广……

跳舞，使我们变得更加年轻。这是一个激情迸发的世界，如果你年长一些，在这里你将变得更加年轻！

…………

我越来越喜欢看舞会了……

后来，每次都和我一块去看舞会的女友对我说，我们跳舞吧，我说好啊！于是，我们就跳舞了；于是，我也跳舞了……

让我们都来跳舞吧，都来跳舞吧！

火车上的时光

　　我们每个人在这一生中大约都是要坐火车的，或多或少，但总是要坐的。从少年时代时背起行囊雄心壮志地出门闯荡，到人生旅途中生活的奔波与归家的探望，再到年老时的落叶归根，或离开故乡，或扑向故乡的怀抱，或从这个他乡到那个异地，我们总是走啊走啊，不停地在生活的道路上行走，在人生的道路上行走，也不停地登上火车，走下火车。我们的一生与火车有着不解的缘分，他是我们人生历程的见证者。他一次又一次地把我们从这个地方送到那个地方，默默地记录着我们每一步的人生足迹。酸甜苦辣，悲欢离合，他却总是那么缄默着，从来不向我们道出他一句的感慨与评论……

　　既然是坐火车，长路迢迢，旅途漫漫，便总要有一些火车上的时光。这时光或许常常使我们感到单调，感到无聊，感到漫长。那么，我们该怎样度过这些火车上的时光呢？要么，就睡觉吧。一路上辛苦奔波，真应该趁这点时间好好地睡上几觉，恢复恢复那困乏的身体，为即将到来的新的生活做好准备。若是不困或是睡够了，那就随手买上一份报纸或杂志让单调的时光从也不是很吸引人的文字上缓缓流过吧。若是报纸杂志又看不下去，那就吃零食吧。拿出零食慢慢地细细地享用，让时光伴着碎碎的吃食声和香香甜甜的滋味从嘴边悄悄地滑过。若是连零食也吃够了，如果有同行的熟人的话，那大家不妨就凑到一块打扑克吧。这是个热闹的游戏，大家聚在一起热闹地甩着扑克，时光便在不知不觉间从一张张的纸牌缝间无声地溜走了……

　　而我认为，火车上的时光是不同寻常的时光，是我们人生中的精华时光之一，用以上的方式虚度过去未免太可惜、太遗憾了。坐在火车上，我们由一个地方到达另一个地方，由一种生活到达另一种生活，由一个人生阶段到达一个新的人生阶段，可以说，此时的时光是过去、现在和未来的交汇。而处在这难得的转变、过渡的时光中，我们似乎应该做些什么。那么，应该做些什么呢？我觉得，此时，回望过去与思考生活恐怕是最为合适的了。而这，似乎也是自然而然的事。我们乘坐火车的时候，常常也伴随着人生的重大转折，这不得不使我们回忆起此前的生活和所走过的人生道路，不得不使我们对生活进行新的更深的思考。而飞驰的车窗外的广袤的原野、连绵的群山、淅淅的细雨和簌簌的落雪，又为我们这回望和思考增添了不少诗意。此时，默默地望着窗外，回忆着往事，遐想着生活，常常会有一种人生的感慨涌上心头。在这默默之中，我们渐渐有了更多的感悟，有了对生活更深的理解和认识……

回望过去，思考生活，是对生活的消化和提炼，是对人生的观照和升华。没有了这回望和思考，生活便会变得粗糙，灵魂便会变得平庸，生命便会变得空虚。因为这个，每每坐在开往新生活的火车上，我便会默默地望着窗外，静静地回望过去，思考生活……

让我们在火车上，让我们在生活中，多一些对生活的回望与思考吧……

生活就是一边回望、一边思考、一边前进，我们便在这回望与思考之中，一步一步地向前走去……

归根

　　故乡，是我们生命的根。

　　当我们伴着第一声的啼哭降生到故乡的大地上，从此就与故乡结下了永远的不解之缘。我们有生身的母亲，然而，故乡不也是我们的母亲么？

　　我们在故乡的怀抱中欢度着童年，我们在故乡的怀抱中认识着这个世界……

　　永恒的时间永远不紧不慢地前进着。是鸟儿，就要飞翔；是生命，就要远涉。渐渐长大的我们为了某个人生目标在人生的道路上走啊走啊，总是不停地往前走。而故乡常常就在我们的行走中离我们越来越远了。而我们，也常常在纷繁喧闹的生活中把故乡给忘记了，暂时忘记了。时间之河永不停息地向前奔流着，当我们已不再年轻，当我们已步入老年，当我们浮躁的心已渐渐趋于平静，这个时候，我们必然会想起我们的故乡，想起我们生命的根。在梦里，我们一次次地回到那无比熟悉、无比亲切的故乡，一次次地变成儿时的自己在故乡的怀抱中尽情地玩耍。我们开始深深地依恋故乡、思念故乡，把我们的骨灰葬入故乡的土地中，让我们的灵魂安息在故乡的土地里，也就成了我们此时最大的心愿。落叶归根，故乡啊，我的母亲，你收容了我吧……

　　落叶归根，是人类最普遍、最深沉的情感。

　　其实，何止是老时，就是在我们年轻的时候也会常常忆起故乡，尤其是在我们遭受挫折、伤害和陷入孤独的时候。这时，倘若没有亲人在身边，故乡就成了我们心灵深处最温暖的慰藉。回忆，思念，我们的心飞回了那难忘的故乡，我们的心暂时归了根。当故乡的温存抚平了我们心灵的创伤，我们才又开始了新的打拼……

　　世上有许许多多的人是无法落叶归根的。

我们村原来有个老人是东北人，他在我十一二岁的时候就患病去世了。在他很小的时候，家乡战乱，人们都背井离乡地向外地逃亡。他先是跟着家人的，后来却都失散了。他流亡到了我们村，被我们村一个好心的老奶奶收养了。他病重的时候无比地依恋故乡，常常思念得老泪纵横，然而他的故乡已没有了亲人，他的骨灰无法葬入故乡的土地中。无限的伤感之余，他说，我的心回到了我的故乡，我死后我的心会永远留在我的故乡的……

　　是的，一个人即便永远无法回到自己的故乡，在他老去的时候，他的心也会回到自己的故乡的，他的心会落叶归根的……

　　落叶归根，人类永恒的梦想……

　　我的故乡呵，请你到时一定要将我的灵魂收容到你那博大的怀抱中去……

大学时代

　　大学生是最富活力、最有朝气的群体，时代的佼佼者，令无数人羡慕的青年学子。而他们的大学时代就如同压缩的人生，盛满了酸甜苦辣。

　　经过了高中三年的负重前行，终于在一个不平常的夏日收到了盼望已久的录取通知书。多年的梦想终于实现，心中的激动不知如何表达，于是乎笑得掉泪、哭得幸福。而当来到了大学校园，心中更是溢满了幸福，可谁知却先要参加艰苦的军训。然而虽是艰苦，却无法逃避。于是穿上了军装，于是接受太阳的热吻，于是经受艰苦的磨炼，于是经受汗水的洗礼。苦，是绝对的，然而苦中也有乐，并且在这苦中也懂得了军人的崇高和不易。

　　终于正式开学了。一切都是那么丰富，一切都是那么新鲜，兴奋、激动，心中是说不出的快乐和幸福。观看演唱会，学跳交谊舞，参加辩论赛，徜徉图书馆……大学，你真是青年学子的天堂呵！

　　时间长了，便渐渐习惯了大学生活，当初的那股新鲜劲儿也渐渐地退去了。在一次浪漫的舞会上，偶然结识了美丽的她。爱情的种子不知不觉地在心中萌芽，于是便去追，于是便去爱。当美好的爱情终于得到，年轻的心便如同掉进了甜蜜的海洋中，觉得自己就是世上最幸福的人了。

　　然而甜蜜虽是甜蜜，幸福虽是幸福，但既是爱情，则总有失恋的可能。失恋了，伤心、痛苦，便又觉得自己是世上最不幸的人。举杯消愁愁更愁，抽刀断水水更流。然而生活毕竟还要继续，日子久了，心灵的创伤竟也愈合了。回头望望那段爱情之路，突然感到自己长大了许多。

　　不知不觉的，大学时代已过去了一半。回望走过的那些轻松日子，突然感到了空虚和懊悔，感到了巨大的压力。刚进大学时制定的那么多的学习目标，如今除了基本的学业还算凑合外，竟然没有实现一个。于是，便在压力下紧张，在紧张中奋进，在奋进中去考取一本本求职必备的资格证，勤苦得常常废寝，甚至忘食。这时才真正体会到，原来大学不只是轻松和愉快，大学也苦啊！

一分付出，一分收获。毕业前夕，学习目标终于基本完成。看着那一本本用辛勤的汗水换来的资格证，回想起那无数个挑灯苦读的深夜，激动的泪水止不住地掉下来。我的大学，我没有虚度你！

毕业了！真的毕业了？似乎觉得这毕业来得太突然，似乎觉得这大学还没有上够，然而却真的是毕业了。回想这几年来的大学生活，不禁深深地怀念起来。大学不再来，谁能不为此而伤感呢？

毕业聚会上，我深深地体会到了离别的酸楚。望着相处了几年的朋友、同学们，一个个都眼睛红红的。曾经一起欢笑一起苦闷、一起玩乐一起苦读，而明天却要曲终人散、各奔前程，虽是男子汉，也终于控制不住地掉下泪来。什么也别说，干了这杯酒。话语已显得苍白无力，唯有狂饮才能释放心中复杂的情感……

不知不觉的，醉了。迷迷蒙蒙中，回忆着曾经朝夕相处的日子。迷迷蒙蒙中，回忆着已流逝的大学生活。迷迷蒙蒙中，也想起了未来。未来是什么样子？不知道。于是便去想，想心中的未来……

未来在哪里？一阵茫然：不知道。

未来在哪里？迷迷蒙蒙中似乎突然听到了答案：未来就在我们自己手中！

怀旧

我们每个人都有怀旧的时候，我们的生活中不能没有怀旧。

自从我们呱呱坠地来到这个世界上，我们便开始在生活的道路上行走。而当走了一些年之后，当我们的记忆中珍藏的往事越来越多的时候，我们便有了怀旧的可能，人生便进入到有怀旧陪伴的阶段。或是一个小小的细节的勾动，或是在孤独的时候，或是在一个难眠的深夜，过往的往事不经意间便涌上了心头，浮现在了眼前。于是，我们便静静地回忆往事，品味往事，沉醉于往事……

怀旧，就如同在温习一张黑白的老照片，朴素、单纯而令人陶醉；怀旧，就如同在品味一坛陈年的老酒，醇厚、浓烈而回味无穷……

我们的生活中不能没有怀旧。往事是我们人生中无限宝贵的精神财富，是我们苍白人生中的一股甘泉。怀旧，是我们枯寂生活中的一点抚慰；怀旧，是对过往岁月的一种诗意温习和观照；怀旧，是对生活的一种提炼和升华。生活因怀旧而充实，岁月因怀旧而清晰，人生因怀旧而升华。不怀旧的人，便少了许多的人生乐趣，少了许多深入认识生活的机会，这不能不说是一种巨大的遗憾。而懂得怀旧的意义，在生活中时而怀旧的人，则是幸运的、幸福的……

当然，怀旧有时也难免会略带着一丝惆怅乃至孤寂，然而这淡淡的惆怅和孤寂里更多的还是浓浓的甜蜜与幸福……

让我们在生活中时而怀旧吧……

生活就是一边怀旧一边向前进，我们便在这往事与现实之间，一步一步地向前走去……

为什么要走

人生的道路并不平坦，可我们为什么还要走？

在人生的道路上，有痛苦，有泥泞，有荆棘，有坎坷，有失败，有疾病，有失恋，有世态炎凉，有生存压力，有迷惘，有困惑，有危险，有死亡……可是，我们为什么还要走？

是的，人生的道路并不平坦，既然如此，我们为什么还要走呢？

因为，世上还有欢笑，有快乐，有幸福，有亲情，有友情，有爱情，有成功，有属于我们自己的乐趣，有关爱，感动，有家，有世上最为宝贵的光阴，有灿烂的阳光，有美丽的花朵……

为什么要走？为了看人生道路上的风景。这风景有自己的，有他人的，有自然的，有人类的，有现实的，有历史的。这风景是美丽的、精彩的、无限丰富的，是不可不看的。

为什么要走？为了实现人生的梦想。梦想，是世上所有生灵中人类的专利。我们以人的身份来到这个世界上，就绝不应该浪费掉这个无比珍贵的专利。我们不仅有拥有梦想的专利，而且有实现梦想的才能和能力。朝着梦想执着地奋斗，实现梦想，这将是人生中最为灿烂的篇章。而若是我们竭尽全力地奋斗了却没能从形式上实现梦想，那我们的人生也将是无比地激荡和动听的。

因为这些比不走的原因要多得多的走的原因，所以我们要走，仍然要走，永远要走，不停地走，一直走到人生的终点……

永远不要放弃行走。行走，是人生永恒的幸福真理。

我并不寂寞

我，并不寂寞。

虽说我一天中几乎见不到另外的人，虽说我几乎得整天待在这座老旧的房子里，可是，我并不寂寞。

我桌上那台蓝色的小闹钟是我最喜欢的朋友，因为我的屋子里只有他能发出清脆而执着的响声。"哒——哒——哒——哒——"，从不知疲倦，音响单调但和谐。到该叫醒我的时候，它总会发出急促的"嘟嘟"声，每次都是那么准时，从不失信。多么可爱的小闹钟啊！

我，并不寂寞。

每天临近中午时，一缕金色的阳光总会透过窗户跑到我的屋子里。那温暖的阳光吻了桌子吻椅子，吻了椅子吻地面。我午睡时，她又会悄悄爬上我的脸庞，让我做一个关于阳光的梦。过分突出的屋檐只放了那么点阳光斜下来，阳光透过窗户时又被窗框切走了一大块，剩下的就只有这一缕了。可是，即使只有这一缕我也感恩不尽。她是我屋子里唯一能走动的伙伴。一缕阳光在我屋里，送了一个太阳在我心里。

我，并不寂寞。

每当夜晚来临时，远处的路灯总会准时亮起来。柔柔的灯光穿过夜色，透过我的窗户，在我沉默的墙壁上扯开一大块霓虹。霓虹套在窗户的框架里，轻轻摇动的是稀稀疏疏的枝叶的影子。我躺在床上，静静地看着，把这当成好看的电影来欣赏。电影是单纯的，朴素的，可又是最美妙的，从没使我看厌过。那枝叶摇啊摇啊，不知不觉就把我摇回了童年，摇回了故乡，摇进了悠悠的梦中。

我，并不寂寞。

我桌子上的那堆书中住着数不清的铅字，他们是有生命的，他们是活泼、可爱的小精灵。每当我长久地呆思默想、无所事事的时候，他们总会使劲地呼喊我。可那一页页的缝隙实在太小太小了，我很久才可能听到。当我循声望去把书页掀开的时候，见他们都正把双手对成喇叭张着大口喊我呢，我分明听到他们在冲我喊：主人呀，你看看我们吧，我们给你讲故事，你听着故事就会高兴起来了！于是，我就拿起书看他们，听他们讲故事；于是，我就走进了路遥的那个平凡的世界，走进了萧红的故乡呼兰河县，走进了沈从文心中的那个遥远的边城，走进了陈忠实的那个飞跃着神奇的白鹿的白鹿原……

……

我，并不寂寞。是的，我不寂寞。你看，有那么多可爱的朋友、伙伴陪伴着我，有电影看，有懂事的小精灵给我讲故事，我怎么会寂寞呢？我当然不会寂寞。

是的，我，并不寂寞。

喜欢在城市中流浪

从农村走出去的这些年，我渐渐发现，我深深地喜欢上了在城市中流浪。

喜欢在城市中流浪，喜欢的是一种自由的生命状态。独自行走在城市的街头，想行走的时候我就在匆匆的人流中行走，想停下来默默思想的时候我就坐在路边默默地思想，想欣赏城市风景的时候我就驻足欣赏城市的美丽风景，想品书的时候我就到书店里静静地翻开一本安静的书……没有限制，没有约束，我的一切思想和行为都真正地由我自己支配。而在现实生活中，自由真是离我们越来越远了啊！

喜欢在城市中流浪，喜欢的是一种陌生的感觉。我喜欢穿梭于陌生的人群中，喜欢那种陌生的感觉。你不认识我，我不认识你，我们就这样擦肩而过。你不知道我，我不知道你，我们只是温暖地相遇。不用点头，不用寒暄，不用刻意地热情，更不用防备。你望我一眼，我望你一眼，在那一瞬间就相互传达了内心的友好与祝愿。我还喜欢观察陌生人，看他们有什么最主要的特征。有时，我看到一个人很有涵养；有时，我看到一个人很快乐；有时，我看到一个人很纯真。他们给我留下了深刻的印象，对我默默地产生着有益的影响。处在陌生之中，是一种享受。

喜欢在城市中流浪，喜欢的是站在生活的局外人的角度去观察生活、思考生活。在我流浪的时候，那些擦肩而过的陌生人并不是在流浪，而是在工作、在奔波、在生活。他们是生活的局内人，处在现实之中，而我则是生活的局外人，处在现实之外。我总喜欢站在局外人的角度去观察生活、思考生活。他们在现实生活中忙碌着、奔波着，有些人甚至是承受着、憔悴着。看到那些过于疲惫的人，我总是想走到他的面前对他说：其实，你真的不必这样。看着他们，我的心里总是不太平静，生活、现实、压力、忙碌、负重前行，一个个沉重的命题依次从我心里停留、走过，让我一次又一次获得对生活的更深的感悟。

喜欢在城市中流浪，也喜欢城市的深厚的文化底蕴，喜欢城市里美丽的风景，喜欢城市里丰富多彩的生活……

在我所经历的城市中，最爱的是北京。北京是古老的、现代的、庄严的、文明的、美丽的、丰富多彩的、温暖的。在她那博大的怀抱里，我曾不止一次地行走于繁华的街头，不止一次地游览过她那独有的名胜古迹，不止一次地在北京图书大厦里阅读那安静的文字……在北京，我的流浪是温暖的。北京，我的第二故乡！

喜欢在城市中流浪！

仙人掌

　　我喜欢养花，小时候我就养了许多的花，其中就有一盆仙人掌。那棵仙人掌只有一片叶子，栽在一个砖红色的陶制花盆里，放在我的小花园的一角。可是有一天，我的仙人掌却不翼而飞了，只剩下光秃秃的花盆守望在小小的角落里，土中是仙人掌留下的凹坑。几个月之后，我偶然在院子里的一个墙角下看到了那棵仙人掌。可是，我的仙人掌已经残缺得只剩下小小的一块了，可能是家中的山羊或老鼠所为。然而，一小阵儿的惋惜之后，我却更惊讶于它顽强的生命力了。而最触动我的是，在这种时候，它竟在自己头上延续出了小小的一片新叶。它在又干又硬的墙角无着无落，知道自己将不久于此世，于是便努力生长出一片新叶，以自己为新叶的营养，消耗自己供其生长，以此保存希望，延续生命。久久的感慨之后，我将我的仙人掌栽回到原来的花盆中。于是，我的仙人掌重又获得新生……

不能缺失的爱

　　春节是中国特有的节日，由此产生的年关也是中国特有的社会现象。旧时，欠租、负债的人必须在农历年底清偿债务，过年就像过关一样，故称年关。而随着社会的发展和时代的变迁，年关又有了新的含义，涉及的人群也渐渐多起来，比如大龄单身族，比如过年时必须坚守岗位而不能回家的人群。在这些人群中，还有一个庞大的人群，那就是已婚的独生子女们。他们的苦恼在于，春节该在谁家过年。

　　这是一个两难的难题，任何一个答案都不可能做到两全。有的是在男方家过年，有的是男方家女方家轮流过年，有的是男女双方各回各家过年。这几个做法，有的委屈了父母，有的委屈了子女。除此之外，还有一个接近于两全的做法，那就是将双方父母接到一块过年。然而，接到一块过年需要满足好几个条件，双方父母得合得来，房子得住得下，另外父母的身体也得经得住舟车劳顿。由此可见这个社会性难题之难。

　　想想年迈的父母们的处境，觉得他们确实不易。他们辛辛苦苦地将孩子养育成人，为孩子操劳了大半辈子。孩子参加工作、结婚后，就离开他们生活了，有的还在异地甚至国外工作、定居，常年见不了一面。父母们风风雨雨一辈子过来了，到了老之将至的时候，对很多东西已经看得很淡了，看得最重的就是亲情了。春节是中国人最重亲情、最重团圆的节日，作为子女的我们一定要尽力创造条件和父母一块过年。

　　然而，与和父母一块过年相比，更重要的是平时对父母的关爱。我们不一定能做到每个春节都和父母一块过，但我们一定能做到平时多关爱父母。在周末或节假日的时候，放下手机，推掉应酬，多陪陪父母，多和父母唠唠家常，或者带父母出去转转。这些短暂而温馨的时光，足以供落寞的父母回味好些日子，足以温暖他们很久。如果没有条件看望父母，那就给父母打个电话，无关紧要的几句话，也能让父母感觉到我们的体温。我们已经不习惯写信了，但我们一定能做到每天抽出几分钟时间把自己的声音送到父母的耳旁。我们把自己的声音送到父母的耳旁，他们会把我们的声音存在心间。如果我们平时给父母的关爱足够多，那么父母也不会太计较在不在家过年的。

给父母的爱，是不能缺失的。

每个人心中都有一座草房子

　　"草房子"是一部长篇小说的名字，我很喜欢这部小说。而现在，我想把这个名字借用过来。在这里它不再是现实中的一座草房子，也不再是这部小说里的草房子。它是一个象征，代表着我们的精神世界。

　　在这人世中行走得太久了，我们是不是应该停下来问问自己，我们已经有多久没有关注过自己的内心了？我们现在还能不能说出自己心中最温暖、最柔软的那一部分是什么？自己的梦想是什么？自己的初心又是什么？我们还能不能说出自己最难忘的回忆是什么？自己最珍贵的感情是什么？自己最爱的人又是谁？如果我们回答不出这些问题，那就是因为我们已经有太久没有关注过自己的内心了，我们的内心已经近乎荒芜了，早已到了该整理、该耕耘的时候了。

　　世事纷扰，脚步匆匆。或许是生活所迫，或许是名利所诱，如今我们走得越来越快了，快得连记忆都丢掉了，快得甚至连自己是谁都忘记了。然而作为一个人，总要有属于自己的内心的，总要有自己的精神世界的，否则这人生将是多么的苍白。是的，请放缓自己的脚步来体味人生吧，请挤出一些时间来认识自我吧。偷得人生半日闲，找一个阳光慵懒的下午来独处，不见任何人，不做任何事，而只是单单的用来独处，为自己。坐在椅子上，捧一杯清茶，望着近处或远处的风景来想一会儿事，回忆一下过去的美好，整理一下今日的思绪，幻想一下未来的日子。或者干脆什么都不想，而只是静静地待一会儿。只有在此时，我们才能找回一个真实的自己，一个真正的自我。如果待够了，就看看自己喜欢的书，听听自己喜欢的音乐，做些平日里因为忙碌而无暇去做的，自己喜欢而又"无关紧要"的事。或者拿出纸和笔，写几行只属于自己的文字。而这些写给自己的文字，才是从自己心底流淌出来的最真实的声音。而如果有足够的时间和条件，也可以独自来一场说走就走的旅行……

人这一生中，如果从没有按照自己的意愿生活过，从没有做过自己喜欢做的事，那么这一生该是多么的遗憾，精神的河流该是多么的干涸。人不只是为生活而活的，也不只是为他人而活的，人首先是为自己而活的。有了一个更好的自己，人才能更好地活下去，才能更好地为生活、为他人活下去。

在这纷纷扰扰的尘世中，有些时间是只属于自己的。这些时间是应该用来关注自己的内心的，用来建造自己的精神世界的，用来搭建自己心中的草房子的。有了这座草房子，人生的路上再苦再累再痛苦，我们也会获得温暖。即使在最绝望的时候，我们也能得到安慰，从而更加懂得人生的美好……

愿我们每一个人，都能拥有属于自己的草房子……

人生不可缺少苦难

    在我的书柜里静静地立着一本贾平凹的回忆录《我是农民》，这本书我已读了两遍。每次打开书柜望见它，我的心总会不由自主地飞进那本书，飞进贾平凹的农民生涯……

    初中毕业后，由于时代的原因，贾平凹没能继续读高中。他的学生时代就这样永远地结束了，在年少的贾平凹的一丝"毕业"的喜悦中悲凉地结束了。当教师的父亲一向对贾平凹寄予厚望，希望他能够成为一个大人物为贾家光宗耀祖，然而一切都没有希望了，他只有默默地唉声叹气。贾平凹成了一个农民，一个光背赤脚的农民。然而在农民中，他又属于知青。可是他本身就是农民，因而虽有点文化，但却称不上知青，享受不到知青的"优待"。看到自己沦落成一个农民，贾平凹也曾颓丧过、失望过、愤恨过，可这之后更多的却是奋发。他竭力去争当一个合格的农民，吃尽苦头学农活。在他基本成为一个合格的农民之后，他又竭力去争取上进的机会——招工，当兵，当代课教师……可是，父亲被打成了右派，由于政治上的原因，他招工招不上，当兵当不成，当代课教师仍当不成……一个个的劫难接二连三地向贾平凹扑来，一次次地将他扑倒在地。可是，他没有放弃奋斗，他一次次地爬起来，一次次地去争取……终于，一个偶然的机会，他凭着自己写作的特长到工地指挥部办起了工地战报，从此生活慢慢地好转起来。接着，父亲平反。再接着，贾平凹上了大学……

    在贾平凹五年的农民生涯中，有挫折，有愤恨，有不满，有委屈，有奋发，有幸运……他经历了一连串的人生苦难，他被命运之神一次又一次重重地摔倒在地。然而，在一次次的苦难、挫折面前，贾平凹没有屈服，没有放弃。他一次次地站了起来，一次次地与命运抗争，与命运搏斗，最终实现了自己的人生梦想。如果没有那一连串的苦难，贾平凹最终不会得到命运之神最终的垂青，不会一步步地走向成功。没有那五年的农民生涯，贾平凹成不了作家，他这个作家是当农民当出来的，是与命运之神抗争磨炼出来的……

人生不可缺少苦难。如果人是一株树苗，那么苦难就是风霜雨雪。不经历风霜雨雪，幼小的树苗难以长成参天大树。在苦难面前，我们不应失望，不应怨天尤人。苦难是提升人生境界的阶梯，我们应该珍惜苦难去奋斗、去抗争。当这些苦难过去之后，不管我们有没有获得形式上的"成功"，我们都是成功者，因为我们走过来了，因为我们击败了苦难，我们获得了对人生更高层次的理解……

人生不可缺少苦难，让苦难尽管来吧！

情人节里的八百壮士

公元 2020 年 8 月 25 日，农历七月初七，是中国的七夕节，也被称为中国的情人节。这个庚子年的情人节，来得真是不易。经过全国上下众志成城的艰苦抗疫，我们才能基本正常地过这个节日，也才能到电影院来一场精神的梦之旅。

我是个喜欢踩点参加活动而且经常迟到的人，因为我的时间实在太少了。急匆匆地来到电影院，这里早已是人山人海。暑期档加情人节，近期上映了好几部爱情片，以满足年轻人的观影需求。但我今天急切要看的电影，不是爱情片中的任何一部，而是一部异常惨烈的战争片《八佰》。作为一名退役军人，战争片是我最喜欢的影片类型之一，因为它能使人认识战争的残酷、珍惜难得的和平、保持冷静的头脑，同时也能再次激发我的军人的血性。尤其是中国战争片，它也更能激发国人的爱国之情。我已经错过了超前点映和好几天的公映，今天晚上难得无事，因此我必须来电影院享一次视听盛宴，受一次精神洗礼，来一次庄严致敬。我今天的观影，与情人节无关。

对于情人节的观影热潮，我没有提前进行预判，没有提前预订、购票，致使我在购买晚上 7 点 20 分的《八佰》电影票时吃了闭门羹。几经周折，终于弄到了一张"站票"，领到了一把塑料凳子，总算解了眼前之困。

电影《八佰》讲的是 1937 年淞沪会战末期，中国国民革命军第三战区 88 师 524 团团附谢晋元率领 420 多人奉命固守上海、血战四行仓库的真实故事。为壮声势，他们对外号称 800 人，被称为"八百壮士"。国难当头，山河破碎，上海濒临沦陷，爱国将士们以身许国、舍生取义，经过四天浴血奋战、誓死抵抗，终于等到了撤退的命令……

整部电影除了一些讲述故事、幽默风趣、充满温情的镜头外，几乎一直都在压抑、紧张、惨烈和悲壮中进行。报上家乡与姓名后捆着手榴弹与敌人同归于尽的敢死队员，誓死托举旗帜的勇士，冒死前来支援的青年，由懦弱逃兵成长为英勇战士的小人物，等等，一个个感人的镜头，一个个真实的人物，都成为这部电影中的泪点、笑点、痛点、亮点铭刻于记忆之中。这部电影的可贵之处，在于通过暴露人物的缺点、人性的弱点而使角色更加真实、饱满和生动，它在一场真实的战争中展现了真实的人性，塑造了真实的人物。此外，通过小人物背后的故事、围观的众生相以及政治背景的设置，也带给我们诸多的思考，这些思考有关生命、有关意义、有关人性、有关战争、有关灾难……

对于极为关注国防和军事的我来说，始终都有一种强烈的忧患意识。世界也从来没有真正太平过。我们现在所拥有的和平，是千千万万的先烈用牺牲换来的。我们不是生活在一个和平的年代，而是生活在一个和平的国家。然而，太多太多的国人已经没有这种认识了，也感觉不到和平的来之不易和无比珍贵了。因为身处和平，所以大家便体会不到和平的珍贵，因为身处长久的和平，所以大家更觉察不到潜在的危机和军人的牺牲。

但是，面对诸多的未知，我心里却又有着诸多的确信。我确信，有中国共产党的坚强领导，中国一定会永远巍然屹立、和平稳定、繁荣昌盛；我确信，中国人民解放军永远是保卫祖国的钢铁长城；我确信，当再次面临民族灭亡的危险时，中国人民一定会全力以赴地支援军队、共同御敌；我确信，当战争来临，千千万万的退役军人定会招之即来，重披战衣再出征；我确信，大战之中，每一个中国人都会做出八百壮士那样的英雄壮举……

八百壮士——中国人的代表，中华民族的象征……

一座丰碑一座桥

2020 年，是中国人民志愿军抗美援朝出国作战 70 周年。每一个中国人，都不应该忘记抗美援朝战争的艰辛历程和伟大胜利。70 年前，中国人民志愿军跨过鸭绿江，同朝鲜人民和军队一道，历经两年零九个月异常艰苦的浴血奋战，最终赢得了抗美援朝战争的伟大胜利。此后多年，中国再无战乱，中华民族更加坚定地屹立在世界东方。时至今日，伟大的抗美援朝精神跨越时空、历久弥新，仍在激励一代又一代的中国人捍我中华、奋勇前进。

在中国人民志愿军抗美援朝出国作战 70 周年纪念日即将到来之际，一部激荡着爱国主义精神、燃烧着青春与激情的战争影片《金刚川》提前上映，这让期待已久的我格外振奋。于是，上映第一天，我就按捺不住激动的心走进了影院，走进了那场伟大的战争，并在第二天又带孩子看了一次。

这部电影，通过还原真实的战场，通过个人风格浓郁的电影语言，把战争拍真了，把人物拍活了，把故事拍好了。打急了眼拼死要把敌机打下来的高炮手，一次又一次冲锋陷阵去修桥的工兵，高福来最后的一句话，张飞呆呆捧着的牺牲战友关磊留下的烟盒，一具具被烧焦的将士遗体，将士们用身躯架起来的人桥……一个个镜头都是那么感人至深，都给我留下了深刻印象。而当《我的祖国》钢琴曲响起，我想它触碰到了每一个观众的爱国之心，使整部电影的主旨得以彰显，主题得到升华。我想，如果要用一段话来概述这部电影，那么大约可以这样概述：一座怎么也炸不毁的桥，一架怎么也打不下来的敌机，一门怎么也摧不毁的高炮，一支怎么也打不败的中国军队，一场美军怎么也打不赢的战争，一种怎么也无法撼动的中国军人、中国人的信仰和精神……那座用血肉之躯架起来的人桥，不就是人民军队的象征吗？无论何时何地，无论遇到什么样的艰难困苦，解放军都会给老百姓架起一座通往彼岸的桥，哪怕忍痛负重，哪怕流血牺牲。

我相信，这部电影必将激发起中国人更强的精神、更多的血性、更硬的脊梁。

　　抚今追昔，国人无不感慨万千；继往开来，中华儿女仍需奋进。站在新时代的新起点，面对风云变幻的国际形势和帝国主义不死的亡我之心，每一个中国人都应该倍加珍惜来之不易的和平，忧患中华民族未来的命运，并在自己的岗位上努力做好每一份工作，力所能及地为保家卫国、为中华民族的伟大复兴做出自己应有的贡献。努力，就在身边；贡献，就在眼前。相信，你能，我能，他能，我们都能，每一个中国人都能！而作为一名退役军人的我，在祖国最需要的时候，也必将听从召唤，再上战场，以身许国！

　　《金刚川》———一座桥，一座丰碑，一种信仰，一种精神，一个永久的象征……

以一颗干净的心书写干净的人生

——于成龙带给我的思索

电视剧《于成龙》展现了清朝名臣于成龙勤政爱民、清正廉洁的一生。

于成龙少怀大志，通过刻苦学习积淀了自己深厚的文化素养。顺治十八年，已经四十四岁的他不顾亲朋的阻拦，抛妻别子，怀着"此行绝不以温饱为志，誓勿昧天理良心"的抱负接受清廷委任，到遥远的边荒之地广西罗城就任县令。此后，他在为官路上克服重重困难，不顾个人安危，不计个人得失，留下了丰硕政绩。于成龙为官以廉能著称，平生三次被举为"卓异"，被康熙皇帝誉为"天下廉吏第一"、"古今廉吏第一"，卒后谥为"清端"，深受广大百姓爱戴和朝野人士敬重，其事迹在后世广为传颂，成为廉洁从政的楷模。

看完这部电视剧，回味沉思，心中如吹过一阵清风，这阵清风拂净了我心中的纤尘，也吹来了一种干净、积极的人生态度，吹来了满满的正能量。于成龙的心是干净的，容不下一粒尘土。他怀着这颗干净的心，一心为民，清廉为官，书写了自己干净的人生，留下了一世英名。他的价值和贡献远远不止于当时的政绩，更为后世留下了一座丰碑，一面镜子，一个清廉为官的榜样，一部鲜活而生动的教材。于成龙的人生是真实可感的，这样的故事能更亲切、更自然地进入我们的内心。每个为官之人看了这部电视剧，都会多多少少地受到触动，受到感动，继而在他们的行动中体现出来，在他们的工作、生活中反映出来。

其实，于成龙对我们每个人的人生都是有积极的指导意义的。他的干净的心，他的清正的工作、生活态度，值得我们每个人借鉴、学习。在我们漫长的人生旅途中，守护干净的心，不忘初心，保持正直的态度，坚守道德底线和做人原则，如此，到老之将至时，我们方能做到心安，获得平静，收获一个干净的人生，无愧于这唯一的一次生命。

愿我们每个人都能拥有一颗干净的心，书写出自己干净的人生……

生活需要华丽转身

电视剧《我的前半生》为我们演绎了一场场都市情感戏、职场戏、生活戏。在剧中，几个男女主角为我们不疾不徐地铺展出了他们的情感纠葛、职场沉浮和生活变故。这其中，有偶然也有必然，有主动也有被动，有意想不到也有情理之中。尤其是子君跌宕起伏的生活，让我们进一步体会到了人心的易变、时代大潮的冷酷无情和人生的不确定性。子君的经历告诉我们，面对已经走不通的路，我们已无可选择，只能义无反顾地选择华丽转身，轻装上阵，重塑一个更加完美、更加强大、更加自信的自己。

是的，我们的生活充满了太多的变数，无论多少，无论大小，无论天灾还是人祸，每个人都必然会遇到。这些变数使每个人都生活得如履薄冰。是的，其实如履薄冰才是现代人最真实的生存状态。时代前进了，竞争却越来越激烈，人情越来越淡漠，个体越来越孤独，安全感也越来越少。面对当今的处境，我们没有退路，只能适应，只能改变。在遇到绝路时，我们必须迅速转身，改变方向，提升自己，不断提高自己适应社会的能力和驾驭命运的能力，如此方能赢得一个美好的未来。就像子君，在生活的重大变故面前，她没有消沉，没有颓废，而是以前所未有的勇气选择了华丽转身，以一个女人的柔弱肩膀为自己、为孩子撑起了一片蓝天。转身需要勇气，需要决心，不得不转身的时候，必须坚定地选择转身。

当然，转身并不意味着放弃、抛弃和背叛，更不意味着忘记初心。在人生的道路上，初心永远不能忘记，这是我们梦想的根、信仰的根、灵魂的根。不管怎样转身，我们都必须牢记自己的初心，必须朝着梦想的大方向执着前行。况且，我们转身，就是为了更好地抵达梦想，兑现初心。是的，不管世界怎样变，有些东西永远不能变。

给自己一个华丽的转身，还世界一个更好的自己！

第三辑 故人

108 天的旷世姻缘

在邯郸肥乡一个名叫赵寨的小村旁，费孝通田野中国纪念馆静静地伫立在河畔。在纪念馆里的展板上，讲述了一段美丽的姻缘。河水日夜淙淙流淌，仿佛在诉说着这段短暂而永恒的旷世姻缘。

费孝通是著名社会学家、人类学家、民族学家、社会活动家，是中国社会学和人类学的奠基人之一。同时，他还是中国民主同盟的卓越领导人、中国共产党的亲密朋友，曾担任第七、八届全国人大常委会副委员长和第六届全国政协副主席。作为拥有"学术泰斗"和"国家领导人"等多重身份的费孝通，祖籍苏州吴江，为何会在冀南平原腹地一个小村旁建有他的纪念馆呢？

时间先回到 1993 年。这一年，时任全国人大常委会副委员长的费孝通到邯郸考察，期间他悄悄地问当地领导，能否安排他到肥乡赵寨村省亲？他这一问，揭开了尘封近 60 年的爱情往事。

原来，赵寨村这个小小的村庄，是费孝通第一任妻子王同惠的故乡，他是这个村的女婿。而王同惠也不可小觑，书香门第出身的她是中国第一位女民族学者。

他们的爱情故事，起源于美丽的未名湖畔。当时，他们同读于燕京大学社会学系。在一次社会学系的聚会上，两人初次相识，互生好感。费孝通后来说："我一见她，就知道她将是我钟爱的人。"自此以后，两人经常在一起切磋社会学，互换校对各自的译著，王同惠还给费孝通补习了第二外语法文。两人在爱情与学问间相互扶持，彼此激励，共同立下从事社会学研究的宏大志向。

1935 年 8 月，费孝通与王同惠在燕京大学未名湖畔的临湖轩举行了浪漫的新式婚礼。两人为了开创具有中国特点的民族学和社会学理论体系，还未度完蜜月便几经辗转远赴广西大瑶山开展实地考察。现代社会里的夫妻二人突然进入原始社会实地考察，条件异常艰苦，但他们克服重重困难，积极融入瑶族同胞，很快便被瑶族人接纳，考察得以有序展开。

然而，正当费孝通和王同惠潜心考察之际，灾难降临了。12月16日这天，在实地考察过程中，他们因与向导走散，费孝通一不小心落入当地猎户的陷阱，被成堆的木头和大石块压住。王同惠奋不顾身地跳进陷阱，奋力将压在费孝通身上的木头和大石块挪开。此时，费孝通腿部和腰部受了重伤，不能动弹，王同惠便对费孝通说："我去找人，你不要乱跑。"说着便爬出陷阱寻求当地人援助。费孝通躺在陷阱里痛苦地等待着，可是天黑了仍没能等到妻子归来。熬过了整整一个寒夜，天蒙蒙亮时，久等无望的费孝通艰难地爬出陷阱，又一步步地爬着去寻求援助。获救后，众多瑶族人帮助寻找生死不明的王同惠，直到七天后才终于在一处悬崖下的山洞急流处发现了王同惠的遗体。原来，王同惠是为了救丈夫而不慎摔下悬崖身亡的。当时，年仅24岁的王同惠已怀有身孕。而他们的幸福婚姻才刚刚开始短暂的108天，令人扼腕叹息。

费孝通得知爱妻罹难的消息，悲痛欲绝，于是带着妻子遗体欲回老家安葬。船至梧州时，因遗体已不便长途转运，费孝通只好将爱妻埋葬在梧州的白鹤山上。他拖着半残之身亲笔写下碑文："渊深水急，妻竟怀爱而终。伤哉！妻年二十有四，河北肥乡县人，来归只一百零八日。人天无据，灵会难期；魂其可通，速召我来！"

养伤期间，费孝通将两人在大瑶山期间的考察资料进行整理，并于1936年以王同惠遗著的名义出版了《花篮瑶社会组织》一书，以示对结发妻子王同惠的纪念。

1939年，费孝通与第二任妻子孟吟结婚后，生下了一个女儿，取名费宗惠，乳名小惠。费宗惠曾说："我的名字就是为了纪念同惠妈妈而起的！"

后来，费孝通出版了代表作《江村经济》，他在这本书的卷首深情地写道："献给我的妻子王同惠。"可见他对王同惠刻骨铭心的爱。

1988 年 12 月，在王同惠遇难 53 周年之际，78 岁的费孝通又一次来到王同惠的墓地追思爱妻，并写下一篇长诗追念。

在离别爱妻王同惠的岁月里，费孝通对王同惠的深情一直深藏于心，不曾减去一分一毫，乃至对王同惠的家乡也怀着特别的感情。于是，才出现了 1993 年费孝通在邯郸考察期间对赵寨村的询问。那一次，他专程来到肥乡赵寨村看望乡亲们，与大家拉家常、合影留念。1997 年，在费孝通的关注推动下，赵寨村修筑了长约 6 公里的通往县城的柏油路，乡亲们都亲切地称为"同惠路"。

2005 年 4 月 24 日，95 岁的费孝通在北京逝世。按照遗愿，家人将他的部分骨灰与王同惠合葬。生离死别 70 载，一对学术伉俪在另一个世界再次相聚。

那 108 天的感人至深的旷世姻缘，那荡气回肠的爱情绝唱，将永远传诵在这人世间，让后人感动、感怀、感悟……

生活的真相

在匆忙而平淡的日子里，有几个场景令我印象深刻，难以忘记。

加完夜班，已是后半夜了，冬夜的温度降到了最低点。走在回家的路上，我看见一个拾荒老人步履蹒跚地走在寂寥的广场，手提编织袋，努力搜寻着地上的塑料瓶。当走到一个大垃圾桶旁边的时候，他一只手扶住桶边，将身体深深地探进了垃圾桶里，似乎就要栽进去，使我担忧不已。当他终于从垃圾桶里刨出几个塑料瓶，满意地走向远处的时候，我却望着他的背影，陷入疼痛的沉思中。

在我所居住的小区，经常能见到一个卖煤气的中年残疾人。他只有一支右胳膊，照理说是做不了什么工作的，然而他却在生活的重压下突破着自己，创造着奇迹。他用一只胳膊开三轮车、装卸煤气、称量、结账，样样不输健全人。最令人震撼的是他用一只胳膊扛煤气罐的情景。他用右手紧紧抓住提手，深吸一口气，然后猛地提起煤气罐，将煤气罐稳稳地甩在肩膀上，等稳住后，再一步步吃力地将煤气罐送上楼去。他坚毅的目光，脖子上暴出的青筋，脸上的汗水，大口喘的粗气，分明是在进行着一场战斗。是的，一个人的战斗，生活的战斗。

我们小区门口有一种与众不同的现象，那就是夜里常常有卖菜的。几乎每次夜里回去，都能看见三五个老人在昏黄的路灯下摆摊卖菜，直至深夜。他们当中，年龄最大的是一个六七十岁的老太太，格外令人心疼。在刺骨的寒风中，她颤巍巍地站在菜摊旁，两手揣在袖口里，眼里满是期盼的目光。每次路过她的菜摊，我多少都要买上一点菜。不为别的，只想让她早点回家。她比我母亲都要大好多岁啊。

在世俗而平庸的生活中，我总是喜欢向下看，总是喜欢注视平凡、卑微的人，注意一些不被人留意的场景。那些人，那些场景，使我疼痛，令我震撼，给我思索。他们对我来说有着重要的意义，他们使我看到了生活的真相，使我更全面地了解了这个社会，使我更深刻地领悟了诸多人生哲理。我也喜欢虚浮的快乐，但我更愿意看清生活的真相。

书香女孩

　　一个周末的下午，闲来无事，便到一个开书店的朋友那里喝闲茶，谈闲天。在古朴的藤椅上暂且安放平日里疲于奔命的灵魂，金灿灿的阳光透过窗子吻向茶桌和书架，茶香飘进鼻间，书香沁入灵魂。似真似幻间，忽而觉得这一文不值的闲散时光，其实也是人生中的精华时光，就看我们拿什么标准来衡量了。

　　人闲起来，成了闲人，便容易聊起一些无关紧要的闲事来。我俩不紧不慢地找着话题谈论着，断断续续。闲谈间，遇到了一个长长的空白。茶叶在杯中浮动了好一阵子，彼此都没能找到新的话题，于是便各自呆坐着品茶。这时，书店里进来一个学生模样的女孩，如一棵新苗般清新，在高大的书架前搜寻着自己需要的书。朋友看着这个女孩，眼前一亮，似乎想起了什么，便欣喜地对我说："我给你讲个关于书的故事吧！"我欣然点头，侧耳倾听，随着他不疾不徐的语调，走进了一个关于书的故事里……

　　十多年前的一个夏天，朋友刚开书店不久。时逢暑假，有不少中小学生前来找书、买书，生意很不错。过了些天，朋友在高低不一、装扮各异的学生中，注意到了一个每天中午只来看书而不买书的女孩。白色短袖上衣和花格子裙子穿在略瘦的女孩身上，使女孩显得高挑而清新。头上垂下的两条麻花辫子格外精神，也彰显着女孩如花般的年龄。最与众不同的是她那双乌黑而纯净的大眼睛，充满求知的渴望，也透出超出自身年龄的成熟与坚毅。女孩每天中午都来看近两个小时的书，站着或蹲着，兴致盎然，愉快而专注。将近两个小时的时候，便会恋恋不舍地合上书，小心地将书放进书架，然后走向远处。朋友是个大度之人，对此不说什么，而且颇为欣赏女孩读书的热情。只是，心中日趋加重的好奇心，总使朋友想问些什么。于是，在一个平平常常的中午，朋友终于鼓足了勇气跟女孩说话。"你很喜欢看书？"朋友问。女孩像是被发现了什么秘密似的，脸上迅即荡开了两片绯红。她羞涩地点了点头，略带歉意地说："是的，叔叔，我特别喜欢看书。但是，这可能对您的书有磨损……""哦，不不，这些书本来就是让人翻阅的，买不买是别人的自由。"朋友赶紧接话，想要打消女孩的顾虑。"叔叔，要不这样吧，每天中午过来后，我先帮您整理书，打扫卫生，然后再看一会儿书，可以吗？这样我会觉得公平些。"女孩说得及时又明确，似乎早就想好了。朋友脸上开出了一朵花，笑着答应了。于是，整个暑假，那个女孩便每天中午都来帮朋友打理书店，然后看书，看完书照旧走向远处。

在后来的日子里，朋友渐渐对女孩有了更多的了解。原来，那个女孩来自农村，家境不太好，于是暑假里便跟着亲戚来到县城的一家小工厂打零工补贴家用。女孩勤奋好学，喜欢看书，但为了省钱，只好每天午饭后来书店里看书。时间长了，朋友和女孩似乎成了朋友，产生了因书而结缘的友谊。暑假结束的时候，两人彼此都有点不舍，朋友还送了女孩几本文学名著。

我问朋友，后来那个女孩怎么样了。朋友说，后来就没有再见过。

一丝遗憾之余，我又转念一想，不知道也好，这能使人生出一个美好的期许来。而且，世上有很多充满希望的人和事，都是朝着美好的方面发展的。这样想着，我的眼前便浮现出了故事里的那个清新女孩专注读书的画面来，并且产生了许多对她未来的美好想象。她身上散发的书香慢慢弥漫开来，飘出书店，飘出街道，飘向整个世界……

秋风中的舞蹈

　　这是我在 20 世纪 80 年代留下的一段记忆。在小村的村头，在萧瑟的秋风中，一个瘦弱而单薄的小姑娘跳着稚嫩的舞蹈，跳得人心里酸酸的，跳得整个秋天都为之动容……

　　现在想来，她的爹娘，应该是我们村第一批走出去的农民工。

　　小姑娘叫苗苗，是家中的独女。她家和我家是一墙之隔的邻居。在她上小学后，不甘心一辈子面朝黄土背朝天的爹娘，选择去南方进城打工，期望干出一番事业，改变家中贫困的境况。而苗苗就只能交由奶奶来带了。苗苗才六七岁，正是撒娇、黏人的年龄，当然接受不了爹娘远走他乡。可她爹铁了心，任由谁也无法动摇他的决定。收完麦子，种上玉米，爹娘就要走了。走的那天上午，苗苗哭得像个泪人，娘也忍不住抹眼泪。最终分离的时候，还是奶奶和邻居把苗苗从娘的怀里硬拽下来的。看着爹娘远去的背影，苗苗哭着、喊着、跳着，半个村子都能听到她嘶哑的哭号。爹娘走后，苗苗被奶奶抱回家，断断续续的一直没有停止哭泣。那天夜里，我不知道她是什么时候停止哭泣的，因为我睡着的时候，她还在一阵一阵地哭。

　　从此，苗苗就成了一个好像没有爹娘的孩子，只有奶奶一个人带着。在学校还好，有同学们在一起。放了学跟伙伴们玩耍也好，有伙伴们在一起。可天黑回到家以后，苗苗就有些孤单了，会想念爹娘了。有时吃晚饭的时候，我们家就能听到苗苗哭着要找爹娘，奶奶就一个劲儿地哄她。我娘有时候也听得眼眶湿润，于是便带着好吃的去哄苗苗。我常常尾随着娘一起去，可我帮不上什么忙，只能呆呆地站在旁边，默默地鼓励她。

　　后来，随着日子的流逝和生活的习惯，苗苗渐渐哭泣少了，而多了微笑、勤奋与体贴。在学校，她认真学习，在家里，她帮奶奶做家务，俨然成了一个大孩子，大人们都羡慕不已。可是，在许多时候，我还是能觉察到她的孤单和对爹娘的思念。

终于到了秋天，到了玉米成熟的时节。这是苗苗盼了很久很久的日子，因为玉米成熟了，爹娘就会回家收玉米了。学校放秋假的那天傍晚，苗苗日思夜想的爹娘也终于回来了，还给她买了稀罕的玩具。苗苗幸福得乐开了花，脸上一直洋溢着笑容。邻居们也都纷纷来看望苗苗爹娘，打听外面的世界，询问城里的生活，大家一直聊到月儿偏西才散场。

整个秋假，是苗苗最快乐的时光。我见她每天都跟着爹娘到玉米地里收玉米，跑前跑后干些力所能及的活。回到家，就帮着做饭、盛饭、洗碗。看到女儿这么懂事，苗苗爹娘既欣慰，又歉疚、心疼，时不时就偷偷抹一下眼睛。我当时就想，苗苗最幸福的时光，恐怕就是夜里娘抱着她睡觉的时候了，母女俩肯定抱得紧紧的……

转眼间，玉米收了，麦子种了，苗苗爹娘又要去南方打工了，不得不和苗苗再次分别了。邻居们都说，苗苗又得大哭一场了，我也着实替苗苗揪心。可出乎大家的意料，这一次，苗苗爹娘走的时候，她并没有像上次一样哭闹。我见苗苗虽然一脸的不舍，眼睛也红了，但她一直强忍着没有掉下泪来。送到村头，苗苗娘最后紧紧地抱起苗苗，说着嘱咐的话，然后依依不舍地放下苗苗，背起行李和苗苗爹一起走向了远处的公共汽车。看着一步三回头的爹娘，看着越走越远的爹娘，苗苗突然跑到旁边的一处土丘上，用稚嫩的舞姿跳起了前些天刚在学校学的一段舞蹈。没有舞台，没有音乐，没有舞服舞鞋，只有寂寥的村头，小小的土丘，萧瑟的秋风。那舞蹈也不是完整的舞蹈，而只是几个简单的肢体动作。苗苗穿着娘给她买的紫色毛衣，认真地跳着，一遍遍地重复着。那瘦弱而单薄的身影舞动在秋风中，显得格外稚嫩、纯真而唯美，同时又令人心疼不已。远处的爹娘看到了苗苗的舞蹈，一个劲儿地朝她挥手，苗苗娘不住地用手抹着眼泪……

许多年过去了，我经历了许许多多的事，也忘记了许许多多的事，可苗苗那秋风中的舞蹈却始终不曾从记忆深处淡去……

高原男孩

  2022年七月份，我去了一趟向往多年的圣地西藏。一路走来，有迷人的高原风景，有独特的异域风情，有可口的藏餐美食，有诸多的感人故事。在这些听来的和经历的故事中，有一个我亲身经历的关于高原男孩的故事，一直不曾让我忘怀。故事虽小，却很温暖，足以使人抵御极地的冷风冰雪……

  那天，我们旅行大巴冒雨行驶在陡峭的318国道上。路面湿滑，气温下降，天色暗淡，但丝毫没有影响大家出游的心情，因为此行造访的是被誉为"东方小瑞士"的鲁朗林海。大巴车艰难地翻越色季拉山口后，很快便到了鲁朗林海。然而，此时高原的雨已经越下越大了，已不适合下车游览。但是，仍然有几个执着的游客想去一睹林海风光，包括我。我下车淋着雨移步到鲁朗林海景区门口，先让同伴帮忙拍了照打了卡，然后就登上了观景台。站在高高的观景台环顾，本应欣赏到苍翠养眼的林海美景，此时却只能看见无边的雨幕垂挂在天地之间，只勉强看到近处的些许树木。谁料此时，老天又故意戏弄人似的，突然加大了雨量，似是瓢泼一般。仅有的几个游客纷纷返回走向大巴车，我也只能听从天意了。

  就在返回途中，我忽然被廊道中卖工艺品的摊位吸引了。那琳琅满目的工艺品摆放在摊位上，极易激起人探索和购买的欲望。我迅速地搜索着、询问着，很快便看上了一串朱红色的玉石手链。等我准备结账的时候，才注意到了摊位的主人。主人是一男一女两口子，四十岁左右。女主人皮肤白皙，慈眉善目，让人即刻生出一丝亲切感。男主人身材魁梧，头发茂密，大眼睛、双眼皮、高鼻梁，显得格外精神。谈好价格，我便拿出手机准备扫码付款，可倾盆的大雨彻底断绝了这里的信号。女主人体贴地问我有没有带现金，可我早已没有随身带现金的习惯。我皱起眉头，眼巴巴地看着那一串晶莹剔透的玉石手链，现场在急雨声中陷入了尴尬的僵局。同行的游客都已上车，我必须尽快返回，但我又实在舍不得错过这一串手链。这时，我极快地想出一个办法，那就是记下主人的手机号，回去后加上微信，再转账过去。我知道这事的可能性不大，但我想试一试。当我把这个想法告诉女主人时，她迟疑地望向男主人，征询他的意见。男主人走过来，微笑着对我说："没事，你先拿去，回头再转过来就行！"他的话很朴实，他的笑很真诚。我很感动，心里涌过一股暖流，驱走了大雨裹来的凉意。我记下男主人的手机号，收起那串手链，向他们送上了一声"扎西德勒"的美好祝愿，然后向大巴车走去。

回去的路上，我一直在感慨，像他们这样的人，如今真的已经很少很少了。那种对于陌生人的信任，是当今社会所缺少的，也是我们都渴望已久的。

回到宾馆后，我拿出手机，赶紧加上了男主人的微信，然后把手链费用转了过去，男主人给我点了一个大大的赞。他的微信头像就是本人照片，他的微信昵称叫——西藏男孩。

那串朱红色的晶莹剔透的玉石手链，我会永远好好地珍藏下去……

风中的舞者

在我所居住的小区，有一对四十出头的夫妻。最初注意到他们，是在一个夏夜。那天晚上，正在书房看书的我，忽听得楼下响起舒缓的舞曲，这立刻引起了我极大的好奇，因为这在以前是没有过的。推窗望去，只见南楼的一对青年夫妇正在楼下的路灯下共舞。他们手挽着手相互抱着，深情注望，翩翩起舞，两人都沉浸在唯美的情境之中。徐徐的晚风拂过身旁的花草，吹动女子长长的秀发和飘逸的裙裾，使她的身段更加轻盈，舞姿更加曼妙。温润的灯光包围着他们，在地上映出他们舞动的身影。在这意外邂逅的情境之中，不知不觉的我就被迷住了。我就这么静静地看着他们共舞，跳了一曲又一曲，久久不愿离去。他们不是专业的舞者，却是真实的夫妻。他们或许不够专业，但我能感觉到他们是用心在跳舞。他们旁边没有观众，却依然在投入地跳着。他们不是跳给别人看的，而是为自己而跳。那晚的舞蹈，带给我无尽的感动。

那晚之后，我经常能见到他们到楼下跳舞。常常在晚饭后，他们就提着自备的音响来到楼下的路灯下，打开音乐，挽手相抱，舞步移动，渐入佳境。轻风为他们伴奏，灯光为他们伴舞。我常常在一旁静静地看他们跳舞，每次都能收获满满的温暖和感动。我常常感动并疑问着，他们是怎样做到将爱情保鲜如此之久呢？

而今，夏天退场了，热闹退场了，喧嚣退场了，他们却依然在路灯下共舞，不为季节所动。秋风来了，落叶纷飞，他们执着的舞姿涌动着坚韧的力量和顽强的生命力。这样的情境，这样的舞姿，这样的姿态，怎能不使人温暖、感动并获得力量？

由此，我的心中又生出了一个小小的期待，那就是希望他们到冬天还能跳舞，我期待着能在落雪的夜晚看到他们温暖的舞蹈。我想，那必将是天地间最美、最动人的舞蹈，必将是一次精神的盛宴……

一个羊头骨

一日与一个朋友小酌，聊着聊着他就想起一件往事来。从他神情的细微变化来看，这件往事的想起使他变得有些激动。他说他忘不了这件往事，他想讲给我听。于是，我放下酒杯，侧耳倾听，开始听他娓娓道来……

十几年前的一个夏天，这个爱冒险、爱摄影的朋友与另外几个驴友共同发起了一场西藏之旅。返程的时候，他们经过了青海玉树一带。在茫茫的原野上开了一天的车，舟车劳顿，天色渐晚，于是他们便开始寻找落脚点过夜。终于在天即将完全黑下来的时候，他们找到了一顶藏式帐篷。帐篷的主人是一个三十多岁的藏族小伙，皮肤黝黑，但目光却很纯净、真诚。在并不流畅的语言交流中，当热情的藏族小伙得知他们想借住一晚时，立刻就很高兴地答应了，像是家里来了贵客。他热情地为客人准备牛羊肉、糌粑、酥油茶、青稞酒等美食美酒，满满地摆了一大桌子。一顿饱餐豪饮后，藏族小伙还腾出家里最好的床，铺上家里最好的羊皮褥子让客人睡。大家都对热情的藏族小伙十分感激。

这时，其中一个年轻驴友对挂在帐篷顶上的一个羊头骨产生了浓厚兴趣。那个瘦长的羊头骨皓素醒目，顶部向两侧延伸出一对黄色羊角，弯曲回转，如古建筑上的飞檐翘角。年轻驴友对这个羊头骨着了迷，经主人同意后取下来再三欣赏。经询问主人得知，藏人在住处挂牛羊头骨，是对给他们提供了食物的牛羊的感恩和纪念。年轻驴友向主人提出要花钱购买这个羊头骨，却被主人一口回绝了。经再三询问得知，这个羊头骨早已卖给了另外一个游客，只是那个游客付钱后却一直没有取走，但这个羊头骨已经属于那个游客了，因而主人无论如何也不肯把这个羊头骨再卖给别人。年轻驴友不甘心，提出要出数倍的价钱买走这个羊头骨，但还是被主人固执地拒绝了。年轻驴友失望极了，但对这个羊头骨又爱不释手，于是便问主人能否抱着羊头骨睡觉，主人立刻爽快地答应了。就这样，那个年轻驴友就抱着心爱的羊头骨进入了梦乡。

第二天黎明时分，驴友们起来准备出发，却见主人正躺在一张旧床上沉沉地睡着。大家想跟他告个别，可任由怎么喊怎么摇也醒不过来，看来是困倦极了。大家不忍心打扰主人，于是便驾车上路了。

茫茫的原野上，荒凉寂寥，人烟稀少，驴友们驾车一路前行，直到临近中午时才路过一个小镇。说是小镇，其实不过就是几户藏民驻扎在一起，能进行简单的商品交换而已。正当驴友们用现代化的随行物品交换藏民们的土特产时，大家抬眼看见远处有个人正骑着快马向他们飞奔而来。那疾驰的快马身后拖着长长的烟尘，如一颗流星般飞向这个小镇。骑马的人在马背上颠簸着前进，如信念坚定、上阵杀敌的将士。等他骑马到了小镇，猛地勒住缰绳，那匹大马的两条前腿腾空跃起，然后停在大家面前。这时，驴友们都认出，骑马的人正是昨夜借宿帐篷的主人，那个年轻、热情的藏族小伙。只见他满头大汗，喘着粗气，怀里抱着一个羊头骨。他跳下马，把怀里的羊头骨用双手递给了那个想要羊头骨的年轻驴友。通过询问得知，昨夜主人见年轻驴友那么喜欢羊头骨，不想让他失望，于是就在客人们睡下后，挑了一只健壮的大羊，连夜宰杀、加工，一直忙到后半夜才完工。年轻驴友对这个羊头骨喜爱极了，想要给主人钱，主人却怎么也不收，于是大家便把手电筒、电池等随行物品送给了主人。在双方"扎西德勒"的祝福中，主人跨上大马飞奔而去，大家望着他远去的身影，久久说不出话来。大家转头看着年轻驴友怀里的那个羊头骨，干净、洁白、晶莹、温润，越看越好看，越看越迷恋……

听完朋友的讲述，我沉默良久，感慨良多。我感觉自己心灵上的灰尘被这个故事拂去了许多，变得更纯净了些……

知足与满足

当兵第二年，我生了一场大病，住进了医院。那阵子，我的情绪异常低落。想想自己抱着诸多期望来到部队，一年来却是付出多于收获，失望大于希望，最后还落一场大病，心里不免生出百般滋味，甚至有了一种看破红尘的颓废。直到有一天，一个新兵病友住了进来。

新兵叫李果，高个子，圆脸，整个人看起来很精神，充满朝气。他是四川人，普通话却说得极好，几乎没什么四川味儿。因为来自同一个部队，又患着同一种病，是真正的同病相怜、患难之交，因此很快便熟悉了，并建立了深厚的友谊。

在一个月光如水的夜晚，闲来无事，我和李果便到院子里去散步。随便聊了一会儿后，便聊起了各自的经历，各自的得失与悲喜。虽然李果也有着诸多的不如意，但却并未流露出多少失落与无奈，更多的则是对未来的希望和奋斗的动力。他大约觉察出我情绪的低落，便有意同我聊起了他的父亲。李果说，他父亲经常说这样一句话：人活着，要知足，但不要满足。听到这句话，我眼前顿时一亮，就像一颗流星划破寂静的夜空。不用解释，我立刻便领会到这句话所蕴含的人生哲理和所倡导的生活态度。知足，就是对自己所拥有的感到欣慰和快乐；满足，就是止于现状，不再进取。原本我对这两个词的区别并没有细细品味，经李果这么一说，我才注意到了这两个词之间的细微差别。顿时，对李果父亲的敬佩之情油然而生，觉得他真是一个经过人生历练而充满智慧的人。

那天晚上，我久久不能入睡。细细体味着这句关于知足与满足的话，回想自己入伍以来的酸甜苦辣，竟也看开了许多。看到了自己的收获，感到些许知足，而不再是满怀的失落与惆怅。同时，也进一步明确了自己的差距和目标，获得了新的前进动力。从那以后，我就像变了一个人，开始以更加积极、更加阳光的心态投入到部队生活中。

　　要知足，但不要满足。这句话，在我的军旅生涯中，在我后来的人生道路上，给了我源源不断的安慰和鼓励。它让我一次次坦然面对失败，一次次重整行装再出发。它让我明白，在人生的旅途中，不只有前方璀璨的梦想，也有沿途美丽的风景。而除了沿途美丽的风景，那璀璨的梦想更值得我们倾尽一生去执着追寻。

一沓粮票的故事

20世纪70年代，我的父亲郑梦林服役于驻津某部，是一名有线通信兵。1976年到1979年，在他服役的四年时间里，中国发生了许多重大事件，他本人也参加了多次重要军事演习。而我今天所要讲的一沓粮票的故事，就与其中的一次军事演习有关。

那是1977年7月，父亲所在的部队在某地山区举行了一次实战化军事演习。这次军事演习，一切按照实战化要求进行。部队傍晚出发，夜间行军，路上采取一切必要的防空、防化等措施，严格实施灯火管制、噪音管制。部队驻地距离演习区域有近三百公里的路程，大都是崎岖的盘山公路，行军的车队就像一条长龙一样艰难前进。等到达演习区域，已是凌晨一点多。刚到演习区域，父亲所在班就接到紧急任务，由五名战士组成通信小组，迅速在团部与某指挥所之间架设一条全程六公里长的双程电话线。通信小组平均每人负重二十多公斤装具和线料，克服陌生地域、山区地形、夜间布线、存在坠崖危险、需防范敌情等重重困难，在完全实战化的背景下顺利完成了任务。

完成任务后，已经是凌晨三点多，通信小组的战士们被安顿在一家普通百姓家中住下。由于执行任务时体力消耗大，天气炎热，大家都出了许多汗。父亲口渴得要命，于是刚安顿下来便拿起房东家的葫芦瓢喝下了一大瓢凉水。没过多久，父亲便闹起肚子来，迟迟不见好转。房东大哥大嫂知道后，大嫂很快从山上采来了草药，熬好让父亲喝下去。肚子好些后，大嫂又做了一碗热腾腾的手擀面端来让父亲吃。那一碗手擀面，父亲是就着眼泪吃下去的。

接下来，通信小组的战士们就跟房东大哥大嫂开始了鱼水情深的日子。每天早上，战士们都会主动为房东大哥大嫂家扫院子、挑水，始终保持院净缸满，有时还会帮忙干些农活。白天，战士们去参加演习、训练，房东大哥大嫂就去地里干活。每天晚上，房东大哥大嫂都会烧上两壶开水送过来，跟大家说说话，聊聊天。军民真的就像一家人一样，那么亲，那么近。

那些年，在那样的山区，老百姓的生活都极为贫困。尤其是房东大哥大嫂家，后来已经到了提前挖没长熟的土豆来填肚子的境地。大家看在眼里，疼在心里，可又实在没有什么可行的办法。

四十天的演习很快结束了。离别前的那天晚上，通信小组的战士们和房东大哥大嫂都买来了花生、瓜子、糖果，坐在一起聊到了大半夜。昏黄的油灯下，大家分明看到大嫂的眼里噙着泪花，闪着依依不舍的泪光。

等房东大哥大嫂回屋睡去，大家都觉得大哥大嫂人好，生活又不易，于是便想尽己所能接济一下。大家都掏出身上所有的粮票和现金，一共凑了四十多斤粮票和二十多元现金，叠在一起压在了梳妆匣子下面。

第二天早上，部队集合登车，准备撤离。这时，通信小组的战士们从人群中看到了房东大哥大嫂。朴实憨厚的大哥说不出送别的话来，只是一个劲儿地招手。而善良的大嫂却抑制不住感情，用手抹着眼泪哭了起来……

多年以来，父亲一直说，那是他经历的最难忘的一次演习。后来的几年军旅生涯，以及退伍后的大半生，他们再也没能跟房东大哥大嫂重逢过。

每次听父亲讲起这个故事，我心里都久久不能平静。而最深的感受就是知道了什么叫作鱼水情深……

释然

我的一个初中女同学，前段时间刚和我取得联系。在微信上确认身份后，她开门见山地说，之所以费尽周折地联系上我，是因为有件事她一直过意不去。我问是什么事。她说，当年她转学离开时，不小心把我的语文课本带走了，可是一直没能送回来，也没有机会跟我说声对不起。她说的这件事我压根儿没有想起来，但我却清楚地记得她家离我们母校很远很远，别说送书，连捎个口信儿都很困难。

还有一个初中女同学，前段时间突然在微信上问我跟班里一个姓钱的男同学有没有联系。我说有。她说，曾经有一次，她得理不饶人，在班上因为一件小事骂了他，骂得特别难听。后来她觉得伤到了他，但碍于面子没有跟他道歉。这么多年来，她一直放不下这件事，所以想托我向他转达她的歉意。我照办后，那个男同学却怎么也想不起这件事，但还是让我劝她别放在心上。我又向女同学转述了男同学的话。女同学说，我终于能放下这件事了。

时间能释然很多东西，比如面子。然而有些东西却永远无法被时间释然，相反，它们会随着时光的流逝而变得愈加深刻，愈加强烈，比如良心，比如情谊……

最温暖的等待

　　在我们小区门口，有一个六十多岁的修鞋匠，技艺精湛，热情周到。老先生头发花白，着一身旧军装，戴一副老花镜，温文尔雅，和蔼可亲。因为鞋修得好，服务也好，因而顾客颇多。老先生每天早饭后便早早地出摊了，天黑前才收摊回去。听说他修了一辈子鞋，如今住在城里儿子的家中，为了补贴儿子家用才如此辛苦。知道这些后，我不由对老先生心生敬意。

　　一个乍暖还寒的春日的午后，我路过老先生的摊位，看见他坐着板凳靠在墙上睡着了。断断续续的轻风吹动着他那花白的头发，暖暖的阳光投射在他的身上，使人感到温暖。他微张着嘴，脸上极为平静。他的摊位前等着一个三十多岁的女子，女子身旁放着一双待修的皮鞋。那个女子坐在板凳上，正在安静地等待老先生的醒来。她一只胳膊放在腿上，一只胳膊托着下巴，眼睛凝望着远处嫩绿的柳条。她的眼里春深十里，她已化为春天的一部分。

　　这是我此生见过的最温暖人心的等待……

胸怀

　　一次，我跟随丛玉住持去见一位领导。到办公室坐下后，这位领导首先提起了先前的一件旧事，大约是他与丛玉住持之间的一个小误会。提起这件事时，这位领导满腹怨言，似是在心里憋了许久。发了些牢骚后，想必是他怨气颇深，竟责骂起丛玉住持来。坐在一旁的我立刻感到气氛尴尬、紧张起来，同时也很为丛玉住持感到难堪和不平。然而，当我转脸望向丛玉住持时，他却是一脸的平静和谦逊，好似一个学生在聆听老师的教诲。这位领导火气甚大，一直责骂了近半个小时方才罢休。这时，丛玉住持起身向这位领导双手合十，深鞠一躬，恭敬地说："领导，您骂完了吗？如果骂完了，我就去吃饭。如果没骂完，我就再坐这儿听一会儿。"言毕，这位领导立刻被"气"笑了。而我，莞尔一笑后，更多的则是由衷的敬佩和深深的启迪……

小木屋

　　那年寒假我在小姨家住了段日子。刚到那儿时感觉什么都新鲜，小姨夫还给我买了卡宾枪，我高兴极了，一天到晚地疯玩。可是，日子稍一长，这一切就都腻了。我把卡宾枪悄悄塞到了沙发底下，从此再也没有摸过。我感到了孤单，没有伙伴的滋味可真不好受呀。我开始盼望着妈妈能早日把我接回家。

　　一天我实在在家待不住，就走出了小姨的家门。刚走出院门，我就远远地看见过道尽头有个老头坐着个小马扎靠着红红的院墙晒太阳，于是就好奇地走了过去。老头头发已经全白了，脸上的皱纹又密又深，不禁使我想起了榆树皮的样子。他仰着头靠在墙上，安详地闭着眼睛，两只手叠放在肚子前，手掌上是一个小小的木屋。那是一个多么漂亮的小木屋啊，红的墙，绿的门，蓝的顶，亮闪闪的顶坡上还有个白色的小烟囱。一时间我被那个小小的木屋吸引住了，心里有说不出的羡慕，恨不得马上能有一个同样漂亮的小木屋。我入神地看着，呆呆地看着，怎么也看不够。

　　不知什么时候那个老头睁开了眼睛，他的第一反应就是低头看手里的小木屋。见小木屋还在，老头又恢复了刚才的安详。这时他发觉了我，于是慈爱地问道：

　　"孩子，你在这儿做什么呀？"

　　"我看你那个小木屋。"

　　老头舒口气点了一下头，接着又问我：

　　"小木屋漂亮吗？"

　　"漂亮!我还没见过这么漂亮的小木屋呢!"

　　老头安详地笑了。

　　"老爷爷，你能把小木屋送给我吗？我太喜欢它了!"

老头轻轻地摇摇头说：

"这可不行，这是我的小木屋，没了它我可就没了魂儿了！"

"为什么？"

"这你不懂，这只有我懂，只有我的小木屋懂。"

老头长长地舒了口气，接着又说道：

"其实每个人都有一个自己的小木屋，有的能看见，有的看不见，但谁都有。我有一个看得见的小木屋，你有一个看不见的小木屋，它就在你的心里。"

"在……我心里？"我瞪大了眼睛问。

老头没有回答我，仰起脸望着天空自言自语地说：

"自己的小木屋是不能给别人的。我现在就是为了我的小木屋而活着的。我多想走进我的小木屋啊，它里面真是太好了！有一天我会走进我的小木屋的。"

我一脸茫然。他的话比课本上最难的题还要难。这时老头慢慢地站了起来，左手把小木屋捂在胸前，右手拎起了那个已磨得发亮的小马扎。

"我要回去了，孩子，你……去找你的小木屋去吧！"

老头弓着背蹒跚地走进了旁边那个古旧的院门。我呆呆地站在那儿，许久才想起要回家。回去的路上我心想：明天我还要来看那个小木屋，它真是太漂亮了！

可是，第二天一早妈妈就来把我接回了家。从此，我再也没有看到那个漂亮的小木屋。

第二年寒假我又来到了小姨家。从自行车的前梁上跳下来还没站稳，我就径直跑向过道的尽头，我要赶快去看那个老头的小木屋，那个漂亮的小木屋几乎占据了我所有的梦。可是跑到那儿我却大失所望，老头家的院门紧锁着，门楣上还贴着一块白色的剪纸，破破旧旧的在风中摇曳。我赶紧跑到小姨家问小姨那个老头哪儿去了，小姨说：

"他老了。"

"老了？他本来就很老的呀！"

小姨笑笑说：

"他去很远很远的一个地方了，那个地方远得我们都不知道在哪儿。"

小姨的话又使我呆想起来。我久久地想着：那老头去哪儿了呢？他到底去哪儿了呢？忽然我想出了答案：啊，他一定是去他的小木屋里了，他不是很想去那个漂亮的小木屋里吗？这样想着，我又不禁为那个老头暗暗地高兴起来。

菊面老张

老张是某局的局长，但他骨子里却是个文人，因而并无多少官气，而且从政期间就有隐逸的念头。因为文学上的志趣相投，我们多年以前就成了忘年交，工作之余相互评点一下诗文，品品茶喝喝酒，怡然自得。但他毕竟是局长，平日里工作繁忙，公务缠身，疲于应酬，抽出身来纵情诗文的时间少之又少，我能体会出他的疲惫与向往。

去年底，老张终于熬到了退休年龄。办完退休手续，老张迫不及待地实施起了他的退休生活规划。他给自己定了几个硬性原则：不返聘，不找工作，不参与任何涉及经济利益的事务。他给自己规划了日常的生活内容：早上起来先听一会儿音乐，然后打一会儿太极拳，上午读书、写作，下午侍弄花草、喝茶、会友，晚上散步。除此之外，每周看两场电影，每月出去旅游一次。

听着他的生活规划，我简直羡慕得不行。而更令我羡慕的，是他真的把规划变成了现实。后来再见到他，他早已摆脱了退休前的疲惫状态，神采奕奕中透着仙风道骨。以前是我约他喝茶谈天，到后来就成他邀我喝茶谈天了。而且，他日日写作，只半年时间便出版了自己的第一本作品集。只可惜，我只有羡慕的份儿。

一个风轻云淡的秋日下午，我到老张那儿喝茶。老张悠然地坐在藤椅上，手捧一杯茶，柔和的阳光斜洒在他身上，将他红润的面庞映得发黄，与他身旁淡然开放的菊花颇有几分神似。

感动

来到大宇学院已一年了。

大宇学院将是我人生中的最后一个母校，走出了她的怀抱，我真的要走向社会了。因为这个，我便时时刻刻对她怀着说不出的眷恋，十分认真地度过着在她怀抱中的一分一秒。如今，一年的时光已悄然逝去了，站在这个句号上，我不由得常常回忆和怀念起大一的时光来。而现在回忆起来，一年中的那许许多多的大事件似乎并没有让我激动万分，倒是一些真实的细节愈来愈使我感动，就像是酒，陈放得愈久便愈浓烈醉人。这些细小的记忆在一个个怀旧的深夜让我一次次流下温热的泪水，渐渐变成我人生中最宝贵的精神财富……

还记得去年我过来上学的时候，家里正是困难的时候，入学的学费让父母和我都眉头紧锁。我的招生人贾永波老师知道了这个情况，就来到我家里对我说，我的八百块钱招生费不要了，到学校折到你的学费里。那一刻，父母和我都热泪盈眶……贾老师的那八百块钱就这样无偿地捐给了我，那八百块钱帮了我们家不小的忙……

我们的班主任陈老师是位六十多岁的老党员，在系里任党组书记，我们都亲切地喊他"老爷子"。老爷子对我很器重，平时对我要求很严，对我寄予了深切的期望。开学不久，他便默默地递给了我一本党员读本。我怀着无限的感激默默地双手接过他的读本，然后默默地把那读本小心地放起来，过一阵子再默默地双手递给他。然后隔几天，他便会再次默默地递给我一本新的读本。我仍是怀着无限的感激双手接过他的读本，然后默默地把那读本小心地放起来。虽然那几本读本我一个字也没看，然而我却是照着他的嘱咐做的，平时在各方面都积极争取进步。那一本本党员读本，盛满了他老人家对我的深切期望和我对他的无限感激之情……

我们的当代文学作品选老师冷老师是个很正直的人，讲课尽心尽责，为了扩展我们的视野、提高我们的文学鉴赏能力和写作水平，除了教材上的作品之外，他还不辞辛苦地讲了大量的课外作品。他的嗓子很不好，讲课很吃力，每当他因嗓子难受而引起剧烈咳嗽时，我总会陷入久久的感动与感激之中。看着他难受的样子，我心里很难过。在那一刻，我学会了心疼年长的人……还有一次学校举行谷雨诗歌朗诵比赛，预赛时由于我准备不充分而被刷了下来。第二天他在我们班上课时偶然地点我，让我朗诵了一首教材上的诗歌，说我朗诵得很好，很有朗诵天赋，于是就问起我是否参加了诗歌朗诵比赛。当他得知我被刷了下来后很是不平，找到大赛组委会，硬是为我争取到了参加决赛的资格。后来，在那次决赛中，我拿了最高奖……

我们班的河南女生曹永怡是和我一样从农村走出来的学生。同学一年了，到如今我也肯定地认为她是我们班最善良的女生。记得去年我碰到一个急事急需三百块钱，因为到了月底，借了许多人都没借到，最后我不抱希望地问了她一下，没想到她竟然马上答应了，说她的生活费刚打了过来，说着她就去附近的取款机前给我取钱去了。那时是中午，天气很炎热，望着金黄的阳光里她远去的背影，我的喉咙剧烈地难受起来……那时，我们认识才一个多月，那三百块钱是她下个月的生活费啊……

给我们宿舍楼打扫卫生的清洁员是个四十多岁的中年妇女，着一身朴素的衣裳，平时没见过她说话。她是去年秋天开始给我们宿舍楼打扫卫生的，我想她最重要的两个品质就是隐忍和勤劳，因为她从没有像别的清洁员那样埋怨我们这些学生乱扔东西，一句也没有埋怨过。她总是每天按时过来默默地给我们宿舍楼打扫卫生，认真、负责而又不说一句话。每次看到她打扫卫生，我都会被深深地感动，我感到，隐忍而勤劳的她就像我的母亲，就像我们中国所有平凡而又伟大的母亲。对于她，对于我的母亲，对于所有平凡而又伟大的母亲，我的心里有说不出的感动……因为这个，我从不在宿舍楼里乱扔一丝一毫的东西……

....

　　什么叫感动？一个幼儿园的小女孩说：那天下了好大好大的雪，下了整整一天，等她傍晚放学走出校门时，看见爷爷一个人站在大雪中等她，雪人似的在雪中一下一下地跺着脚，那一刻，她好感动好感动……

　　我们的生活不能没有感动，人生不能没有感动，世界不能没有感动……

　　就让这些感动的酒继续深深地陈放在我的心中吧……

温暖与感动

　　那天骑车出去办事，在一个十字路口遇见一起小车祸，于是便走上前去看个究竟。原来，是一辆轿车撞了一辆摩托车，场面并不惨烈，车辆损坏程度也不大，当事人都已到交警队处理事故去了。这时，一个骑车路过的中年妇女下了车走过来，脸上带着一丝关切。她问我旁边的一个中年男人："人没事吧？"中年男人答道："没事！"于是，那个中年妇女脸上的那丝关切变成了一丝放心，她转过身，骑上车子走了。而这短暂的一幕，却带给了我无尽的温暖与感动……

逆行者

己亥年末，庚子之春，华夏大地遇大疫。武汉，病了。中国，病了。空空的武汉，静静的中国，成千上万的同胞生病了，倒下了。病毒肆虐，人人自危，死亡的恐惧笼罩在每个人的心头。

然而，艰险之时，危难之际，一个个、一群群身穿白衣的人却迎着疫魔逆行而上，冲了上去。他们冲锋陷阵，无所畏惧，不计报酬，无论生死。他们义无反顾地逆行，成了世间最美、最感人的身影。

他们，就是医者，就是医务人员，就是一个个白衣天使、白衣战士。或许，在平常的日子里，他们多多少少都有些平凡，甚至有那么一点瘦弱、胆小、娇气。但当疫情来临，他们却都一个个变成了最勇敢、最坚强的人。走向医院，他们泪别亲友。穿上白大褂，他们就无所畏惧。冲进病房，他们就投入了战斗。他们，是挽救生命、拯救世界的人，他们是最可爱的人。他们用自己的行动践行了当初的诺言，彰显了崇高的医者仁心、大无畏精神和爱国情怀。有了他们，就有了健康，有了希望，有了明天，有了幸福而美好的生活。

其实，我们身边还有许许多多的逆行者。战争来了，有军人；坏人来了，有警察；遇到火灾，有消防员……哪里有灾难，哪里有危险，哪里有困难，哪里就有可爱的逆行者。哪里有什么岁月静好，不过是有人替你负重前行。

其实，我们每一个忠于职守、兢兢业业的人，都是逆行者，每天都在向着目标、任务和困难逆行而上。不论什么岗位、什么工作，每一个目标都是使命，每一项任务都是职责，每一次坚持都是战斗。做好每一份工作都值得赞扬，都无限崇高。

是的，一个国家的强大，一个民族的复兴，需要千千万万的逆行者，需要我们每一个人的逆行而上、义无反顾、奋勇向前。

朋友，做一个逆行者吧！来，让我们一起，众志成城，逆行而上，共同托起祖国的明天，共同创造光明的未来！

干净的心

　　那天上午去医院看病，赶到医院时医生已下班了。到医院外面吃过饭，感觉累得不行，便来到门诊楼前铺了张报纸坐下等着。过了一会儿，一个老婆婆拉着一辆垃圾车从医院西门进来了，一个小姑娘在车后推着。她们到垃圾筒旁停下来，两个人相互帮忙清理完了那半筒垃圾。这时老婆婆对小姑娘交代了几句，尔后就向住院部方向走去。太阳火辣辣的，小姑娘走到我旁边也坐到了地上。

　　小姑娘六七岁的样子，剪着齐耳发，红脸蛋，眼睛明亮亮的，穿一身有点脏的粉红衣服。一双小手因为刚清理完垃圾，黑乎乎的。我心里涌上酸酸的怜爱，忍不住问：

　　"小姑娘，吃饭了吗？"

　　"没有，一会儿就吃。"

　　"上学了吗？"

　　"今年秋天就回老家上。"

　　"家在乡下？"

　　"嗯。"

　　"那个老婆婆是谁呀？"

　　"我奶奶。"

　　"你奶奶去哪儿了？"

　　"去看那边的垃圾了。今天垃圾都不多，如果那儿垃圾少这次就不用去了。"

　　"哦。"

　　我又问：

　　"你帮奶奶清垃圾呀？"

"嗯。"

"真是个懂事的孩子!"

小姑娘甜甜地笑了。

我接着又问:

"你不怕脏吗?"

"嗯……不怕!刚开始时怕,可奶奶说这脏是有头儿的,回家就能洗干净,我就慢慢不怕了。脏有头儿,只脏一会儿,回家就能洗干净,还怕啥呀!"

我笑了,小姑娘也笑了。小姑娘的笑是我见到的最灿烂的笑。

笑过之后,我一阵沉默……

是啊,一切不好的总有个头儿,正因为有头儿,我们才充满希望地去忍受,去拼争……

小姑娘给我上了多好的一课啊……

一桶茶水

那年盛夏的一个下午，我到市里办完事后便沿着公路边的林荫小道往家走。后来走累了想歇会儿，看见一棵大柳树下放着几个石墩儿，便走过去坐了下来，呆呆地看起路上来来往往的车辆来。

不知过了多久，我突然发觉一阵嚓嚓的脚步声和自行车的响声在我身旁止住了。扭头一看，见是一个收破烂的老汉，他正把自行车往旁边的一棵柳树上靠。车后座两边各挂了一个大竹篓子，塞了高高的纸箱片子和旧报纸。老汉快七十岁的样子，衣衫破旧，脚蹬一双旧布鞋，没穿袜子，一身风尘。他从吊在车把上的旧布兜里取出一塑料桶茶水，便走过来坐到了我旁边的石礅儿上。

"老大爷，从乡下来的吧？"

"嗯。"

"我祖上也是乡下人，老家在农村。"

老汉咕咚了一口茶水说道：

"是吗？"

"嗯，刚出来没几年。"

老汉笑了笑，露出两排黄黄的老牙，看得出来他立刻感到随和了许多。接着，我便和老汉攀谈起来。

在亲切的攀谈中，我渐渐地了解了老汉的一些情况。这老汉家在挺远的乡下，有三个闺女一个儿子，他和老伴儿与儿子一家共同生活。家里光景一直都不是很好，前年和去年孙子、孙女又先后上了高中，日子就更难了。家里情况紧，老汉便想出一个到城里收破烂赚钱的主意。去年秋收过后，老汉托市里的一个老亲戚帮他找了个便宜的住处，于是便干起了收破烂的行当，到现在已快一年了。

老汉和我聊的时候，不断地咕咚着他的茶水。

我问老汉：

"能赚些钱吧？"

老汉又咕咚了一口茶水说道：

"还行，比在家里强。老了，在家干不了重活，干这行当挺好！"

"这也不容易，风吹日晒的，又脏又累，城市里像你这个年纪的老人天天都在下棋、遛弯呢！"

"嘻，不能和人家比呀！可我一直觉得自己的日子已经很不错了。这活儿是累点，可这都是为了自己的儿孙，累点心里也乐呵。最重要的是，有茶水喝，这还有什么不知足的呢？"

"茶水？"

"嗯！"

老汉把那半桶儿茶水冲我晃了晃说道：

"我是个老茶肚儿，最喜欢喝茶水，都喝大半辈子了。如今到城里干这行当，就更离不开它了，每趟出来我都得带上一塑料桶茶水。你别看这茶便宜，可有滋味了，解渴又消暑。渴了累了乏了，停下来坐一会儿，喝两口茶水，那浑身的疲劳一下子就都跑没影儿了！要我说，这茶就是我老伴儿，有了茶，我还能不知足吗？人呐，都想过好，都想往上爬，可也不能忘了知足啊！"

我良久无言。

又过了一会儿，老汉把茶水喝了个底儿朝天，于是便站起身对我说：

"年轻人，我走了，早完早回！"

老汉推上车要走时又对我说：

"还是咱乡下人侃得来！"

老汉走了，留下了一片淡淡的茶香……

第四辑　旧梦

故乡初夏槐花香

蓦然间，又到了春末夏初，这是故乡冀南平原槐花开放的时节。此时，那个生我养我的叫作郑村的小村庄，应该正氤氲在槐花那幽幽的清香中吧。而漂泊异乡的我，却只能在记忆中独自去回味这槐花的清香，去体味这淡淡的乡愁了……

故乡栽种的槐树通常是刺槐。刺槐因枝条上长刺而得名，又叫洋槐、刺儿槐，是一种豆科落叶乔木。因刺槐适应性强，生长速度快，木材坚硬，非常实用，所以在北方广泛种植。在乡间、房前屋后、街头巷尾，随处可见刺槐的身影，在我们郑村尤其多。我家院子里原来也有一棵十几米高的刺槐。关于刺槐，最美好的记忆是春末夏初槐花开放的时节。

小时候，每到春末夏初，村里大大小小的刺槐便会陆续开花。在高高低低的刺槐树上，一嘟噜一嘟噜洁白晶莹的槐花垂挂在翠绿的槐叶间，颜色格外素雅、耐看。一树树的槐花散发着淡淡的清香，将整个院子、街巷、村庄悄悄包围，使乡人们终日沉浸在幽幽的暗香中。而那十几天的花期，也就成了故乡一年里最诗意的日子。行走在村中，一串串香雪成了最亮眼的风景，一阵阵花香就是最迷人的味道。最诗意的是有月的夜里。走在小小的村庄里，月光温柔，槐花微亮。如水的月光，轻轻的脚步声，淡淡的槐花香，相互浸染，彼此交融，让人不知不觉就沉醉其中，进入一种沉迷的状态。那种初夏的美景和味道是独属于故乡的，独属于故乡人的。

槐花除了可供观赏，更是一道独具特色的乡野美食。每到槐花开放的时节，乡人们便会采来做成美食吃。槐花的吃法有很多，如槐花馒头、槐花苦累、槐花炒鸡蛋、槐花窝头、槐花包子、槐花饺子、槐花饼、槐花煎饼、槐花粥，等等。做法不同，风味便各异，但都有着槐花香香甜甜的独有美味。做槐花馒头时，需先将槐花去梗洗净并沥干水分。将槐花倒入面粉中，再加入化开了酵母粉的温水和成面团。面团发酵好后，揉面排气，再揉成剂子揉成馒头，放入蒸锅稍醒片刻，上汽后蒸二十多分钟即熟。刚出锅的槐花馒头，雪白暄软，香气扑鼻。咬一口品嚼，面粉的麦香烘托着槐花的香甜，口鼻生香，沁人心脾，回味无穷。这香香甜甜的槐花馒头，是初夏的味道，是故乡的味道，是母亲的味道，是童年的味道……

相较于槐花馒头，槐花苦累的做法要简单一些。做槐花苦累时，槐花去梗洗净后沥一下水分，加入少许食盐拌一下，再加入面粉搅拌，使面粉粘于槐花周围，然后放入蒸锅，上汽后蒸十几分钟。出锅晾凉后，再用蒜泥和香油拌一下，即可食用。与槐花馒头的不同之处在于槐花苦累因不用发酵，所以更加筋道，并且因为多了蒜泥和香油的加持，味道更加丰富一些。槐花苦累既可当菜，又可作主食，非常实用。

不能不提的还有槐花炒鸡蛋这道鲜菜。槐花炒鸡蛋跟许多鸡蛋炒菜一样，将去梗洗净的槐花沥干水分，然后加到打散的鸡蛋液中，再加入适量食盐搅拌均匀，倒入烧好的油锅中炒至焦黄即可出锅。也可将槐花炒至半熟或在开水中焯烫片刻后，再放入鸡蛋液中拌匀烹炒，味道稍有差异。一盘槐花炒鸡蛋端上餐桌，黄绿相间，蛋中抱花，花中蕴香，外焦里嫩，鲜香美味。这是初夏时节乡间最鲜、最嫩、最香、最美味的一道菜了。

槐花这种可食用且美味的花，在饥荒年代里帮了老百姓的大忙，救了不少人的命，填充了数不清的人饥饿的肚子，是很接地气的一种时令凡花。我小的时候，虽已不是食不果腹的年代，但毕竟能节省一些粮食蔬菜，并且美味可口，因此人们都不会错过美味的槐花。采槐花时，需将镰刀绑在杆子上，然后举起杆子用镰刀削下槐枝，然后再捡枝撸下槐花。如果身手不错，还可上到刺槐树上采下一嘟噜一嘟噜的槐花扔下来。我就曾不止一次地上到刺槐树上采槐花。刺槐树的树皮比较粗糙，因此会把手和身子磨疼。但这不是什么大问题，最头疼的是刺槐树的枝条上有刺，因此采槐花时需要格外小心。有好几次，我不是扎破了手，就是划伤了脸，没少见过血。即便如此，我每次也是乐此不疲。我在树上小心地采下一嘟噜一嘟噜的槐花扔到地上，母亲手提竹篮弯腰撸着槐花。在我的记忆中，这是无比美好的画面，是难以忘怀的往事。

其实，槐花不仅是难得的食材，还是一味中药材，能有效治疗银屑病、颈淋巴结核、暑疖等疾病，还具有降血压、扩张冠状动脉、抗氧化、抗菌、止血等功效。将其做成家常饭菜，还具有清热、凉血、止血、降压的食疗效果，受到不少人的青睐。

我对槐花的偏爱，缘于它的品格。槐花没有妖艳的颜色，没有浓郁的花香，朴素、高洁，谦卑、内敛，不喧嚣、不张扬，像一位雅士，潜隐人间，行走于世。而槐花的食用价值、药用价值、食疗价值，以及槐木的使用价值，又体现着刺槐的奉献精神，不由得让人肃然起敬。

如今，离开故乡已二十多年了。身处异乡，每每到了槐花开放的时节，心中的乡愁总要平添几分。那时故乡的槐花，伴着母亲的味道，吃进了口中，吃进了肚里，也吃进了心底，吃进了记忆，吃进了灵魂。岁月流逝，人事变迁，槐花，渐渐成了心中的一个念想，成了乡愁的一个寄托。只是，这念想倒是容易成真，但这乡愁恐怕是永不得消解了。

那氤氲在槐花香中的故乡，在远方、在心中、在梦里……

麦天

进入小满后，户外熏风阵阵，热浪滚滚，麦子也日渐黄熟。看着一望无际的金黄麦浪，不禁又想起儿时收麦打麦的情景来。

我的故乡冀南平原，是一马平川的黄土地。一代一代的故乡人在黄土地里生、黄土地里长、黄土地里劳作、黄土地里收获。在收获的所有粮食中，麦子是最重要的，是他们的命。而收麦打麦的那些日子，我们当地叫作麦天。我的童年时期处在 20 世纪八九十年代，在我儿时的记忆里，麦天是一年中最炎热、最劳累也最有激情、最热闹的日子，收麦和打麦是一年中时间最紧、劳动强度最大的农活。麦天里，彰显着丰收，流淌着汗水，激荡着豪情……

在一年当中，麦收是最需要互助协作的农事。麦子将熟时，几户人家就要商量着在村头或地头挑选一块空地，然后清理、翻土、洒水、碾压，使其成为一块平整的硬地，叫作麦场，专门用来堆麦子、打麦子、放麦秸。通常好几户人家共用麦场，打麦的时候也需要互相帮忙。可在平时，麦场却是孩子们的乐园，从麦秸垛里打洞，过家家，顶拐，老鹰捉小鸡，捉迷藏，等等，有着玩不完的游戏。

麦子熟了，就要割麦子、收麦子了。那时候拖拉机头上安装的小麦收割机已经普及，基本上不用镰刀割麦子了。收割机从麦畦里开过去，将麦子齐刷刷地放倒在两边，几个来回就割完了一块地。接下来的收麦打麦，才是麦天里的重头戏。收麦子是个大活，需要全家人上阵。那些年为了助力夏收，麦收期间中小学都会放十几天的假，叫麦假。收麦子时，小孩子在麦地里散草绳，大人收麦子，各有分工。草绳通常是前一年用水浸泡或雨水淋透过的棉花柴的皮搓制成的，韧性很好。收麦子时需先用脚将麦子拢一拢，然后弯腰用胳膊将麦子抱起，接着放于草绳之上，并且需要头尾交错放置以保持麦个子两头均衡，最后拽住草绳两头收紧系牢，一个麦个子才算完成。接着，就是下一根草绳，下一个麦个子。抬眼望去，一地的麦子整整齐齐地铺在地上，一眼望不到头，使人难免心头一沉。最难忍受的是炎热和劳累。六月的太阳像火盆一样炙烤着大地，热气升腾，站着不动都会汗流浃背，何况还要不停地弯腰、直腰、抱麦子、系草绳。男人们都戴着草帽，女人们都裹着头巾。为防止麦芒扎伤皮肤，大热天还要穿着长袖上衣和裤子。顺流而下的汗水流进了眼睛，洇透了衣服，还把胳膊肘上麦芒扎出的红疙瘩浸得生疼。为了解渴，还要不断地喝着凉白开。为了抢时间、多干活，收麦子的那几天每天都得天不亮就下地，天黑了才回家，连午饭也得带到地里吃。天黑回到家里，晚饭都懒得做、懒得吃，一闭眼就能打着鼾睡着。可是，没办法，多变的天气使抢收时间变得异常紧迫，这真正是"虎口夺粮"，人们不得不拿出最大的勇气和决心投入到麦收之中。

麦子收得差不多了，男主人便要将麦个子装车拉到麦场上了。那时候农用三轮车还不是太多，大多数人家用的还是排子车。装麦个子的时候，大人用木叉叉住麦个子扔上排子车，小孩子则在车上认真码放，直到把麦个子装成了小山才会罢休。拉车的时候，大人肩膀上套着车襻，两手紧紧抓着车把，使尽了所有力气，额头上、脖子上、胳膊上全都暴着鼓鼓的青筋。小孩子也不闲着，在后面龇牙咧嘴地拼命推着车子。拉到麦场上后，就要把麦个子卸下车码放整齐后等待打麦。等把几亩地里的麦个子全都码到麦场上，麦场上就出现了一座雄伟的大山，格外壮观。

打麦是一项大工程，一户人家人手是远远不够的，需要好几户人家共同协作完成，相互之间都提前商量好了打麦的次序。打麦的时候，至少十几个人提前分好工，然后就站到各自的工位进入角色，像是即将投入一场战斗。两个大人合力摇响一台柴油机，然后柴油机就冒着烟带动起了隆隆作响的打麦机。大人和小孩子，有的搬麦个子，有的解麦个子，有的往打麦机里输送麦子，有的用木叉挑麦秸，有的端麦籽，有的踩麦秸垛。不大的麦场上，响声震天，尘土飞扬，人人忙碌，一派繁忙景象。不管大人还是小孩子，人人投入，个个紧张，没有一个偷懒的。大家都在忙碌中感受着丰收的喜悦，体味着乡情的温暖。

几个小时后，一户的麦子打完了，大家就会长长地舒上一口气，主人家更是无限欣慰，因为这麦天里最紧要的任务已经完成。此时往往就到了吃饭时间，于是主人家便会拿出提前准备好的馃子、凉菜、炒菜、啤酒、汽水让大家享用。麦天里，时间紧、农活重、出力多，吃食上都不会心疼，都会买现成的、吃好的。大家吃着、喝着、谈论着，脸上都洋溢着欣慰的笑容。

对一户人家来说，打完了麦子，麦天就过去了大半，剩下的农活就没那么紧张了。扬场，晒麦子，点玉米，浇地，一切都按部就班地进行。等麦子存到了粮仓里，地里种上了玉米，这个麦天也就过完了。农民们又回到了平日里的劳作状态，同时也开始期待着秋收的到来了。

后来，联合收割机很快普及了，故乡的农民们就再也不用那么受罪了，一会儿的工夫就能做到颗粒归仓。然而，每当到了麦天，人们还是会情不自禁地想起、谈论起当年麦收的事来。麦天是一代代人的记忆，是一页页的历史，是一层层的怀想……

麦天，也珍藏在我的童年记忆里。多年以后，我离开了黄土地，离开了故乡，可每到麦收时节仍然会想起当年收麦打麦的情景，关注起老家麦子的收获。于是，在梦里，我常常会回到童年，回到故乡，回到麦场上看场、晒麦子。当突然阴沉下来的天落下雨点时，我会急得从梦中惊醒，然后就再也无法入眠，于是便只能在长夜里独自咀嚼这淡淡的乡愁了……

难忘儿时的麦天……

一大家子

中国几千年的农耕文明，使家养的畜禽早已超越本身的食用价值、使用价值，而成为农民们的一群伙伴、一段记忆、一种情感，成为了乡村生活中一种独具特色的文化现象。

在北方乡村，你要打听哪户人家的情况，除了人口、房屋、田地外，就要数家里的畜禽了。这户人家家里有没有狗，有几只羊、几头猪、几只鸡，等等，都会成为这户人家的重要信息、重要资产，甚至是重要成员。至少主人会在烟火日常里，不知不觉地把它们当成家里不可或缺的一员。甚至在某些时候，对它们的挂念要超过对家人的挂念。

我小的时候，家里就养了不少畜禽，跟我们老老小小一起，活活过成了一大家子。

对农人们来说，用来看家护院的狗通常是最重要的，我家也不例外。我家的狗虽然也是本地狗，但它个子并不高，而且皮毛颜色以白色为主，白棕相间，样子看起来并不凶恶。但是，它却十分忠诚、十分敬业。即使家里来了五大三粗的壮汉或威猛的动物，它也会蹿上去连蹦带跳地汪汪叫，用来通知主人，保护成员。哪怕闯进来一只大狼狗，它也会扑上去撕咬一番，用四散的狗毛和誓死的架势吓退敌人。

在我的记忆里，家里养过的畜禽中，最喜欢、最难忘的要数山羊了，可能是因为脾性相近的缘故吧。我觉得，温和的山羊对于乡村里的孩子来说，是最能走进内心深处的畜禽了。那些年，牵着小山羊去村外放羊的情景，早已成为我记忆深处最美好、最诗意的画面。山羊脾气好，也不挑食，一年到头，有青草吃青草，有树叶吃树叶，有秸秆吃秸秆。冬天实在没得吃了，赶到野外也能在地上找些东西充饥。我曾经以为，我的小山羊会一直陪伴着我慢慢长大。但是，大人跟小孩子的看法是不一样的，它们终究是要用来换钱的。于是，在一个我不在家的下午，父母背着我把我的小山羊卖了出去。为此，我伤心了好些天，偷偷掉了好多次泪……

不得不说，猪在家养畜禽中是占有重要地位的，因为它的食用价值和经济价值高。由于猪的破坏性强，又脏，所以都要用泥巴墙或砖头围起一个猪圈来。猪是一种不挑食的家伙，它的饭量也是最大的。我家曾养过一头黑母猪，家里的剩饭剩菜归它，麦麸归它，发霉的粮食归它，似乎它永远吃不饱、喝不足、睡不够。虽然它看起来又脏又笨又懒，但它也不亏待主人，它生的仔多。我记得那天夜里，我家的黑母猪生了七八个猪仔，第二天，母亲特意给它多喂了几斤玉米籽。猪也是一种节令性畜禽，春节杀猪是乡村一道生动的生活图景。一番追赶、捆绑、哀号、刀光、烹煮后，主人家通常会把零碎的猪肉送一些给街坊邻居们分享。这猪的叫声生动了乡村，猪肉的香气浓郁了年味。

鸡在乡村几乎是家家户户都要养的，我家也养过十几只鸡。鸡在农家里最好养，即使不管不喂也不会饿死，它总能在院子里、路边、草丛中刨到东西吃。在毫不起眼的角落，它边用爪子挠，边用尖嘴啄，甚至连渣子、玻璃也能吞下去，足以证明鸡的胃功能的强大。除了在吃的方面省心，在住的方面也省事。一到夜幕降临，母鸡、公鸡们便会一个个扑棱棱地飞到树上，将头埋进翅膀中入睡而不会掉下来。第二天天刚蒙蒙亮，公鸡便会早早打鸣，催促人们起床、侍弄庄稼。母鸡下的蛋，在农人日常的吃食中，吃法最多，营养也最高。煮鸡蛋、炒鸡蛋、煎鸡蛋、蒸鸡蛋羹、烹鸡蛋卤，但最有营养的应当是开水冲开的鸡蛋花。鸡蛋花冲好后，放入少许盐、酱油、醋、香油用来调味，味道很好，接近于鸡蛋汤。在缺吃少穿的岁月里，鸡蛋花成为农人们极珍贵的营养品。我小时候，母亲身体不好，我也体弱多病，我们都没少喝鸡蛋花。现在想来，我仍然对它怀有感激，而且想念它的美味。

除了这些，还有不少畜禽可说可写，它们各有各的功用，各有各的脾性。牛、骡子、毛驴、鸭子、鹅、兔子、猫，等等，不胜枚举。

畜禽们生活在一起是异常热闹的，会发生数不清的大大小小的故事。

狗最忠诚，是家里的哨兵，也是家里的监工。有了外敌，它会第一个冲上去。没有了外敌，它就成了家里的老大。猪拱门了，鸡偷吃晾晒在院子里的粮食了，羊啃树皮了，它都会扑上去吼叫几声，将它们追出老远。没事的时候，它也会跟小羊羔追逐打闹一番。但狗也有贪吃的时候，比如母鸡从窝里下蛋出来，它有时就会悄悄地把鸡蛋衔到角落里偷偷享用掉。山羊是家里最不惹是生非的，跟大家都能和平相处，不争不抢，宽厚相待。但放羊时，若是山羊执拗起来，小主人就只有跟着追跑的份了。公羊既不能生羊，又爱惹事、破坏东西，因而最容易被主人卖掉。猪最懒，也最脏，因而大家都比较讨厌猪。有时候饿得慌了，猪也会翻墙出来找吃的，这就成了家里的一个紧急情况。此时，主人和狗便会齐心协力，经过一番鸡飞狗跳之后将猪制服，然后把它关进猪圈。鸡虽然好养，但也属于爱偷吃粮食的主，晾晒粮食时需要提防。母鸡虽然个子小，但当它孵出小鸡后，狗也不是它的对手，那来自本能的母爱会让它拼了命地护着小鸡的。

这一大家子，偶尔也会有意外死亡的、被卖的、被杀的，但也不断会有新成员加入进来。生老病死，买进卖出，新老交替，在这寻常的农家小院里也渐渐成为平常中的日常……

农家里的畜禽们，既然跟主人生活在一起，那就跟主人是一大家子，大家都是大家庭中的一员。主人给畜禽们垒窝，给畜禽们食物，畜禽们给主人看家，给主人劳动，给主人生蛋，给主人换来肉和钱。双方有交易，但更有缘分，有互助、有互动、有感情。哥哥曾经流着泪将我家死去的狗埋葬在院子里的苹果树下，我曾经因为自己的小山羊被父母卖掉而哭过好多次，母亲曾经因为自己养大的一头小黑猪过年时被宰杀而躲在屋子里偷偷抹眼泪，父亲曾经在宰杀自家的一只母鸡时动了恻隐之心而放弃享用。它们虽是牲畜，是家禽，但它们也有生命，有感情。它们跟主人朝夕相处、同甘共苦、患难与共，已经成为家中的一员，已经成为大家共同的记忆。特别是对于农村孩子来说，不管是跟它们玩耍也好，还是迫于喂养的职责，它们都陪伴了孩子们的童年时代，成为他们一生中的难忘记忆。对此，我有着更深切的体会，更难忘的记忆，以致我在离开故乡来到城市后，经常会梦到儿时家里的那一大家子。我常常梦到，猪圈里的猪又翻墙出来偷吃晾晒的粮食了，于是我立即提了木棍跟狗一起追跑过去，可是我却怎么也追不上，一急便急醒了。醒来，我发觉曾经那么多的伙伴都没有了，只剩我一个人来怀念我们共同的过往……

海

那些年，奶奶是我们最好的老伙伴。一天，三妹在课本上学到了"大海"这个词，放学一到家便向奶奶询问了起来：

"奶奶奶奶，大海是什么样儿的呀？我们学到'大海'了！"

奶奶正坐在屋门口纳鞋底儿，听了三妹的询问后就停住手微笑着摘下了老花镜。奶奶没有回答三妹的询问，而是问起了我们：

"那……你们说大海是什么样儿的呢？"

"大海一定很大很大吧，要不怎么叫'大海'呢！"三妹先开了口。

"大海很大也很蓝，像天一样大，像天一样蓝。"哥哥说。

"大海的味道就是鱼的味道吧？鱼不就是从大海里长大的吗？"四妹说得真好。

"大海离我们很远很远，是离我们最远的。"我说。

奶奶笑得更灿烂了，那笑脸在夕阳的映照下就像一朵绽放的美丽花儿。她慈祥地说道：

"你们说得都对，大海很大也很蓝，就像我们头上高高的天；大海的味道就像我们吃的鱼的味道，咸咸的；大海，离我们很远很远……"

奶奶说这话时，抬眼凝望着远方，久久沉浸在她的想象中。

"那你见过大海吗？"三妹问奶奶。

"我……没见过，可我知道海是什么样儿的。"

"那你想去看大海吗？"我问奶奶。

"嗯……想呀，谁不想去看大海呀！"

"那我们以后能看到大海吗？"四妹问奶奶。

"能呀，你们都能看到大海。当你们看到大海的时候，你们就长大了。"

"我要快快长大！"四妹急急地说。

"奶奶，等我看到了大海，我一定接你一块儿去看！"我诚恳地承诺道。

奶奶安详地笑了起来：

"呵呵，你们不要想着我了，好好想着你们自己吧，长大了谁都不容易，你们要好好地走自己的路。再说，你们长大了，我就会不在了。"

"你一定还活着，你不会死！"四妹急切地喊道。

我们心里都有了一丝的伤心，久久地静默着不说话。奶奶此时却笑了：

"傻孩子！奶奶给你们剪一个大海窗花吧！"

"好啊好啊！"我们都欢呼起来。

奶奶立刻从屋里拿出剪子和红窗纸坐在屋门口给我们仔细地剪起大海来，仔细地把剪子和红窗纸都举到了老花镜前。我们都屏住气儿认真地看，像是要努力学会剪大海似的。不一会儿奶奶的大海窗花就剪好了。奶奶剪的大海是个半圆，站在直线的海岸上向大海望去，大海波光粼粼、没有边际。在大海的那一头，一轮红红的太阳升出了一大半……

奶奶把大海窗花给了三妹，我们都追着三妹争看起来。而奶奶此时却陷入了静默……

眨眼间，二十多年过去了……

前段日子我辗转到大连找了份工作安顿了下来，这之后我最迫切的愿望就是能早日看到大海，这是我多少年来的一个梦啊！而那天下午，我终于站在了大连港的码头上，看到了一望无际的大海……

大海真的很大，大得甚至让我有种迷失方向的感觉。大海蓝得像宝石，波光粼粼，在最远处，海和天相连接了。我张开双臂迎接着海风，海风把大海咸咸的味道吹给了我……

我久久地沉醉着，久久地沉醉着，然而倏忽间，我想起了我的奶奶。霎时间，眼泪模糊了我的眼眶，我在恍恍惚惚中看见奶奶那慈祥的面孔正升起在海面上向着我微笑……

我的眼泪终于掉了下来……

看海，也是奶奶的一个梦。

可是，奶奶已经去世九年了。

奶奶没看过大海，奶奶没看到大海，奶奶一辈子都没见过大海……

我怀念我的奶奶……

奶奶曾说，当我们看到大海的时候，我们就长大了。奶奶的话是对的。是啊，大海就是生活，生活就是大海啊！可是，奶奶为什么不能等我们长大和我们一块儿去看大海呢？

二十多年的时光竟然过去得这么快，像眨眼之间就溜过去了。那个美丽的黄昏我们和奶奶共同探讨大海时的情景，奶奶给我们剪大海窗花时的情景，真的就像是在昨天。而如今，奶奶不在了，我们长大了。不知哥哥妹妹们是否还记得那个美丽的黄昏，不知三妹是否还保留着奶奶剪的那个大海窗花……

奶奶还说，长大了谁都不容易，要我们好好地走自己的路。想一想，奶奶的话真是千真万确了。自从离开了学校，我就开始了不懈的奋斗，生命的小舟驶进了生活的大海。我离开了故乡，我的世界变得越来越大了。然而，我的人生之路似乎也变得越来越坎坷了，甚至几次使我陷入绝望的境地。尽管如此，我还是艰难地走出了一条虽充满遗憾但也还算满意的人生之路。奶奶，您说得对，我会牢牢记着您的话，好好去走我的人生之路的……

奶奶，明天，我要带上您的照片再来这里，让您也看看大海，和我一块儿来看这无边无际的大海，您梦中的大海……

妹妹

　　妹妹叫永丽。妹妹很懂事，也很漂亮。妹妹其实是抱养的，大约辗转抱养自河南吧。然而，我们家每个人却从来没把妹妹当外人看，都把她当成我们家的亲骨肉看。我清楚地记得妹妹来到我们家的那一天。那天傍晚我正在门前玩耍，抬头看见刚下自行车的父亲怀里抱着个襁褓，身后跟着母亲。那个红红的襁褓里面裹着的就是妹妹。我也记得妹妹上学的那一天。那天早上我和哥哥也开学，不能去送妹妹，可母亲还没有从地里回来，我们准备上学走的时候妹妹便一个人在门口哭了起来，哭得我也差点掉下泪来。就在这时候，母亲终于回来了。母亲擦干妹妹脸上的泪，拉着妹妹的手把她送到了学校。那天妹妹穿一身绿裙子，挎一个小花书包。那时候，母亲也还年轻。

　　妹妹到我们家没有享多少福。小时候我们家家境不好，妹妹没有吃到过多少零食，没有得到过几个像样的玩具，后来有的几个布娃娃还是她自己做的。看着妹妹呆呆地看着富裕人家的孩子吃着好吃的，我就觉得妹妹特别可怜，心里酸酸的很不是滋味。那时候我就想，要是妹妹生活在富裕家庭里该多好啊。

　　哥哥一直对妹妹很好，然而我却不是，我是和妹妹吵着长大的，很少让着妹妹，甚至动手和她打架。那时候我邪得很，常常因为看电视和她吵架不说，就连她玩布娃娃的行为也看着不顺眼，一次次地给她藏起来、扔掉，直到有一天她不再玩布娃娃，没机会再玩布娃娃。那一天我无意中翻出了一个木箱子，打开后，里面全是妹妹珍藏的布娃娃。那一刻，泪水模糊了我的眼眶。那时候妹妹已经初中毕业外出打工去了，她再也没有机会玩这些她喜爱的布娃娃了，她已经长大了。那一刻我的想法再也不是要扔掉这些布娃娃，而是要给妹妹珍藏起她这些最后的布娃娃……

对于妹妹的不上学，其实还是因为家庭条件的原因。那时家里还不富裕，而我又一心想着上大学，于是懂事的妹妹初中毕业后便没有再上下去。妹妹没有对任何人说她不上的原因，而是装着高兴的样子打点起行装，跟着村里的大姑娘们外出打工去了。

所以，对于妹妹我一直没有尽到当哥哥的责任，在很多方面我都是很亏欠她的。妹妹就那么在不经意间长大了，然后不上学了，来不及让我为她着想一下，来不及让我关心她一下，让她一下，让她哪怕有一下我这个哥哥的幸福和自豪。等我真正成为一个合格的哥哥的时候，妹妹已经长大了……

对于妹妹的不上学，我其实难过了很长一段时间。我一直想让她好好上学，将来不再没文化，不再受苦，可妹妹终究还是不上了。我参加工作后打电话给妹妹说，你回来吧，我供你上学，可妹妹还是没有回来。父亲母亲曾经对妹妹有过美好的愿望，一是当一名女警察，二是当一名幼师，却都没能实现。令我感到欣慰的是，后来妹妹终于通过培训拿到了幼师专业的中专毕业证。那一阵子，我发了疯一样的给妹妹找工作。在我的心里有一个坚定的信念，那就是一定要给妹妹找一份好工作，让她生活得快乐，让她过得好，也让她感到有我这个哥哥的幸福和自豪……

在我结婚后的第六天，妹妹也出嫁了。看着妹妹在众人的簇拥下一步步走出这个家门，回想着一家人共同生活的这二十年，回想着妹妹这二十年的经历和我对她的亏欠，我的心里一阵酸楚。找到一个没人的角落，我的眼泪哗啦啦地掉下来。我在心里对妹妹说，永丽，你虽然走出了这个家门，可我们仍然是一家人。如果有下辈子，你，我，哥哥，还有咱爸咱妈，咱们还做一家人……

妹妹的这个名字我一直觉得很好，永丽，永远美丽，我祝福妹妹永远美丽、永远快乐、永远幸福。而在她今后的人生道路上，我也将作为她的哥哥，永远做她的一个坚强后盾……

父亲的棉袄

前几日陪父亲小酌，几杯酒下肚，他说起几十年前的一件往事，一件关于棉袄的往事。

那是一个雪花纷飞的冬日，年轻的父亲穿上军装踏上车，心中充满了对军旅生涯的憧憬。风雪中的奶奶早已泪眼婆娑，望着即将奔赴远方的瘦弱的父亲，总觉得父亲身上的衣服太过单薄。于是，送走父亲回到家，奶奶便找来棉絮、布料和针线，戴上老花镜，一针一线地开始为父亲缝制棉袄了。天黑了，奶奶便点上油灯继续飞针走线，一直熬到天亮才终于将棉袄做好。而屋外的大雪，一夜未停。

从此，奶奶便开始了漫长的等待，等待着父亲的家书，等待着父亲部队的地址。可偏偏父亲的第一封信，直到两个多月后才姗姗来迟。有了地址，奶奶来不及多想，便抱起棉袄步行几十里来到县城的邮局，将棉袄寄给了父亲。可谁曾想，因为新兵下连的原因，这件崭新的棉袄直到第二年春天才辗转送到父亲的手里。但是，接到棉袄的那一刻，父亲还是感动得掉下了滚烫的热泪……

前些天，父亲回老家，无意间翻出了那件珍藏多年的棉袄。而为父亲做这件棉袄的奶奶已谢世九年有余……

说完这件往事，头脸低垂的父亲早已泪眼蒙眬。而我的泪珠，也不小心滴落到了酒杯之中……

父亲的二八杠

　　中秋节那天，我跟妻儿回了一趟久违的老家，跟父母一起共度佳节。吃过午饭，闲来无事，我便在院子里转悠起来。当我走到一个偏僻的墙角时，又看到了父亲那辆老旧的自行车。那是一辆二八杠大自行车，如今已经锈迹斑斑，在午后阳光的沐浴下，于安静之中透着岁月的沧桑。这是父亲今生唯一的一辆自行车，我想这大约也是父亲一直以来舍不得把它当废品卖掉的原因。如今再看到它，不禁也勾起了我许多难忘的记忆……

　　父亲是一名老兵。退役回到老家成家后，他一边种地，一边做小生意来补贴家用。那些年，父亲收过鸡蛋，做过豆腐，卖过瓜果蔬菜。也是因为做小生意需要，父亲才痛下决心买下了那辆二八杠自行车，当时在农村可属于奢侈品。那时候，父亲凌晨三四点就得起床，驮上两大篓子农产品一脚一脚地蹬到市里，一直要骑上五六十里。等到了市里，天才蒙蒙亮。这时，就要走街串巷叫卖。等卖完东西再骑自行车回来，往往就快到中午了。风里来雨里去，顶酷暑冒严寒，吃了不少的苦。而那辆二八杠自行车，也就成了他最亲密的伙伴。那些骑着自行车在路上奔波、在市里叫卖的情景，一定深深地印在他的记忆里。

　　对于父亲的这辆二八杠自行车，我也有过亲身经历的美好记忆。小时候，我坐过许多次它的前梁。高大的父亲不紧不慢地骑着车子，我们迎着风说着话。那时我多是问他一些好奇的问题，或者探讨我未来的梦想。他还常常会用胡须轻轻地扎我的头和脸，弄得我左右躲闪。那些温馨的画面至今深藏在我的心底。

　　后来，父亲凭着过硬的军事素质，到县人武部担任了民兵教练，从此就到县城上了班。而下了班，他就会骑着他的二八杠自行车回到二十多里远的乡下家中。日复一日，年复一年，那辆自行车又陪着兢兢业业的父亲度过了二十多年的时光。直到退休的前几年，电动自行车普及好些年了，年过半百的父亲才买了一辆电动自行车。他把那辆修修补补无数次的二八杠自行车放到家中的角落里，一直舍不得当废品卖掉。我想，我能明白他的心思。那辆陪了他几十年的自行车，是他的情结。而那辆自行车陪伴过他的那些岁月是他的情怀……

又过了几年，为了方便舒适，我们又给父亲买了一辆电动汽车。而那辆老旧的二八杠自行车，他依然没舍得卖掉。

回望走过的岁月，从二八杠自行车到电动自行车，再到电动汽车，父亲交通工具升级换代的背后，是我们家日子的越来越好，更是岁月的变迁和时代的发展。但正所谓结识新朋友不忘老朋友，父亲的那辆二八杠自行车将永远是他的，是我的，是我们一家人的难忘记忆……

父亲的"7·19"救灾记忆

　　我的父亲叫郑梦林。我们家出了三代军人，父亲是第二代。20世纪70年代，父亲在驻津某部服役，当了四年通信兵，练就了过硬的军事本领，也光荣地加入了中国共产党。因军事素质突出，退役后到肥乡人武部成为一名民兵教练员。在训练了一批批优秀民兵的同时，也多次在上级军事大比武中取得名次、获得荣誉。

　　2015年6月，邯郸军分区组织开展冲锋舟驾驶员集训，因父亲在部队服役时就当过游泳教练员，水性好，政治、军事素质高，人武部便选派父亲作为防汛骨干参加了集训。从此，父亲又多了一项冲锋舟驾驶技能。

　　一年后，邯郸市发生了"7·19"特大暴雨洪灾。一时间，多个县区房屋倒塌、村庄被淹、农田受损、桥梁垮塌、群众被困……一天中午，刚刚吃过午饭的父亲突然接到人武部命令，让他立即到永年参加抗洪救灾。几分钟后，父亲便登上人武部专车火速赶往永年救灾现场。当时，永年山区遇到险情，情况万分紧急，路上人武部领导接了好几个救灾现场领导打来的催促电话，还安排了永年人武部在高速下道口迎接。到达现场后，父亲了解到，发生险情的是一条南北方向的山沟，洪水水面有五百多米宽，河对岸有21个人已经被困三天，急需救援。救灾指挥部调来了冲锋舟，但却没有驾驶员。父亲观察了一下水情，洪水水面有五百多米宽，水流湍急，水上漂着从上游冲下来的物品，水面上还冒着一丛丛树头，情况十分复杂。因为集训是在风平浪静的水面上进行的，所以冲锋舟能不能开过去，会不会有危险，能不能完成任务，父亲心里也没底。但他没有多想，而是带上两名救援人员，驾驶着冲锋舟义无反顾地冲向了对岸。行进过程中，十分危险，小小的冲锋舟如一片树叶在湍急的洪流中艰难前行。当冲锋舟终于到达对岸，迎来希望的被困人员为他们鼓起了掌，流着泪对他们一遍遍地说着谢谢。经过三个来回地艰难救援，最终，21 名被困人员全部获救。救灾现场再一次涌起了欢呼，响起了掌声。

当晚，父亲住在了永年人武部。第二天一早，父亲又接到了前往鸡泽救灾的命令。于是，父亲又马不停蹄地赶到鸡泽参加了四天的抗洪救灾。

去年，父亲退休了。但他说，虽然退休了，但他的党性、军心永远不会变，只要祖国和人民需要，他还会随时出征，还会随时为了祖国和人民献出一切……

我的大学·我的母亲

我的母亲坚忍、勤劳、善良，是个不俗的农村妇女。从我记事起，她的勤劳就在村里出了名。而她的坚忍和善良，也是人们所公认的。她的这些优秀的品质给了我终身的深刻影响，成为我做人与做事的根本。我的母亲是平凡的，然而也是不平凡的。

我从小生得身瘦眼大，大约说得上是有点聪慧吧，于是人们就夸我聪明，说我将来一定能考上大学、能当大官，说得母亲常常露出灿烂的笑容。从那以后，母亲就对我寄予了殷切的期望，希望我将来能考上大学、走出农村，为全家人争光。我成了母亲的梦。有了这个梦，母亲的生活似乎有了新的目标、新的希望，从此以后她更加勤劳了，而这勤劳中渗透着希望和喜悦。

七岁那年，我上学了。我的成绩很好，在班里是拔尖的。母亲当然高兴，她似乎感到那个遥远的梦离她越来越近了。然而上初中后，幼稚的我竟过度迷恋上了文学，从此严重偏科、成绩一落千丈，我由一名尖子生一下子变成了差生。母亲很伤心，她和父亲多次劝我以学业为重、把落下的功课补上来，可我却始终执迷不悟，终究没能补上功课。中考我自然而然地落榜了，然而母亲不忍心让瘦弱而且曾经很聪明的我这么小就和其他的农家孩子一样去当农民和民工，于是她和父亲就给了我一个本不属于我的读高中的机会。

上高中后我学习很勤奋，但英语和数学终究没能补上来。我知道自己考不上大学，然而又特别想上大学学习我喜爱的汉语言文学专业，于是读完高二后我就给父母做思想工作，想不读高三而直接去上民办大学。父母一是想让我当兵考军校在部队发展，以延续父亲的军旅生涯，二是他们考虑到上一般的大学就业压力越来越大，于是就没有同意我上民办大学。上了半年高三，到了年底，本来也有当兵梦的我就当兵去了。

人生的道路似乎从来就没有平坦的。在部队考军校，我失败了。退伍回来后，我仍坚持要上大学。然而在我当兵的两年里，家里由于一些现实的问题和意外的事件而陷入了窘境。春天的时候，我找到了一份不错的工作，可我还是坚持着要上大学，因为上大学学习汉语言文学知识是我一生中最重要的梦想，这也是我以后获得更大发展和写作的基础。然而我当时的境况是：当了两年兵年龄大了一点，到了结婚的年龄，房子盖好了，家里经济状况比较窘迫，更重要的是我已有了一份不错的工作。父母不同意我上大学，亲戚朋友们也几乎没有一个支持我放弃工作去上大学的。可是，我却仍然一个劲地坚持。后来，父母，尤其是母亲，心软了，我想也有她以前的那个梦的原因，终于同意了……

现在我坐在大学的教室里一次次地回想着自己上大学的历程，深深地感激我的母亲，这不仅是因为她给了我上大学的机会，更是因为她的劳苦。家里父亲、哥哥、嫂子都上班，只有母亲种地，我们家要数母亲最受苦。尽管我的学费是父母共同交的，可我却总觉得这全是母亲的血汗钱。在这漫长的盛夏，母亲每天都要起早贪黑地在棉花地里晒着炙热的太阳苦苦劳作。正是她在棉花地里一分一秒的苦熬，才换来了我优雅的学习环境和点点滴滴的知识。母亲，我是您的不肖之子，我是您的罪人啊！

我是我们全家走出的第一个大学生，尽管不是考上的。我实现了自己的大学梦，也实现了母亲的那个久远的梦。母亲，孩儿一定会珍惜这次难得的学习机会，努力学习，一定会为您争光的……

哥哥

什么是哥哥？

很小的时候，有一天天黑了，可父母还没有从地里回来。幼年的我哇哇地大哭着，死去活来地要找父母。哥哥不忍心，便把我抱到排子车上，在惨淡的星光下，冒着路上黑暗与车辆的惊恐，承担着与他年龄极不相符的重负，硬是一步一步地把我拉到了地里，找见了父母。我记得，那一刻，我不哭了，可哥哥却在父母面前哭了……

记得小时候有一次，不知为了什么，我和哥哥激烈地争吵起来。霸道的我没有得逞，于是便大哭着找母亲去告状。母亲把哥哥吵了一顿，让他顺随了我的无理要求，于是我便美美地得意起来。过了一会儿我从厨房前经过，却看见正在舀饭的哥哥无比委屈地抽泣着，豆大的泪珠啪嗒啪嗒落在锅台上……

我一直想上大学，尽管很偏科。可是，那些年，家里的境况并不好。哥哥知道我肯定是要上大学的，于是，上高三那年，他偷偷地到武装部报了名，装起自己的大学梦，当兵去了……

什么是哥哥？这就是哥哥，天下作为老大的哥哥……

一副皮手套

　　小时候，我的手最爱冻坏，母亲做了一副又一副棉手套仍是不顶用。那年初冬，母亲烧着灶火对我说："给你买副皮手套吧，听说皮手套最保暖，保准你手冻不坏！"说着，母亲的脸上露出了欣喜的笑容。

　　可是，在那个年代，在我们家，买一副皮手套谈何容易？在我们眼里，皮手套是城里人和富贵人家才有的东西，与我们穷人家是无缘的。那一副十几块钱的皮手套，无异于我们家几个月的油盐。可是，母亲却认了死理儿，说什么也要给我买一副。想买却又实在没有钱，母亲便打起了鸡蛋的主意。母亲身体不好，平日里每天冲一碗鸡蛋花是她唯一的补品。可自从母亲打定主意要给我买皮手套后，我就再也没有听到鸡蛋在碗沿儿上磕破的那一声脆响。每天清早起来，母亲第一件事便是去鸡棚看母鸡有没有下蛋，下了几个，有时一天要看好几次。可是母鸡太少了，只有可怜的两只，又舍不得多喂粮食，这让焦急的母亲备受了等待的煎熬。母亲常常念叨说，明年春天一定要多养些鸡，一天下一斤鸡蛋！

　　那天上午，母亲把她攒了一个多月的一篮子鸡蛋——她唯一的补品卖了，换得了十七块六毛钱。那一篮子光滑圆润的鸡蛋在阳光下闪着淡淡的光，晶莹剔透，非常好看。一时间，我竟有些不舍起来，可它们还是被一个个装进了小贩的篓子。母亲点完钱笑着对我说："走，我带你买皮手套去！"

　　我们步行到了县城，如愿以偿地买到了一副棕色皮手套，十五块五毛钱。这时候天已过了晌午，母亲便拉我到一个饭摊上吃午饭。我们都饿极了，于是便坐下去狼吞虎咽地吃起来。等到快吃完的时候，母亲突然有所醒悟似的抬起头来看放在桌子上的皮手套，却发现皮手套早已不翼而飞了。惊慌失措的母亲四下寻找着，询问着，却再也没能找回那副皮手套。气急败坏的母亲低声斥骂起来，骂那个偷走皮手套的人，骂得很难听。

离开饭摊，母亲仍然久久地斥骂着。后来，在母亲又骂了一句让偷皮手套的人全家死光之后，骂声却戛然而止了。母亲停下脚步，脸上略带愁容自言自语地说："那人说不定家里也很困难呢，说不定比咱家还困难呢，我还应该帮帮他呢。"说完，母亲释然了许多。母亲欣然地对我说："走，我们回家去，咱们再攒鸡蛋买皮手套！"

从那以后，母亲又开始攒起了鸡蛋。一个多月之后，我终于再次拥有了一副棕色皮手套。而母亲在把皮手套戴在我手上的时候，却一个劲儿地责备起自己来，说都怨自己不长心眼，丢了皮手套，让我挨了冻。在那已经很冷的一个多月时间里，母亲天天担心我的手被冻坏。奇怪而又值得庆幸的是，或许是因为明白母亲心思的我格外注意保护吧，在那一个多月的寒冬里，我的手再也没有被冻坏。

这么多年过去了，这件往事我一直不能忘记。

母亲的那副皮手套温暖了我一生。

心中的一棵小白杨

"一棵呀小白杨，长在哨所旁。根儿深，干儿壮，守望着北疆……"每当这熟悉的歌声传来，我总会莫名地激动，继而打开记忆的闸门，回到自己上小学五年级时的那个温暖的春天，回到曙光学校那间简陋的教室，回到一位语文老师的面前。慈爱的他，正站在三尺讲台上给我们讲着生动的语文课，娓娓道来，引人入胜……

是的，我的心中有一棵小白杨，它一直生长在我的心灵深处，绿意盎然，茁壮成长，树枝上挂满了长长的回忆。而种下这棵小白杨的，就是这位亦师亦友的语文老师，一位文雅而真诚的，令人尊敬的，可遇而不可求的好师长。

我的这位语文老师姓赵，名叫振智。那时候，过完了1997年的春节，我们迎来了五年级的下学期。开学的时候，学校给我们安排了一位新语文老师。说是新老师，其实他在我们学校已经教过一段初中高年级学生，在学校里也不算是新老师了。我们都知道他，因为他是全校最儒雅、最有书卷气的一位老师，对他都早已有些崇拜之情，因而心里都是蛮欣喜的。赵老师个头高挑，大眼睛，双眼皮，戴着高度数的眼镜，一副典型的书生模样。他的大眼睛格外有神，透出真诚而慈爱的目光。这目光，使我们愿意接近他，愿意跟他交朋友，也愿意听他的话。或许，他天生就该当一名老师吧。

第二天上午，阳光明媚，在初春的讯息里，赵老师开始给我们上语文课了。赵老师的语文课有着浓厚的人文气息，他会结合自己的经历和体会进行讲解，他会带着感情为我们深情朗读，他会充分调动我们的回忆、联想和想象，并让我们在课外进行体验，同时会在讲解课文的过程中教给我们生活的哲理和做人的道理。印象比较深的两课，一课是《小站》，一课是

《挑山工》。通过《小站》，赵老师在我们心中勾画了一个风景优美而又充满生活气息的小小火车站。通过《挑山工》，赵老师教给我们勤奋做事、踏实做人的道理。我清楚地记得他朗诵的最后一句："这幅画一直挂在我的书桌前，多年来不曾换掉，因为我需要它。"渐渐的，语文课就成了我们最喜欢的一门课。

课下的时候，赵老师也喜欢和我们在一起，与我们打成一片。课间的时候，他常常会坐到教室里和我们聊天，有时说说学习上的事，有时谈谈生活中的事，有时还会参与到我们的课外生活中，还常常为了某篇课文、某个作文题而带我们去观察、去体验。赵老师渐渐融入到了我们的生活中，成了我们的一个大朋友、知心大哥哥。

天气越来越暖，春意越来越浓，快乐的日子一天天过去。我们原以为，精彩的语文课会照常一堂堂地讲下去，有趣的校园生活会照常一天天地过下去。可是，那天下午的最后一节课，赵老师却突然来到教室里跟我们告起了别。原来，他前一年是因为没有考上理想的大学而暂时来曙光学校任教，现在他要到复读班集中学习备战高考了。我们一时难以接受这个事实，可又不得不接受，既有点不知所措，又感到失落和伤感。我抬头望了望赵老师，他真诚而慈爱的目光里也满是不舍。教室里一时没有了声音，一阵长久的沉默。后来，还是赵老师打破了这长久的沉默。他对我们说："我教你们一首歌吧，是我最喜欢的《小白杨》，教给大家留作纪念。"说着，他拿起粉笔，转过身去，用一手娟秀而洒脱的粉笔字把《小白杨》的歌词写在了黑板上，然后便开始一句一句地教我们唱。他背着手，踱着步子在我们中间走着、唱着。在这一句句的歌声中，往日的一幕幕情景在大家脑海里闪现着、回放着，心中都充满了无限的依恋与不舍。这时，有几个女生小声地哭了出来。看到她们哭，我的眼泪也溢出了眼眶，顺着脸颊滑落下来。在这歌声中，在这抽泣声中，赵老师的眼眶也渐渐模糊了，继而掉下了眼泪。但他并不去拭泪，大约是怕我们看到吧。

那节课，我们学歌学得特别快，时间也过得特别快。《小白杨》也是我今生唯一一首流着泪学的歌。在《小白杨》悠扬而动人的歌声中，我们送走了赵老师，结束了一段美好而难忘的学习时光。但同时，赵老师也为我们开启了新的生活，他在我们心中种下了一棵小白杨，像是嘱咐我们要像小白杨一样努力生长，学习成材。我们永远忘不了赵老师，也永远忘不了心中的那棵小白杨。应该怎样珍视生命中的每一份真情，应该怎样当好一名老师，应该怎样上好语文课，赵老师带给我们诸多的启示。

时光如梭，转眼间二十多年就过去了。人生坎坷，世事沧桑。如今，我早已过了青春年少的年纪，赵老师也早已步入了中年。这些年来，我和赵老师各自在平凡的日子里过着自己平淡的生活，虽联系不多，但彼此之间始终在默默关注着、支持着、想念着。岁月不居，时节如流。但不论到何年何月、何时何地，我相信，我们永远都不会忘记那段美好的时光，永远不会忘记那段浓浓的师生情，也永远不会忘记我们心中的那棵小白杨……

故乡的黄昏

我的故乡在辽阔的冀南平原。从八千年前人类在此留下足迹，到三千年前赵国的辉煌，再到明朝洪洞大槐树移民，直至如今迈进新时代，厚重的历史底蕴一如厚厚的黄土地。在这片黄土地上，一代代先人们耕耘劳作，繁衍生息，用一双双勤劳的手与命运抗争，尝遍了生活的酸甜苦辣，上演了数不尽的人间悲喜剧。他们的故事，湮没在岁月的风尘中，掩埋在生死相依的黄土地里……

我的童年是在冀南平原中一个叫郑村的小村中度过的。小村不大，很普通，也很美。小小的村庄坐落在平原深处，村南是一个偌大的沙土坑，村后是一条淙淙流淌的小河。春耕夏耘，秋收冬藏，生老病死，四季更迭。故乡的四季，各有各的美，各有各的故事。但在故乡的四季中，我最喜欢的是夏天。而在夏日的一天里，我最喜欢的是黄昏。那是我生命记忆中最辉煌的黄昏。

小村的生活，有着浓浓的乡土气息和生活气息，充满了温暖的人情味。小村的黄昏更是美丽、辉煌，洒满了柔情和诗意。当日头偏西，渐渐西沉，故乡便会迎来最辉煌的时刻。黄昏时的夕阳，没有了白日的刺眼和炽热，而渐渐归于橙黄，直至变为血红，沉入地平线。那些挂在西天的云彩，此时都被夕阳映照成各种姿态、不断变幻的火烧云，而火烧云又把整个大地映得通红、辉煌。这通红和辉煌给黄土地里的故乡罩上了一层黄里透红的轻纱，洒下了一片温柔的诗意。这，便是故乡黄昏的底色。

在这暑气渐消的黄昏，乡邻们结束一天的劳作，纷纷在这夕阳之下从田园回到小村。庄稼静谧下来，凉风轻拂过来，夏虫鸣唱起来。宽宽窄窄的乡间小路上，是零零散散的归家的人。步行的，便会扛着农具悠闲地走回家去。骑车子的，便会将农具斜挂在车子上不紧不慢地骑回家去。有的车子后座上还会驮一些草或枝叶回去喂养家畜。他们的脸上挂着辛劳之后的欣慰。回到家中，女人们便会勤快地坐到灶台前点燃柴草，让瘦瘦的烟囱升腾起青青紫紫的炊烟。这炊烟或直或斜，渐渐弥散，给故乡的黄昏增添了淡淡的灵动。燕子和蝙蝠在渐渐降临下来的夜色中呼扇着翅膀，仿佛在迎接夜晚的到来。放了学的孩子们在村中玩耍，或疯跑在村南的沙土坑中，脸颊上、脖子上，一道道汗渍清晰可见。老人们带着板凳聚坐在街边或坑边，吹着渐凉的晚风，摇着蒲扇，说着闲话，看着火烧云。打光棍的羊倌赶着羊群从沙土坑中经过，场面宏大而热闹，惊起了枝头归巢的鸟雀……

这故乡的黄昏，仿佛是一幅有声有动的画，装进了百姓日常、人间烟火，鲜艳、生动，散发着热气腾腾的生活气息。

而当乡邻归了家，家畜归了圈，鸟雀归了巢，故乡的黄昏就更宁静、更安详了。残阳渐渐如血，火烧云黯淡下来。歇息的老人们提着板凳走回家去，孩子们被母亲悠长的呼唤牵回家中。深蓝的夜空中，稀稀疏疏的星星渐次明亮。夜晚，开始重新守护故乡这片大地。

故乡的黄昏，连接了白天与夜晚，田园与家园，不仅温柔了乡邻们龟裂的岁月，也抚慰了我幼小的心灵。当我长大后走上了社会，经过了磨难受了伤，经历了人情冷暖与世态炎凉，见证了世道人心，总会常常怀想起黄昏里的故乡或故乡里的黄昏，怀想起那浓浓的生活气息和温暖人心的人情味。

身在异乡，不觉已是人到中年。一次黄昏时分，我乘飞机翱翔在南国的山川之上。俯瞰他乡的山川河流，我突然强烈地怀念起故乡来。辉煌的黄昏，正是万物归巢的时候，我却离故乡越来越远。我靠在座椅上闭上眼睛，心里一阵疼痛。此时的我，想明白一件简单的事——我离开故乡，的确是太远，又太久了……

两个人的秘密

小时候，有一次为弄到零花钱，我将鸡窝里的三个鸡蛋偷偷拿出去卖了。不料，这事被在我家小住的姥姥发觉了。但是，她并没有责怪我，而是对我说，以后别再偷东西了。然后，她到村西的小卖部里买了三个鸡蛋放到了鸡窝里，以防被母亲发觉后训我。

从那以后，我再也没有偷过东西。而这个秘密，姥姥也为我守了一生。

去年冬天，姥姥永远地离我们而去了。她过世后，我非常难过和孤单，因为今后的人生路上，就只有我一个人守着这个秘密了……

十 年

现在，是 2007 年的夏天。或许是近来香港回归 10 周年和出于学习的原因先后看了三遍《泰坦尼克号》的缘由吧，便想起 1997 年来。

对于 1997 年，我印象最深的两件事：一是香港回归，二是电影《泰坦尼克号》的公映。

那年我上小学五年级。香港要回归了，这是全国人民洗雪百年国耻的喜庆日子，每个人都激动着、骄傲着。7 月 1 日一天天地临近了，这激动也便一天比一天强烈起来。那阵子我喜欢上了剪报，于是便从学校发的教育读本和爸爸从单位带回的报纸上剪下了不少关于香港的资料和照片。我剪那鲜艳的紫荆花区旗、区徽，剪那一百年前香港沦陷和签订条约时的老照片，香港回归后，剪那香港回归政权交接仪式上的照片。看着那泛黄的老照片，心里涌动起一种历史的沧桑感。香港回归的那天夜里，我早早地就坐到了电视机前等着看香港回归的现场直播。直播终于开始后，我专注地看着那即将成为永恒历史的直播场面，恨不得眼睛也不眨一下。凌晨零点零分零秒，当那雄壮的国歌在香港回归政权交接仪式的会场上高高地奏响时，刹那间激动的泪水涌上了我的眼眶……

1997 年底，美国好莱坞经典巨片《泰坦尼克号》公映了。电影一公映，立即轰动了全球，就连我们这些小学生也都知道了，于是便都期待着观看。农村里没有电影院，我们都不知道什么时候才能在自己村里或邻村里看上露天的《泰坦尼克号》。那时候，河北电视台有个电影栏目《电影大世界》，我还记得主持人叫杨扬。那阵子我一直关注着《电影大世界》，期望能在《电影大世界》中看到《泰坦尼克号》。几个月后，也就是 1998 年的一天，我终于在一期节目中看到了《泰坦尼克号》的剧情剪辑。虽然了解了电影的大致情节，但由于是剪辑，片子极短，而且电视又是黑白的，因此看完剪辑后非但没感到过瘾，看《泰坦尼克号》的欲望反而更强烈了。后来，终于有一天听到消息说邻村西张寨过几天要放《泰坦尼克号》，于是都激动得不行，盼着时间能过得快些，盼着能早点看到《泰坦尼克号》。到了放映的那天，我们好几个伙伴一吃过晚饭便结伴步行至西张寨村。到了西张寨村，天还没有黑，往放电影的打麦场上一看，嗬，麦场上早已人山人海了。等啊等啊，终于等到天黑了。白白的影布上突然投上了明亮的灯光，人群里顿时一片欢呼。电影开始后，全场静了下来，没有了一点人声，一个个都睁大着眼睛进入到了《泰坦尼克号》的精神之旅中……

电影终于放完了。此时麦场上本该是立刻喧哗起来的，然而这次却被震撼了，过了好大一会儿才喧哗起来。我们走在回家的路上，心却仍停留在泰坦尼克号的巨轮上……

十年了，香港，你还好吗？……

今年的春天和夏天，我先后看了三遍《泰坦尼克号》。近十年后的今天再看这部电影，我已是带着一种怀旧的心绪在看它了。香港回归十周年有纪念活动，然而一部电影的公映十周年却不会有什么纪念活动。我想，原《泰坦尼克号》的剧组人员有的或许会想到，他们的《泰坦尼克号》已拍摄整整十年了，他们或许会回忆起十年前在一起拍摄的日子，回忆起拍摄生活中的点点滴滴。十年了，不知导演卡梅隆是否还好？不知男主演迪卡普里奥和女主演温丝莱特近来都在忙些什么？……

回忆起自己十年前的生活，回忆起这十年里自己所走过的人生道路，一种感慨不由地在心中产生。回忆起十年前的往事，就如同在看一张泛黄的旧照片，心中的滋味是那般浓烈，那般悠远。往事如酒，生活如酒……

十年在人生的道路上，不长也不短。十年，可以使一张照片泛黄；十年，可以使一坛酒变得更香更醇；十年，可以使一座房子变旧；十年，可以让一棵树苗长成大树；十年，可以把一个瓷碗用得斑斑驳驳；十年，可以使一双手变得粗糙……

回忆，总是那么美好。时间真是个神奇的东西，它将一切记忆变得那么美好、那么醇厚、那么悠远……

时间永不停息地向前涌流着，过去的 1997 年永远也不会再来了，然而，记忆永存……

别了，我的十年，你的十年，我们的十年……

一天一天往下过

七岁那年，年轻的父亲因重病而含着无尽的遗憾离开了人世。小小的我还没有享受过多少次被父亲的胡子轻轻地扎的感觉，还没有享受过多少次父亲那宽厚的手掌的抚摸就成了一个没了父亲的孩子，再也享受不到那灼人肌肤的父爱了。而弟弟妹妹们得到的父爱则更少得可怜，也不知他们将来会不会有关于父亲的记忆。年轻的母亲突然间成了寡妇，老天扔给她的是一个残破而沉重的现实。一个温暖的家才团圆幸福了几年啊，作为一家顶梁柱的父亲突然间就走了。我们兄妹几个哭得死去活来，母亲则哭得都没了力气。然而，等父亲的丧事办完，母亲就不再哭了。她擦干泪眼，用她那沙哑的嗓子对我们说："都不要哭了，我们还活着。不管发生什么事，日子还要一天一天往下过……"

就这样，苦命的母亲怀着一颗坚忍的心开始了新的生活。我们，也都和她一起开始了新的生活……

父亲病逝后的几年里，学校一些顽劣的孩子常常恶作剧地在大庭广众之下冲我大声地喊"郑永涛没爸爸！郑永涛没爸爸！"每当他们欺负了我，我总是一个人躲到家里偷偷地哭。我知道妈妈的不容易，因而总是不让她发现。然而有一次，我还是不小心让她发现了。母亲问我原因，我再也忍不住了，流着泪对她诉说了我的委屈。母亲把我搂进怀里，我委屈而幸福地哭了。这时，母亲的几滴眼泪也落到了我的头上，但她没有出声。母亲任我哭了好大一会儿后就安慰了我好多句，然后轻轻地抚摸着我的头，怀着无限的爱对我说："孩子，人活在世上要坚强，人一辈子少不了坚强。日子还要一天一天往下过，只要你坚强，日子就会越过越好……"

我深深地记住了母亲的话。从那以后，我也真的变得越来越坚强了。母亲给了我人生中最宝贵的财富——坚强。

后来，我们全家的日子真的越过越好了……

几十年过去了。两年前，操劳了一生的母亲谢世了。我们哭得都很伤心，总感到母亲吃的苦太多太多，而享的福却太少太少了。可能因为我们都已习惯了作为一家主心骨的母亲在身边吧，丧事办完好多天了，弟弟妹妹们却都还没有振作起来的迹象。一天晚上，作为长兄的我把大家都叫到了屋子里。我说："妈已经走了。她老人家也该好好歇歇了。可是，我们都还得往前走，日子还要一天一天往下过，妈是不愿意看到我们一直这样下去的。日子还要一天一天往下过，明天，我们都要换个新样子出来……"

我想，这也应该是在九泉之下的母亲想对我们说的吧……

我想，我们继续一天一天往下过，好好地过，也是对母亲最好的纪念吧……

我和我的小桃树

那年我当兵回来仍坚持着上大学的夙愿，我想接受高等教育，我想学习自己想学的知识，我想完成自己多年来的梦想。当兵前上高二时我就参加了高考，可由于素来偏科而惨败。这是我早就预料到的，于是立即拿出了第二套实现梦想的方案——上民办大学，这也是我早就向爸妈说了许多遍的。可是，我竭尽全力、冲得头破血流仍是没能说服爸妈，我眼睁睁地看着大学的校门在我面前"咣"得关住了。那段日子我心灰意冷，干什么都没了心劲儿，在高三的教室里挨了几个月，无奈之下便踏上了从军路。可是，当兵的时候我仍没放弃上大学的梦想，我仍是坚持着上大学，对爸妈一遍遍地说等我退伍了我还要上大学。事实也正是如此，退伍回来我仍坚持着上大学，爸妈也仍是寸步不让，我们之间的矛盾上升到了极点。我是倔强的，与他们打冷战，不是特别必要的话我从不跟他们说，在他们面前从没有好脸色。春节过后，我暂时到县城里的一所电脑学校学电脑去了。

那时，我住在爸爸单位里的一间闲房子里，那个大院子是个废弃的仓库，院子里长着许多的杨树、柳树和一排排的冬青，还有数不尽的各种野花野草，整个院子就是一个植物的世界、绿色的世界。紧张的学习之余，我常常边听收音机边在院子里散步。阳春三月，一切生灵都在奋力生长，一天一个样，院子朴素、自然、美丽，充满生命力。我喜欢这个院子，喜欢这里的一切生灵。

一天傍晚，我正在院子里散步，走着走着忽然发现水泥排水沟里探出一棵小小的桃树，不到一尺高，一两岁的样子，青青的枝绿绿的叶，随着微风轻轻摇曳。多招人喜欢的小桃树啊，秀顾、纯净、文静、美丽，我一下子就深深地喜欢上了它。我惊奇，我兴奋，我久久地观望它，怎么也看不够。后来，不知为什么，我倏忽间觉得这棵小桃树就是我，我就是这棵小桃树。想了又想终于想明白了——原来小桃树长在排水沟的水泥缝里，它和我一样没有获得一个良好的发展平台。想到这儿，我的眼睛突然间湿润了，也不知是因为小桃树还是因为我。我当即下定决心要把小桃树移栽到好的土壤里，让它获得一个良好的发展平台。我决定把它种在家里我的小屋的窗下，一是为了使它获得一个良好的发展平台，二是为了让它能长久地与我为伴，我真的太喜欢它了！

到了周末该回家的时候，我找了把小铁锹去挖小桃树。可小桃树长在水泥缝里，铁锹派不上用场，我只好用手紧紧握住小桃树的主干小心翼翼地把它拔了出来。我用一块旧塑料布包住小桃树的根并系到自行车后座上，然后就蹬上车子飞快地往家骑。我在我小屋窗下距墙根一尺左右的地方挖了个小树坑，然后栽下并浇灌了小桃树。我静静地望着小桃树，在心里默默地对它说：小桃树啊小桃树，我的小桃树，你一定要活下来，你一定要坚强地生长。你是幸运的，因为你获得了一个良好的发展平台，你不要辜负我对你的殷切期望呵！不知怎的，我的喉咙又难受起来，大约是因为自己梦想的破灭吧。但同时，我也感到无限地欣慰，因为我做了一件善事，我帮助一个小生灵获得了一个良好的发展平台，把它从困境中救了出来，它寄予着我的希望呵！小桃树就是我，我就是小桃树，我们已连成一体、分不清你我了。小桃树你长吧，为了你，也为了我……

小桃树活了，小桃树茁壮地生长起来了……

后来，我遇到了一个不错的发展机会，并幸运地抓住了这个机会。我干上了自己喜欢的工作，在工作中我找到了无穷的乐趣和快乐。没上大学的遗憾，也通过自学弥补了过来。应该说，我基本实现了自己的人生理想。

这些年来，我一直牵挂、关心着我的小桃树。如今，它早已长大并结了好几年桃子了，可我仍习惯叫它小桃树。常常一抬头，我就看见了我的小桃树。我总认为，我的命运的转折肯定有小桃树的帮助，它是有灵性的，我能读懂它的内心，它也一定能读懂我的内心。我的善举使我得到了人生的知己，也使我得到了人生中重要的帮助。我想，我和我的小桃树前世肯定有一段不解之缘，而今又相聚在一起了。我们之间总是有一种宿命的味道。

其实，人活在世上，与世上的一切都相关，都有缘分，只是远近不同、程度不同罢了，而且这种相关、这种缘分是相互的。正如凌仕江所说："天天天蓝，与谁都无关；天天天蓝，与谁都有关。"在任何时候，我们都不会真正地孤独。我和我的小桃树就是相关的，我们是有缘分的，它是我生命中离我最近的那个知己。

我和我的小桃树今生今世永不会分开了。

殇春

　　关于春天，我忘不了对于燕子的记忆。那年初春的一个上午，一对燕子来到了我家，一边清脆地叫着，一边在屋檐下飞来飞去选搭窝的地方。当位置选定后，它们便开始快乐地忙碌了。它们从远处衔来用嘴和好的泥蛋儿，一个个地往屋檐上粘，耐心而执着。两只小小的燕子，竟然慢慢地把窝盖了起来。从那以后，我家因为有了燕子的身影而平添了许多生机。而小小的我，最迷恋的事便是看那飞来飞去的燕子。春风中，它们迎风飞翔；细雨里，它们贴水低飞；树枝上，它们放声高歌；夕阳下，它们翩翩起舞。它们从南方飞到我家，带来了春天，带来了生机，带来了我童年无穷的乐趣。然而在那个春天，爷爷走了。

　　关于春天，我忘不了院子南面那排高大的杨树。那些杨树在我出生前就生长在那里了，它们就像忠诚的卫士一样守护着我的家。每当春天到来，它们便会爆发出积蓄了一冬的力量拼命生长。一个个小小的叶芽，不知不觉间便会长成一片片嫩绿的小叶，继而长成翠绿的成叶。那年春天，我疯狂地迷恋上了在夜晚的时候聆听那杨树在春风中的奏鸣。月色如水的夜晚，春风吹来，那满树的杨树叶便会奏出大海一样的音乐，哗——哗——，使我无限地沉醉，引发我无限的遐思。于是，我常常会在这缓缓的海涛声中进入梦境，进入我童年最遥远的想象。然而在那个春天，奶奶走了。

　　关于春天，我也忘不了那一望无际的油菜花。那些年，故乡的农人们特别喜欢种油菜花，几乎家家户户都种，一种就是好多亩，常常能铺满整个原野。那一年我在邻村上学，常常步行去学校。春天的时候，每当我在阳光下走向学校，都会情不自禁地去遥望那原野上的金黄的油菜花。那连成一片的油菜花，仿佛是大自然画就的巨幅油画。蜜蜂们在油菜花上忙碌着，嗡嗡地唱着劳动之歌。春风吹来，油菜花浓郁的香气使我陶醉。那个时节，是故乡最鲜艳、最美丽的时光。而我，也一次次地将油菜花的香气带到了课堂上。然而在那个春天，母亲走了……

就这样，在我关于春天的记忆中，总有着失去亲人的感伤。每每想起春天，每每春天来到，我总会想起那离我而去的亲人，心里总会流淌着隐隐的感伤。然而，春天却总能带给我无限的安慰、温暖与力量。当一片片新叶伸展在我的眼前，当一个个花骨朵儿开放在我的身边，当和煦的春风吹动我寂寞的衣服，当温暖的阳光裹住我瘦弱的身体，我总是时常会掉下几滴安静的眼泪。然而，这眼泪里已不再全是感伤，更多的已是温暖的感动。于是，淡淡的感伤里的我总是能在春天里获得安慰、获得温暖、获得力量，从而坚强地去面对生活，执着地去追求心中的梦想。于是，在每一个春天，在经历了一段感伤之后，我总是能放起淡淡的感伤，带着春天所给予我的安慰、温暖和力量，在春风中走向生活……

给我一支烟

　　那年冬天当兵复员回来，我人生的最后一个梦想也正式宣告破灭。在我的记忆中，那个冬天阴冷而漫长。透过冰冷的窗户望着迷雾蒙蒙的远方，我找不到未来的路在何方。于是，除了慨叹，我便整天蒙着被子睡闷觉，对自己是破罐子破摔了。母亲叫我出去走走，说没准能碰到个好工作，我却总是爱答不理。母亲帮我收拾房间，看到发表着我文章的报纸散落在地上，便蹲下身去小心地收起来，边收边说，这报纸得好好保存着，早晚有一天能用得上。烦闷的我听了却故意跟她作对似的说："都成这样了，要那报纸还有什么用！"母亲听了，叹一口气，不再说话，收好报纸悄悄地走出门外。现在想想，其实那时最可怜的不是我，而是母亲。然而那时年轻气盛的我怎么会想得到母亲呢？我的心里只有我，只有我的渺茫的前途。后来，我学会了抽烟。当人处在一种复杂的心境中而难以表达自己复杂的情感时，也许抽烟便是最好的表达方式了。于是，香烟便成了我唯一可以倾诉心声的伙伴。在缕缕缭绕的烟雾中，我失落的心似乎获得了一点点的安慰。望着安静的红红的烟头，冰凉的心似乎获得了一丝温暖。至少，它能使我安静地度过一段段阴郁的时光。再后来，时间一长，我竟渐渐地读懂了香烟，竟被这小小的香烟给深深地感动了……

　　其实，每一支小小的香烟都是一个小小的生命，它的燃烧是有它的寓意在里面的。它静静地燃烧自己而陪伴你度过一段时光，总是想给你带来一点什么的，不管是安慰，还是温暖，抑或是希望，你不要辜负了这小小的香烟，你总得从它为你而逝去的生命里得到一点什么，抑或是发生一点什么改变。香烟是令人感动的。香烟是一种安静的生命，它燃烧自己而陪伴你度过一段时光，却从来都是静静地进行，静静地燃烧自己，静静地带给你一点什么，然后静静地熄灭，静静地死亡。它只想给你带来一点什么，却从来不愿去惊动你，打扰你，连死都是悄悄地进行。在香烟面前，我们毫无资格做它的主人，充其量也只能算作它的朋友。对于香烟，只有懂它的人才配得上抽它……

春节过后，我走了出去。后来，一个偶然的机遇改变了我的命运，使我终于走出了人生的低谷。而陪伴我度过了那个阴冷而漫长的冬天的香烟，我也不再那么要命地去抽了，甚至渐渐地都想不起去抽它了，然而它所带给我的安慰、温暖与希望，却一直伴随着我在人生的道路上不断前进……

如今，许多年过去了，在这远离故乡的都市，在这样一个静静的夜里的一个静静的角落，我又想起了我的香烟，想起了我的那个冬天。于是，我又静静地点起一支香烟，一边看它静静地燃烧，一边静静地感怀……

望着安静的红红的烟头，又想起我儿时烤火的往事来。冬天的夜里，又冷又无聊，村里一些闷不住的村民们便常常会聚到街上烤火闲聊，一烤就是大半夜。我们这些孩子们夹在大人们中间，一边烤火一边听他们闲聊，也常常是和他们一起烤到大半夜。那火堆强了又弱，弱了又强，一直被我们断断续续地烤到鸡叫三遍。这时，大家都聊倦了，于是便散场各自走回家去，只留下一明一暗的余火在街上慢慢熄灭，静静地熄灭，直至散尽自己的最后一丝余热。如此，这供我们取暖的火堆其实也算得上是另一种形式的香烟了。只是，我已许多年不曾享用过这天然的温暖的香烟了……

现在再次回首往事，我才又倏然间明白，原来香烟在我的生命中，充当了我从寒冬腊月走向立春的桥梁……

我心中的大宇

我是幸运的。我曾经是一名军人，而能在经过了两年部队的摔打后再进大学读书的，恐怕并不多见吧，而我却云蒸霞蔚般幸运地成为这少见群体中的一员。更令我感到幸运的是，我来到了大宇学院。大宇学院，是我心中的康桥……

大宇学院的地理位置极佳。大宇学院位于历史文化名城南昌的湾里区，这里文化底蕴极其深厚，历史上多少文人雅士在此留下了无数的优美篇章，数不胜数，令人叹为观止，仅一篇王勃的《滕王阁序》便使南昌扬名古今。在湾里的名胜古迹中，要数洪崖丹井的文化底蕴最为深厚，那是四千五百多年前中国的音乐鼻祖伶伦创制音乐的地方，洪崖丹井乃是中国音乐的源头。另外，紫清山、长春湖、狮子峰等景区也都山清水秀、风光迷人、历史悠久，未去时令人神往，去了更让人流连忘返。湾里区东、西、北三面环山，东南面是南昌向湾里张开的怀抱。山水秀丽，文化底蕴深厚，又有不多不少的超市等现代都市生活设施，真是历史与现代的最佳结合，正是读书修学的好地方。作为喜欢读读写写的中文系学生，我当然更喜欢这所大学了。剑桥大学是徐志摩心中的康桥，大宇学院则是我心中的康桥。

在大宇，我的生活是丰富而充实的。每周五天的学习日子里，白天聆听老师、教授们的滔滔演讲和谆谆教导，晚上则学习、读书或写作。这里的老师、教授们治学都很严谨，且都具有独特的个性，有的博古通今，有的喜诗好文，有的讲课铺展得开阔到天边，有的讲课极富激情，时而义愤填膺，时而柔情万种，时而又被感动得热泪盈眶……从他们身上我们不仅学到了丰富的知识，更学到了做人的道理和许多说不出的东西。晚自习的时候若是将学习任务完成，即可抱出自己心爱的文学书籍博览古今中外的文学精华，抑或是静静地铺开稿纸写作心中构思已久的篇章。书不够，学校图书馆里的书任你借。写作完毕，还可以与同班文友一同欣赏、探讨，真是其乐无穷也。如果嫌教室里不够安静，还可以带上书笔本子到香梅楼六楼的自习室里学习或读书写作。这是全校最安静的一个地方，这里有无穷无尽的安静，足可以放置你那安静而丰富的心灵。

　　学校平时的活动是很多的，尤其到了周末，舞会、歌会、采风、展览、外出联谊、各种比赛等等，丰富多彩，令人目不暇接，吸引了众多的莘莘学子前去观看和参加。然而这些大众性的活动我却参加的并不多，业余时间里，特别是周末，我自有自己的去处和乐趣……

　　业余时间，我去得最多的是书店。大宇学院附近的书店是很多的，且各有各的特色，如博文书店的文学书籍最为广博，古旧书斋的书最为老旧，海华书店的书最为丰富等等。有空的时候，唤上同班文友一二去逛书店、淘书，实在是一种幽远的精神之旅。需要什么书了，当然要去，然而我们却常常是没事的时候便去逛书店，起初并没有什么明确目标。虽说是没有目标，但进了书店却常会看见自己喜爱的书，于是目标就随之诞生，且常常接二连三地来，便会买下，于是这趟本没有目标的书海漫游便会收获而归。有时我们没钱了也去逛，若是淘到自己的知己书籍便对老板说给我留一本，过几天我来买，老板便会认真地给你留上一本，甚至会让你先拿了去，钱有了再给。时日已长了，书店的老板们早已成了我们的忘年交。

　　学校北面的山上有一座寺庙叫翠岩禅寺，远近闻名，真是一个世界之外的世界，再不平静的心灵到了这里也会被熏染得像止水一样平静，同时也会领略到佛学的博大精深与高远。因为这个，我便常常来翠岩禅寺。

　　若是身心有些疲惫了，在夏日的晚上约上三五好友逛街也是一种放松身心的极好的办法。夏夜里，宽阔的马路上灯光柔柔，习习的凉风吹着路边樟树繁茂的枝叶，声音沙沙。此时，沐浴着凉凉的夜风松散地漫步在马路上，实在是一种难得的享受。大家说说笑笑、谈笑风生，心旷神怡、悠然自得。若是觉得单调了，不妨拐进超市转转。走在一排排的货架间，琳琅满目的货物像流水一样向身后流去，令人眼花缭乱，不禁会在心中产生一种莫名的感慨。若是转得累了，不妨再往翠园公园里坐坐。改建后的翠园公园面貌、设施焕然一新，真正成为当地居民休闲娱乐的乐园，每晚都像赶庙会一样热闹。天一黑，公园里便会亮起璀璨的灯光。广场上的老太太们在伴着音乐做她们的健身操，亭子里的几个老头投入地拉着他们的二胡，花丛间的孩子们玩着他们的捉迷藏，长廊里的石凳上一对对情侣在说着他们的情话，各得其所，各有所乐，热闹非凡。找个石凳坐下来沐浴着凉凉的晚风观赏这人间的升平景象，一种幸福的暖流不由地在心中产生……

　　周末的时候，我常会约上二三好友一块去游园或登山，这是我向来的一大爱好。青春时候不踏游，又待何时呢？头天晚上就准备好食物和水等必备物品，第二天一大早趁着凉快的时候背上背包就出发了。在景区里，边游览边听导游详细地讲解，不仅放松了身心，也增长了见识，另外还锻炼了身体。春暖花开的时候，三五文友同去附近游园，在峰顶取出浊酒与简单小菜，临风举盏，饮酒赋诗，俯瞰湾里，遥望南昌，说不尽的诗情画意！登山探险更是刺激。当经过了艰难、惊险的攀登后终于到达峰顶，那种成就感是无以言表的……

　　…………

　　我虽身在大宇，可我的生活空间却要更大更大……

　　而今，来到大宇已近一年了，我早已适应了这里的一切并形成了自己独特的生活习惯，也更加热爱大宇、湾里和整个南昌了。我已与这里的一草一木、一土一石都达成了一种心灵的默契、心心相通，我的整个精神世界和这片天地已融为了一体。大宇对于我就如同徐志摩心中的康桥，使我深深地迷恋，使我潜移默化地受着她浓浓的熏陶。大学时代一生中只有一次，我知道，大宇对我的熏陶和影响是一生也无法抹杀的了……

　　我心中的大宇，我心中的康桥……

我这些年的道路

小时候我很聪明，一直是母亲的骄傲。我的成绩在班里总是名列前茅，乡邻们见了母亲总要说："二小子聪明哪，以后准能考上大学做大官哩！"母亲听了这话后总会默默地笑笑，我知道她心里的骄傲。然而，上中学后我却不争气，因为自己的写作兴趣而荒废了学业。母亲的一声声叹息告诉了我她内心的伤感与失落，然而无论我怎样努力还是没能改变我严重偏科的状况。2003 年的高考，我落榜了。这是我所预料到的，于是我便竭尽全力地为自己争取上民办大学的机会。然而，无论我怎样努力，都没能征得父母的同意。于是，我只能眼睁睁地看着大学的校门在我的面前无情地关上。至此，我的大学梦被彻底地粉碎了……

父亲说："当兵去吧，你不是想当兵、想考军校么？"是的，当兵、考军校也是我一直以来的梦想。于是在失落、颓废了几个月后，年底，我当兵去了……

在部队，我一直努力地工作、勤奋地学习，一直朝着心中的那个军校梦而奋斗。然而就在第一年年底，命运又和我开了一次玩笑。那阵子我得了肺炎，由于误诊，我的病被一拖再拖，终于有一天我晕倒在了哨台上。当我被急救车送到空军总医院救治的时候，我的病情已经相当严重了，治疗起来已经很晚了。虚弱的我看着输液管里一滴滴滴下的液体和氧气瓶上咕噜噜冒泡的氧气，感觉自己的灵魂就像一朵云一样正在慢慢地脱离躯体。医生背着我打电话给连长说："你们该通知家长做好准备了。"我猜到了医生的做法。我不忍心让家人尤其是母亲去承受那般的担心、害怕与焦灼，于是便打电话给连长，再三请求他不要给家里打电话，说让我再顶顶吧，不行了再说。至今让我无限感激的是，连长答应了我，他硬是顶着巨大的压力推迟了打电话的日期。而后来，连医生也说是奇迹，我的病竟一点点地好起来了……

命运还算仁慈，让我捡回了一条命……

然而我的军校梦，却因这场病而破碎了。那天当我得知消息后，我打开窗户把所有的教材和资料都扔了出去……

退伍的日子一天天地临近了。兵，我还没有当够，我想留在部队再干几年。然而，就连这个留队的梦，也被命运无情地击碎了……

我退伍了。经过了几年生活的颠簸，我竟由一个满怀抱负的少年变成了一个一无所有的农民……

我的小学和初中是在邻村的一所民办学校上的，和校长刘老师一直以来都很熟。我从小就想当老师，当老师是我一直以来的一个梦。那几年，那所学校虽已招了不少大学毕业生，但高中毕业生也还是招的，当兵临走前我曾找到刘老师对他说：刘老师，若是我两年后退伍了，让我到这里教书吧，您知道我一直是喜欢当老师的。刘老师说："好。"然而，在我当兵后的两年里，大学毕业生越来越多，那所学校便渐渐停招了高中毕业生。我找到刘老师，说了不少好话，说我来了一定更加努力地工作，等适应了工作以后还要参加自学考试。刘老师沉默了好大一会儿后才微微抬起头说：要么，你先到门岗上去吧。我站起来对刘老师说："刘老师，我不为难您了……"

那时，家里已为我盖好了房子。父亲对我说：你已经不小了，到成家立业的年龄了，认命吧。于是，父母便四处托媒人给我相亲。然而，但凡有个好的或不好的工作的，都没能看得上我，就连和我一样在家的也好多都看不上我，我的婚事便因此而一天天地耽搁下来。

这些年来，在爱情的路上，我也总是不顺，经历了那么多次的挫折，却总没有圆满过……

在被命运一次又一次地戏弄之后，在一次又一次的忍受之后，在饱经了生活的挫折、打击与失落、悲哀之后，一种对命运的反抗意识开始在我的心中萌芽并一天天地生长起来……

也许在漫长的严冬之后，春天总会到来……

退伍后的第二年春天，县地税局在电视台上发布了公开招聘文秘的启事。身为村支书的二伯父看到启事后告诉了我，说："你不是喜欢写作，还发表了那么多的文章吗？去试试吧。"我想，反正已经到了这种地步，试试就试试吧。当时去地税局报名应聘的有三十多个大专、本科毕业生，只有我一个高中毕业生。然而使我没有想到的是，当我拿着自己发表的文章和获奖证书去应聘的时候，地税局的领导们却要了我。我想，这大约是因为我的写作特长吧。于是，我便离开黄土地坐在了县地税局的办公桌前……

说实在的，那份工作的确已经很不错了，在这个竞争日益激烈的社会上，连许多大学毕业生都是难以找到那样的工作的。然而，对于命运的夹着愤怒的反抗意识却没有因此而消减，反而一天比一天强烈起来。我的大学梦，就要让它变成永远的遗憾了么？我的人生，就到此为止了么？心里的一个我紧握了拳头，略带愤怒地说：不！于是便去联系学校，于是便去借钱，于是便辞去了工作，于是便来到了现在的这所大学……

…………

我常常想：什么是生活呢？什么是人生呢？每每这样想的时候，便会情不自禁地回想起这些年来自己所走过的道路。这些年里，命运竟然让我经历了那么多的挫折与不幸。不过我觉得，从我走进县地税局大门的那一天起，我的生活之路似乎越走越宽了……

一个朋友在听了我的经历后对我说：大难不死，必有后福。我呵呵笑了两声，两滴眼泪滴落在心里……

往事如酒，生活如酒……

清晨来到树下读书

一天深夜听收音机，中央人民广播电台中国之声频率正在进行《聆听经典》节目，播放的都是一些经典老歌，使我的心里充满了怀旧的情绪。后来，当那首校园老歌《清晨来到树下读书》悠悠响起时，刹那间我受到了无比强烈的震动，骤然怀念起了我的学生时代。怀念，激动，我心潮翻滚，心绪不由自主地飞回到我的学生时代，飞回到那些在树下读书的清晨……

那些年年龄小，想得少，单纯，主要的任务就是学习。而在一天的学习时光中，早晨是很宝贵的。清晨起来脑子清醒，这对于语文课文的朗读、背诵和文科知识的记忆是相当有利的。晨读的时间叫早自习，就是清早起来到开早饭的那段时间。那时候，我们这些不大的孩子学习起来是很快乐的，晨读更是如此。有些同学在教室里晨读，而更多的则是到院子外面和树下读书。在一棵树下找块光地儿坐下，将课本放在两腿上，这快乐的晨读就开始了。早晨是多么好、多少美的时光啊！新的一天刚刚开始，空气是那样的清新、湿润，天是那样的蓝。红红的朝阳静静地升起，给整个世界都映上了淡淡的红晕。树叶上、小草上露珠点点，映射着太阳柔柔的晨光，银光闪闪。小鸟在树上叽叽喳喳地唱着清脆的歌，为新的一天的到来而歌唱。沉睡了一夜的大地散发着她那独有的馨香，令人陶醉……

我们这些学生们有的将书放在腿上，有的盘腿而坐将书放在脚上，有的双手举书而读，姿势各不相同。那琅琅的读书声是那样地稚嫩、纯真而动听，无论哪个年龄阶段的大人听了都会入迷，都会陶醉，都会心情愉快，都会情不自禁地回忆起自己的学生时代。尽管那朗读的声音又高又尖，而且不符合课文内容的语调，有的甚至是大嚷大叫，但这正是小学生们朗读的可爱之处。有的同学常常背得差不多了，就找个同样背得差不多的互相监听或提问，那清晨的朗读就变得更加活跃了……

而如今，那纯真的学生时代离我们已越来越远了，就像这首《清晨来到树下读书》的歌声，飘啊飘啊，永不停息地向天边飘去。而越是纯真的东西，就越是难忘，刻骨铭心，永远也无法忘记，每个上过学的人都是这样。清晨来到树下读书，永远是我们内心深处的一段纯真而温暖的记忆……

然而，令我们感到痛惜的是，近些年来，那些纯真的学生们的学习压力是越来越大了。应试教育，高考，中考，甚至小考，将那些本应快乐地读书的学生们压得喘不过气来。即使曾刮起过一阵"素质教育"和"减负"的春风，但都很快拜倒在应试教育的金城汤池之下。如今，即使学生们清晨能够来到树下读书，也不会再有前些年那些学生们轻松、愉快的读书心境了。或许，这是社会转型期必然会出现的一种社会现象吧。然而，这种畸形的教育制度的寿命不会太长，因为它不符合教育和社会发展的规律，很快，它就会分崩离析、被更新的教育制度所取代的。对此，我们是不必担心和怀疑的。没有学生的和谐、教育的和谐，哪有全社会和整个世界的和谐呢？

新的太阳，终究要升起来。清晨来到树下读书，不久就会回归于清纯的校园的……

怀念羊

　　童年时候的我有些寂寞。有一段日子，我产生了养只小羊的念头，且一天比一天强烈起来。说给爸妈听，爸爸乐了："哈哈，自己劳动，赚的钱或许能供足你的学费，我支持你，过几天我就给你买羊去。"大约过了一个多星期，一天下午下课后，我又跳墙回去拿东西吃，爬到墙上时忽然看见猪圈旁卧着两只小山羊，我立刻兴奋得不得了，那么高的院墙跳下去竟没有一点感觉。我飞跑到小羊旁边，兴奋地欣赏着那两只可爱的小山羊。两只小山羊，一公一母，都是雪白的毛。我尤其喜欢那只小母羊，它长得温顺乖巧，目光里满是友善和忠诚。从此，我寂寞的童年里就有了两只小山羊的陪伴。

　　有了这两只小山羊，我的生活开始变得充实而快乐。每天下午一放学，我就会牵着它们到村南的沙坑里去吃草，在那里我把绳子松开，它们走到哪里我就跟到哪里。看着它们吃草，我就有一种满足感。而静静地欣赏它们吃草，更是一种享受，我仿佛觉得它们是我的小伙伴，我看着它们吃草就是在和它们进行着心灵的对话。尤其是那只小母羊，我觉得它和我很相像，在它身上我能找到许多和我一样的东西。是性格？是心灵？还是寂寞？我说不清楚，反正我真的把它当成了我的小伙伴，有时我甚至宁愿和小羊待在一块儿而不愿去和小伙伴们玩游戏。后来小公羊因为越来越淘气而被爸妈卖掉了，我只喂养着那只温顺的小母羊。

　　日子在快乐中一天天过去，一晃一年过去了，谁知就在这时候我的小母羊却遭遇了一场灾难。有一天我突然发现小母羊的左前腿根部长出了一个很大很大的包，使它走起路来一瘸一拐的。我多心疼呀，每天都盼着那个包能下去，可盼了一天又一天，那个包却始终不下去。更令我伤心欲绝的是，后来那只小母羊竟然在一天夜里悄悄地死去了。我很伤心，怎么也接受不了它的死。后来日子渐渐恢复了平静，我却忧郁了很长一段日子。

我一直无法忘记那只小母羊，怎么也无法忘记。现在想起来，我仍然很怀念它。

可我为什么会怀念羊呢？岁月匆匆，那么多过去的人和事我都不怀念，却为何单单去怀念一只小母羊呢？或许是因为我和它的感情太深了，或许是因为它曾陪伴我度过了一段快乐的童年，或许是因为我过于多愁善感。也许都有吧。我想说的是，在我们成长的过程中，我们应该牢牢记住一些纯真的感情，不然，心灵的河流只会越来越干枯，甚至龟裂。人是有感情的，就让那些纯真的感情来充实我们空虚的心灵吧！

串门吃饭

　　城市里的邻里关系决不如农村融洽，这是毋庸置疑的。一个很有力的证明是，在农村，四邻八舍吃着饭也串门。

　　不定哪天家里人少了，吃饭时冷冷清清的。得，舀上饭扒上菜串门去！路上是边走边吃，到了邻居家则是边吃边说，热闹得很，饭菜似乎也香了许多。邻居家此时一般也正在吃饭，进门后的第一个话题肯定是你家吃什么我家吃什么。邻居家饭菜好了，可以就地提供"外援"。邻居家相中自己家的饭菜了，好说，舀去，把锅端来都行！因此，串门吃饭的好处是极多的，一是消除寂寞，二是可交流饭菜，三是融洽关系，等等。吃饭吃得像开会，这是城市里见不到的场面。

　　串门吃饭，农村一大独特景象。

关于书的故事

望着自己那么多喜爱的书，便时常想起小时候几个关于书的故事来。

大约小学四年级的暑假，我用自己的劳动挣得了几个零花钱。那时候还没有抗虫棉，农民们种的棉花常常会遭到棉铃虫的病害，打农药有时效果也不是很好，于是便常常得下地捉棉铃虫，俗称"逮蛆"。父母为了鼓励我劳动，便以每只虫子二厘钱的价格给予我奖励。于是，一天一天，在太阳的暴晒下，我便挣得了那几个零花钱。快开学的时候，我用自己挣的零花钱到县城买了那本早就看上了的《安徒生童话精选》，高兴了好些天，看了好几遍。

大约小学五年级的时候吧，有一次我到县城买了一本《鲁迅散文•诗全集》。大约那次还有别的事，因而花钱多了，便遭到了父亲的训斥，从傍晚一直训到天完全黑下来。其中有一句话我至今仍记得很清楚："就你，还研究鲁迅啊？！"

大约是小学六年级的时候吧，一天清早，母亲去了地里，让我在家做饭。那时天还早，我便拿出看了一半的《钢铁是怎样炼成的》看起来。由于入迷，便忘了时间，等母亲走进我的屋里我才反应过来。那时母亲怒火中烧，脱下鞋子便追着我打起来。那是皮底儿的布鞋，那白皮底儿打在我的背上发出刺耳的"啪""啪"的声音。那刺耳的声音，在我的耳边响了好些年。

我自小喜爱文学，大学读的是中文系，现在所做的工作也是文字工作。照此推断，我应该是在书香里度过童年的吧。然而，看了上面的关于书的故事，你也已经知道，其实不是的。小时候，我曾常常抱怨为什么自己没出生在书香门第。而对于父母类似于上述的做法，心里更是感到委屈。随着年龄的增长，对那些事便渐渐能平静、正确地看待了。我常常想，自己的童年已经过去，我所要做的，是万不可让孩子的童年再那样度过。我总认为，不管怎么样，也不能让孩子在读书、学习、教育上受到一点损失。因为，孩子，永远充满了无限的希望……

小妹

　　小妹其实是抱养的，我清楚地记得十六年前的那个傍晚小妹被爸妈接回家的情景。那时我正在家门口玩泥巴，一抬头看见爸爸骑着自行车到门口停下了，右胳膊抱着一个橙色的襁褓，里面就是小妹。

　　小妹小我六岁。哥哥、我和小妹兄妹三个人小时候整天吵吵闹闹，一个比一个嗓门高，似乎很是合不来。不过这也热闹，不像别人家里总是冷冷清清的。后来哥哥渐渐懂事不吵了，就只剩下我和小妹吵。我反对她痴迷地看电视和做那么多的布娃娃，她则坚决反对我对她的反对。这种状况直到哥哥当兵走后才彻底改变。

　　那天送走了哥哥，我和小妹都哭了。回家的路上，我一直紧紧地拉着小妹的手。从此，我们再也不吵了。爸爸上班妈妈种地，我和小妹就齐心协力地料理家务。小妹虽然还看电视还玩布娃娃，但从没耽误学习。

　　前年冬天，我也当兵了。那时我感到最对不起的就是小妹，我要是走了，家务活的担子就全落在了她那稚嫩的肩上，她还只是个十四岁的小姑娘呀！列车徐徐开动了，望着风雪中小妹单薄的身影，我再也控制不住自己，任凭眼泪在脸上肆意冲刷……

　　我走后，小妹的空闲时间就更少了。做饭，放羊，打扫屋子院子，全都是她的活。有时我打电话回去她正做饭，接电话时还得打断我的话去添柴火。有一次我在电话里问小妹还玩布娃娃吗，她说都这么大了，早不玩了，去年就把柜橱里的布娃娃清理掉了，不过电视还看。我说可不要耽误了学习，小妹说还用你说！放下电话，我的眼睛潮湿了。我一遍遍地在心里说：小妹已经不玩布娃娃了，小妹已经不再玩布娃娃了。我想念小妹，也想念小妹亲手做的那些布娃娃，那可是小妹一直以来的最爱呀……

　　小妹，你真的长大了……

转了一圈子

父亲在对待我上学和前途的态度上这几年转了一个圈子。这一个圈子，大约也算作是他在对社会和人生的态度上所转的一个圈子吧。

我上初中的那几年学习不大用功。其实也不完全是不用功，只是有些偏科，而且有几个课余的爱好罢了。其中的一大爱好便是军事。我和同伴最喜爱的军事报纸是《中国国防报·军事特刊》，而这种报纸在社会上是买不到的，只有父亲的单位武装部里有。那一阵美国和南斯拉夫正打得厉害，我和同伴急需那最新的《军事特刊》。然而父亲只是偶尔从单位里带几份报纸回来看，而且也不一定就有《军事特刊》。于是，我便不得不壮着胆子向他索要了：

"你单位里的《军事特刊》，能拿回来几份么？我很想看。"

父亲立刻皱了眉道：

"就知道看报纸，怎么就没见过你熬夜学习？！现在不用功，将来吃什么？不学习，就永远没有前途！"

这是我所料到的回答，然而仍是感到很失望，因为我是怀着圆满的希望向他索要的。我低低地"嗯"了一声，便悄悄地走开了。

高中毕业后我当兵去了，想在部队圆梦，然而没成功。退伍回来后，我想上大学。其实，是一直都想的。原先，父亲对于我在部队圆梦和上大学是同样支持的，可这次，他却极为顽固地反对起我了。他反对道：

"上大学出来，还不就是为了挣钱，和现在挣钱有什么区别？多少大学生都找不到工作，你上了也没有用的，何况你现在已有了工作，上大学根本没有可能！"

那时，我已在县地税局工作。

我也毫不相让地辩论道：

"没有扎实的基础，迟早要遭淘汰的，何况我喜欢文学，也有一点写作的特长，我得学中文！为了以后的工作，我也得上大学！"

父亲和我都是军人，我们真可谓是"两军对垒，各不相让"！矛盾上升到极点，父亲冲我喝道：

"你放弃吧，要是上学走，我就不认你这个儿子啦！"

我平静地说：

"我永不放弃！你看着吧，我一定能弄成！"

这之后，我便使出浑身解数去争取上大学的机会，一个个我发动起来的帮我做父亲思想工作的亲友如蜜蜂般地涌到家里对他进行狂轰滥炸，我还采取了诸多极得力的其他措施。不多日，他不大甘心地对我说：

"你，上学吧！"

于是我就上学了。

我打了一个大胜仗。然而我也知道，我胜利的原因源于父亲的父母之爱和善良。在法律上，他没有供我上大学的义务。

这之后，父亲就又开始支持我上大学了。似乎可以说，又回到了几年前的态度。然而，又毕竟有不一样的地方。他的支持，我争取得好苦啊！

我想，老父亲，你何必要转这么一个大圈子呢？天下人对于儿女上学和前途的两大对立的态度，你怎么全占了呢？你的改变似乎太快了吧。这太快源于什么呢？是因为社会的变化和思潮吗？

然而我又想，父亲这一圈子不会白转的，自会有它的价值的。就像日落日升，月缺月圆，总有它的价值的。至少，父亲对于社会和人生的认识应该更深刻了。

第五辑 戎装

怀念我亲爱的钢枪

现在，在这沉淀了世界上所有喧嚣的静静的深夜，在远方，在祖国边陲的一个小小的哨所，我的钢枪，也许正紧紧地握在它现在的主人的怀里，和他一起站岗，一同警戒。而我，在这静静的夜里，在这与它相隔遥遥数千里的地方，正以一个退伍老兵，一个它曾经的主人的身份，又一次无限深情地怀念起它……

对于一个战士来说，钢枪是他生死与共的战友，是他生命生死相连的一部分，从他们组成一个战斗体的那一刻起，他们的荣辱、安危和生死便紧紧地连在了一起。为了一份共同的责任，一个共同的使命，他们从茫茫的人海、枪林中走到一起，亲如兄弟，生死相依，这是世上、是生命中多么难得的一份缘分啊。而当战争来临，他们便一同奔赴那血与火的战场，共同沐浴炮火，一起经历死亡。钢枪永远无条件地忠诚于它的主人，战士永远不会松开他的钢枪，即使死亡。他们已经长成一个身体，无论谁失去谁都将失去战斗力和意义。战士与钢枪，他们生死在一起……

是的，钢枪是战士生死与共的战友。而对于哨兵来说，由于守卫任务的特殊性，钢枪对于他便在这生死与共之上又多了一层浓浓的亲密无间。空旷的边陲，孤零零的哨所，屈指可数的脸庞，寂寞如水的日子，这一切都使形影不离的钢枪对自己来说而变得更加重要。对于一个哨兵来说，他所拥有的，除了钢枪之外，便再也没有其他的什么了。枪是他唯一的也是最可信任的伙伴，是他无话不说的伴侣，是他最贴心的知己。走进了哨所，便注定要品尝世上所有的寂寞，然而拥有了钢枪，又注定拥有了一切……

想当初刚刚分到哨所的时候，我多多少少还有一些情绪，直到一个老兵紧紧地握着一把八一杠对我说："这是一个刚刚退伍的老兵的钢枪，它陪着他在这里度过了十二年的时光，从今以后，它就是你的了。"在那一刻，老兵的话深深地震撼了我，心中缠绕的情绪顷刻间烟消云散了。我庄严地接过了钢枪，接过了一份沉甸甸的责任，接过了一个十二年老兵的深情嘱托。在那一刻，一种崇高的使命感彻底地洗礼了我卑微的灵魂，也使我第一次意识到，原来枪也是有生命的，它是有灵性的。每一支钢枪都有它战斗的光荣历史，每一支钢枪都有它至高无上的崇高荣誉。轻轻地抚摸着被磨得锃锃发亮的钢枪，我在想，十二年，四千多个平淡如水的日子，老兵是怎么一天一天地走过来的呀，而这老兵曾经最亲密的钢枪，又该装着老兵多少的心情和故事啊。一种岁月的沧桑感和深深的情意让我感动，让我敬畏，甚至使我不敢做它的新主人，怕它怀念它曾经的主人，怕它对我产生抵触情绪而磨合不到一块。可是转念一想，又觉得自己的担心实在多余。枪是不会那样的，我低估了枪的境界。我把钢枪挎上肩头，便开始了自己站岗巡逻的绵长日子……

日子在立正与齐步中一天一天地流过，渐渐的我和我的钢枪已磨合得像一个人一般默契。然而与此同时，寂寞也像疯长的藤蔓一般蔓延过来，渐渐地爬满了生活的每一个角落。就像空气，无处不在，无时不有，使人烦闷而压抑。独自巡逻在曲曲折折的山道上，总是盼望着能够碰上一个陌生的人。时间一长，似乎产生了一种幻觉，感觉身后真的像有个人在跟踪着自己，于是走着走着便会突然大叫一声，抓起枪向身后做成一个刺杀的姿势，然而枪口对准的却是一个透明的失望。走一段，又是一声大叫来一个刺杀，然而迎接自己的依然是一个空落落的失望。折腾烦了，便冲着连绵的群山大喊大叫一阵。听着一波一波的山谷回声，似乎得到了些许的安慰。再后来，日子简直没法过下去了，寂寞常常压得我喘不过气来。这时候，是我的钢枪将我从困扰中解救了出来。一个平平常常的下午，我坐在草地上不紧不慢地向远处投着石子儿，一边投一边数着数。投累了，便又躺到草地上不着边际地乱想一些心事。偶然间，我的目光落在了我身旁的钢枪上，于是便又一次认真地注意起了被我忽略了许久的它。金色的阳光下，它静静地躺在草地上，然而却仍不显丝毫的懈怠。渐渐地，我又一次被我的钢枪深深地感动了。我的钢枪呵，它总是二十四小时警戒，无条件忠诚，时刻准备着执行它主人的号令，履行自己神圣的职责，绝不会有片刻和丝毫的懈怠。它是怕它的主人万一遇到危险或敌情而时刻不肯松懈吧，它是因为明白自己的重任而不肯放松哪怕一点点吧。一时间，我被我的钢枪深深地教育了。在我的钢枪面前，我自惭形秽。我又一次明白了自己责任的重大，头脑又一次变得清醒了。肩上的责任使我多了一分成熟与平静，少了一分烦闷与浮躁。我轻轻地抚摸着我的钢枪，把它紧紧地贴在我的脸上，就像抱着自己最亲的兄弟，久久不肯松开。从那以后，站岗巡逻的日子不再烦闷难耐……

　　日子久了，寂寞的生活里也开出了朵朵七彩的花。寂寞的时候，我便常常会去想象那个退伍老兵的故事。不，是我的钢枪在给我讲那个老兵的故事，讲他每一个平淡而又不一样的日子，讲他每一朵喜怒哀乐的心情，讲他站岗巡逻中发生的每一个故事。为了打发寂寞和使日子过得更有意义，我给自己定下了考军校的目标，从此哨所里和草地上便多了一个勤奋苦读的身影。后来，我还练习起了写作，在纸上编织起了自己五彩斑斓的梦。我写那壮美的边防，写那安详的哨所，写那淳朴而可爱的战友，写那沉默而忠诚的钢枪……因为有了意义，平淡如水的日子便变得阳光灿烂起来。而在我学习和写作的时候，我总会把我的钢枪带在我的身边。它似乎在督促我，鼓励我，为我加油。而每每望到它，我都会获得前进的无穷力量……

　　我的钢枪伴着我走过了两个四季的轮回，走过了六百多个不同色彩的心情。我和我的钢枪已经真正地长成了一个身体，我们已经谁也离不开谁。它时刻能感受到我跳动的脉搏，我也时刻能读懂它心灵的秘语。六百多个日子，我的钢枪与我同沐阳光共浴风雨，和我一起站成不倒的雕像，同我一起丈量祖国茫茫的边防。每一个白天与黑夜，每一个月圆与月缺，每一个春秋与冬夏，我的钢枪都与我形影不离，不离不弃，相知相依。酸甜与苦辣，喜怒与哀乐、欢笑与眼泪、收获与失落，我的钢枪都与我一同走过。中秋佳节淡淡的乡愁，除夕夜里浓浓的思念，钢枪与我共同咀嚼；失恋的痛苦，军考落榜的失落，钢枪与我共同承受；家信的温暖，拙作变成铅字的喜悦，钢枪与我共同分享……

日子在三尺哨台和茫茫边防线上安静地流过，不知不觉中我已成了一名老兵，也早已习惯甚至已爱上了以寂寞为伴、以钢枪为友的日子。直到有一天，一个战友说，我们该退伍了，我才陡然间意识到了时光的飞逝，意识到了我与我的钢枪分别的日子越来越近了。那些日子里，满是回忆与感伤。退伍命令宣布后，回到哨所，我依依不舍地卸下了自己的帽徽、领花和肩章。抚摸着跟了我两年的亲爱的钢枪，眼泪再也控制不住地扑嗒嗒地掉下来滴在它的身上。我知道，此时它也在流泪。我紧紧地抱着我的钢枪，和它哭成一团，久久无法抑制。待平静下来准备交枪的时候，我以无限深情的一吻告别了我最亲爱的钢枪……

…………

和钢枪在一起的日子，夜里睡觉的时候，它总是躺在我的枕边伴我入眠，为我警戒，睡觉时我总要摸摸它那刚健的身体，这已成了我寂寞生活中的一个习惯。刚退伍的那一阵儿，夜里睡觉时总会无意识地做出那摸枪的习惯性动作，然而抓住的不再是亲爱的钢枪，而是绵绵的无尽的思念……

站岗巡逻的日子里，我一直都有个愿望，那就是希望我的钢枪能完全不用警戒地舒舒服服地睡上一觉。它总是二十四小时警戒，无条件忠诚，时刻准备着执行我的号令。它太累了，它太忠诚了，忠诚得对自己有些残忍，忠诚得让我这个主人不忍心。我多想让它好好地睡一觉啊，哪怕让我三天三夜不睡，替它警戒。然而，这个愿望始终没能实现，而且注定永远不会实现。一支钢枪，从它握进第一个主人手中的那一刻起，便有了生命，有了灵性。从那一刻起，它便开始了二十四小时的警戒和无条件的忠诚，绝不会有片刻和丝毫的懈怠，直到生命和使命的尽头……

一支钢枪，它的一生要经历多少个主人多少的故事啊。每一支钢枪都有它战斗的光荣历史和至高无上的崇高荣誉，每一支钢枪都有它许多个亲切可爱的主人和数不清的难忘往事。我会常常担心我的枪。我常常在心里默默地念叨：我的钢枪呵，你不要多愁善感，不要在每一个静静的深夜怀念你曾经的每一个主人。好好地陪伴你的新主人吧，他每天都面临着生死，他需要你……

退伍已经两年多了，可是却始终无法忘记曾经最亲密无间的钢枪，对它的怀念浸透在每一个静静的深夜，偶尔还会做出摸枪的动作，常常会在心里和它说着知心的话。我也会经常感慨：在这嘈杂的社会里，在这茫茫的人海中，有谁能懂得一个退伍的哨兵对一支钢枪的怀念呢？

现在，在这沉淀了世界上所有的喧嚣的静静的深夜，在远方，在祖国边陲的一个小小的哨所，我的钢枪，也许正紧紧地握在它现在的主人的怀里，和他一起站岗，一同警戒。而我，在这静静的夜里，在这与它相隔遥遥数千里的地方，正以一个退伍老兵，一个它曾经的主人的身份，无限深情地怀念着它……

以此，写给我最亲爱的钢枪……

芳华已逝，初心不改

初秋的夜里，我又看了一遍电影《芳华》。这已经是我第四遍看《芳华》了，可每次看仍然会有强烈共鸣，仍然会数度落泪，并引起我诸多的感慨、回忆和思索。这是一部关于关怀、关于仰慕、关于心动、关于误解、关于失去的电影，电影以 20 世纪七八十年代为背景，讲述了在充满理想和激情的部队文工团里，一群正值芳华的青春少年经历的成长中的爱情萌动和充斥着变数的人生命运的故事。不论是何小萍的不幸遭遇还是刘峰的曲折经历，不论是萧穗子爱情的幻灭还是文工团的解散，都令人感慨，使人泪目。不论是《草原女民兵》、《沂蒙颂》，还是《绒花》、《驼铃》、《送别》，都让人怀想，勾人心绪……

青春，是一个令人怦然心动的词语，是每个人一生中最美好的一段芬芳年华，是充满理想、激情和追寻的珍贵时光，是一逝永不返的难忘岁月。正如《芳华》预告片里写的，青春是心境，是无边的憧憬，是恢宏的想象，是生命的深泉在涌流，是炽热的感情，是美丽的象征，是无穷的希望，是力量的绽放，是勇气的勋章，是你我的芳华。

我的青春岁月里，有着一抹最动人的绿。2003 年底，我告别校园，踏进军营，在北京的一个空军部队里开始了自己的军旅生涯。当兵时的铁血磨炼、战友间的真挚情意、生活里的酸甜苦辣、奋斗中的得失成败，都已成为我永久珍藏的记忆。从踏进军营的那一天，直到现在，我从来没有后悔过当初的选择，也必定永远不会后悔。生命里有了当兵的历史，一辈子都会感到珍贵。不论曾经怎样付出过、失败过、失去过，那段激情燃烧的经历，都已成为人生中无穷的宝藏。

作为在和平年代服役的战士，较之前辈，幸之又幸。

抚今追昔，掩面沉思。一直以来，我始终在思索着一个问题，但始终都有着明确的答案。这么多年来，在滚滚的市场经济大潮中，我见过形形色色的人，经历过各种各样的事，见过信仰的崩塌、道德的沦丧和人性的泯灭，也见过执着的坚守、不懈的努力和人心的善良。可喜的是，在污秽的浸染和利益的诱惑下，我始终没有迷失方向，没有失去自我。作为黄土地里长大的孩子，作为家中的第三代军人，作为一名共产党员，我的本色永远不会变。若有战，召必回。只要祖国需要，我永远愿意迎接属于我的那颗子弹。这种忠诚品格是深入骨髓、融入灵魂的。我始终觉得，不管社会怎么前进，时代如何变迁，有些东西是永远不应该变的，也是永远不能变的。在这一点上，或许我有点像电影中的刘峰，但我永远愿意做这样的人，一个始终坚守原则、底线和人格的人，一个始终心怀善良、永葆温度的人，一个始终坚守初心的人。这，就是我的深情告白。

年华易老，青春不再。芳华已逝，初心不改……

一把军号

在我书房的墙上，挂着一把锈迹斑斑的旧军号。无论是在何种境遇、何种心境下，只要看到它，我都会再次振作起来，获得前进的无穷力量。

我的爷爷是一名抗战老兵。他走的时候，我还没有来到这个世界上。他十五岁就参加了八路军，成为冀南独立团的一名战士。那些年，他跟着部队与日军、皇协军进行斗争，参加过邯郸一带的多场战役，多次立下战功，并光荣地加入了中国共产党。在他多年的戎马生涯中，经历的最惨烈的战役是解放肥乡战役。在那场战役的一次攻城战中，他主动担任先遣队长，带着先遣队员们抱着必死的决心誓要为大队伍杀出一条血路来。那天夜里战斗打响后，他们逆着枪林弹雨将梯子架上城楼，视死如归般向城楼上冲去。不少队员中弹牺牲，他也身受重伤从梯子上掉下来昏死过去。战斗结束后，不知何时他才苏醒过来。他忍着剧痛从城楼下的枣枝堆中爬出来，又拖着受伤的腿一步一步爬回后方，才得以获救。他的经历让我知道了战争的残酷，也让我对他钢铁般的意志敬佩之至。

我的父亲20世纪70年代走进军营，在驻津某部当了四年通信兵，练就了过硬的军事本领，并在部队入了党。退役几年后，因为军事素质过硬，他到我们当地人武部担任了民兵教练员，一干就是几十年。几十年来，在训练了一批批优秀民兵的同时，他也多次在上级军事大比武中取得骄人成绩。他认真负责，兢兢业业，为人民武装事业奉献了自己的青春年华。在2016年邯郸"7·19"特大暴雨洪灾中，他还被紧急派往灾区参加抗洪抢险。有一次，他冒着生命危险驾驶冲锋舟救下了21名被困群众。这，也成了他最骄傲的光辉往事。而他爱岗敬业、苦练专业本领的工作态度也深深地影响了我。

循着前辈的足迹，2003年冬，我也穿上军装，走进军营，成为一名空军战士。在军队服役的两年里，我认真站好每一班岗，努力练好专业技能，忠诚履行好一名战士的责任和义务。退役后，不管在哪个岗位，我都怀着敬畏之心，以军人本色做好每一份工作。业余时间，我也不忘文学初心，勤奋写作，努力写出令自己满意、对别人有益的文字。我知道，不是每个人都能做出一番大事业，但工作和写作都能使我感到价值和意义的存在。

挂在我书房墙上的这把军号，是父亲当年从人武部拿回来的一把废旧军号。小时候，我只是把它当作一个玩具。而随着年龄的增长，我越来越珍惜它，越来越感到它的象征意义的沉重。是的，它给我们家三代军人的精神传承提供了一个现实形象，使这种精神传承变得更加具体可感。为此，我专门把它挂在了我书房的墙上，使自己能时常看到它。每一次看到它，我都会获得无穷的精神力量，同时也使我更加坚定地将军人和前辈的品质保持、传承下去。看到它，就像是听到了嘹亮的军号声，听到了前辈的教诲，使我警醒，催我奋进。它的号声将吹彻我整个生命旅途……

军装情结

从小时候到现在，军装总也没走出过我的生活。

爸爸在县人武部工作，我是在军装的沐浴下长大的。幼小的我每当看到爸爸那身挺拔的军装，心里总会生出一种庄严、神圣的感觉。爸爸"啪"地给我敬了个军礼，英姿飒爽，这时我总是羡慕地问："爸，我啥时候也能穿上你那种衣服啊？"爸爸笑着对我说："等你长大了，当了兵，就能穿军装了！""什么是军装啊？""就是我穿的这种衣服——军人都穿这种衣服。""那什么是军人啊？""等你当了兵，你就成一名军人了，和我一样！"于是我就盼着快快长大，早点当兵，早点穿上那身神气的军装。

上中学后我当兵心切，每到征兵的日子，心里总会翻起一股股波浪。但为了完成高中学业，我不得不一次次地推迟那个激动人心的日子。虽然一时不能走进军营，但我对军装的感情却与日俱增。在街上看到穿着军装的战士总要回头望一阵子，心里有说不出的羡慕。还好，以我的个头总算能穿军装了，于是爸爸的几件旧军装我总是往身上套，最常穿的是上身迷彩服下身夏常裤。在学校我差不多是"半军半读"，常和同学们大谈军事风云，因而同学们赐我"旅长"这一光荣称号。记得那年冬天的一天我去人武部找爸爸，一个刚退伍的武警战士问我："你也是来报到的吧？"他竟把我当成了退伍兵，我心里煞是乐了一阵子——我身上的兵味原来这么浓啊！

2003年冬，伴着飘飞的雪花，我怀揣梦想踏上了从军路，也终于穿上了属于自己的军装。授衔那天我激动万分，真正成为一名军人，真正担负起了那份责任，也真正懂得了穿上军装意味着什么。在我的军装上，我看见了爸爸的嘱托。

在那些站岗值勤的日子里，军装总是和我一起沐雨露，顶风雪。在摸爬滚打中，迷彩服被磨破了。望着迷彩服上的破洞，我心疼得差点掉泪—

—这可是真正属于我的第一身迷彩服啊！已是第八年兵的老班长看出了我的心思，于是就和我拉开了话匣子，讲起了他的当兵经历和军装情结。八年来，他已穿破了五身迷彩服和四身常服，那些旧军装早已是布满破洞、洗得发白了。可那些旧军装他总舍不得扔，每身都是利用探亲的机会带回家，小心地锁在一个木箱里。老班长说："这军装我舍不得扔啊！军装穿得越久，感情就越深，就像自己的战友一样。可是，训练的时候我从不心疼军装。你要是训练时心疼军装，那你就不是一名合格的军人，你就违背了军装的心愿，你就贬低了军装的价值！"

从那以后，训练场上我再也不心疼军装了。

去年底老班长退伍了，而我却成了一名老兵。当初的那身迷彩服已磨出了十几个洞，常服也穿旧了许多，可我却更爱它们了。我更深刻地理解了老班长的那句话：军装是军人最忠诚的伴侣，军装上的破洞则是军旅岁月中最珍贵的纪念章！

我从不觉得军人的身份低微，也从不觉得军装寒酸。军装，我从没穿够过。每当我穿着军装行走在都市的大街上，我总是昂首挺胸地走出军人的风采。时至今日，商品经济的大潮汹涌澎湃、无孔不入，人人都在竭力争得一席立足之地。然而对此我只想说：军人永远都在，军装永远都有人穿！

岁月的流水冲淡了许许多多的记忆，冲不淡的是我的军装情结。

一副不同寻常的肩章

我一直小心地珍藏着一副空军列兵肩章，它有着不同寻常的经历。

爸爸在县人武部工作，我和哥哥从小就受了军装的熏陶，也从小就有了当兵的梦想。盼啊盼啊，哥哥终于盼到了高中毕业。2001年的冬天，哥哥终于如愿以偿地穿上了军装，实现了他那遥想多年的从军梦。告别了亲人和故乡，又经过近一天一夜的长途奔波，哥哥踏进了南昌市空军某部成为一名空军战士。经过三个月紧张的摸爬滚打之后，哥哥下到警卫连走上了哨兵的工作岗位。日日夜夜，风风雨雨，哥哥在平凡的三尺哨台上一站就是两年，直至他退伍的前一天。

哥哥当兵使我羡慕得不得了，但为了读完高中，我不得不一次次地推迟实现梦想的年月。对军营生活的极度向往使我一次次地拿起笔写信给哥哥，希望能通过他的描述使我进一步了解军营生活，体验一下当兵的感觉。但哥哥向来老实巴交，不善言谈，没能满足我的愿望。后来哥哥想出一个好办法，给我寄来了他的一副空军列兵肩章，这使我兴奋了好些日子。那副肩章我视为珍宝，整天揣在兜里，时不时掏出来仔细端详一阵。有时我还把肩章套在迷彩服上，站在镜子前我左看右看看不够。从那副天蓝色的肩章上，我仿佛看到了哥哥站岗值勤的情景，看到了那火热的军营生活。那副肩章凝聚着我们哥弟俩的手足情，也是哥哥辛苦一年的见证。

后来我才知道，军人是不准把肩章送给非军人的。哥哥那时为了送我一副肩章，满足我对军营生活的向往，硬是顶住了巨大的心理压力把肩章给我寄了过来，这也给他以后几个月的工作、生活带来了一些不便。那时他才是一名列兵啊！爸爸还为此埋怨了我好一阵子。

2003年冬，我也终于完成了高中学业。奔忙了一阵后，我终于拿到了梦寐以求的入伍通知书。而与此同时，哥哥也光荣退伍了。就这样，哥哥退伍后我们全家只团聚了十几天我就踏上了北上的列车，千里迢迢地来到了北京的这座空军军营。

也许我和哥哥生来就与哨台有着必然相遇的缘分，新兵下连，我竟然也握上了钢枪，走上了哨台。在那些站岗值勤的日子里，我常把哥哥的那副肩章佩戴在肩上。这是一种回望，更是一种激励，它时刻提醒着我站好每一班岗。

真正成为一名哨兵，才真正懂得了哨兵的苦与累。哨台是铁打的，不论冬夏不管雨晴都必须坚守岗位。冬天有刺骨的寒风鹅毛的大雪，夏季有炙热的骄阳烦人的蚊子。最重要的还是累。一班岗下来，腰也疼了腿也麻了。不知不觉中我开始埋怨，后来又产生了调走的念头。哥哥从爸妈那里得知了我的想法，当天就给我写了封信过来。我原以为哥哥会理解我，谁知信里竟写着这样的话：这点苦都吃不了还当什么兵？你丢警卫战士的脸，你不配要我那副肩章！

那天夜里我失眠了。我仿佛看到了哥哥顶风冒雨值勤站岗的情景，我感觉哥哥仿佛就站在我面前一声不吭地盯着我。我明白了，哥哥费那么大的劲顶住那么大的压力把肩章送给我，其实是想把一种责任传递给我呀！他知道我早晚都要当兵走的。一时间，我惭愧得无地自容，所有动摇的想法都四散而去。我在心里说：哥哥，我要继续站岗，我要对得起你送我的这副肩章，我要对得起身上的这身军装，我要对得起自己曾经的梦想！

第二天，哨台上的我军姿更挺拔了……

哥哥得知我的转变后又给我来了一封信，信里写着这样朴实的话：佩戴一天军衔，就当一天兵。当一天兵，就要尽一天责。军衔虽小，责任重大……这是一个退伍老兵最真切的心里话，也是对我们现役战士最深情的勉励啊！

想一想，这副肩章有着怎样不同寻常的经历啊！它曾伴着哥哥沐浴了一年南昌的阳光和风雨，而两年后它又陪着我沐浴了一年北京的阳光和风雨。这副肩章真是太幸运了！

而今我已是一名上等兵了，也早已服从组织安排走上了新的工作岗位，可我仍小心地珍藏着那副肩章。我知道，那副不同寻常的肩章，承载了太多太多的情愫和往事。

一种感情

爷爷是一名老红军。从我记事起，每到初秋国庆节前后的那一阵，由于国庆节的联想，爷爷便总会习惯性地怀起旧来，总会怀想起那些战争年月，怀想起那些曾经在一起并肩作战的或牺牲或活下来的战友们。那一阵，爷爷是深沉的，带着一丝的感伤。到了晚上，他便会把爸爸妈妈、哥哥和我都叫到院子里听他讲那些血与火的战争故事。爷爷靠在藤椅上不紧不慢地回忆着，讲述着，讲一会儿便抽一口旱烟，时不时地还会轻轻地叹上一口气。月亮升起来了，照在他那饱经沧桑的脸上，眼眶里的泪水被月光映得闪闪发光。我们都围坐在爷爷面前静静地聆听着，都沉浸到了爷爷的战火往事中，直到深夜……

一年又一年，爷爷的故事，我们从没有听够过……

九年前的那个冬天，爷爷，去了……

第二年的初秋，国庆节又一天天地临近了，可我们却都没有了爷爷的故事听。我们谁都明白每个人都会觉得不习惯，每个人心里都有着浓浓的伤感、怀念和一丝的不自在，可是谁也没有说，而只是沉默着，在心里默默地伤感着、怀念着、不自在着。一连好些天，我们都是这样，到后来我甚至感到有些压抑和紧张。到了国庆节的前一天晚上，爸爸终于忍不住了，吃晚饭的时候他决断地对我们说："吃过饭都到院子里，我给你们讲故事！"于是吃过晚饭，我们便都坐到院子里听爸爸讲故事，讲爷爷的故事，也讲他当兵时的故事。我们都入神地聆听着，心里涌动着一种难以说清的情感……

于是，我们家国庆节讲故事的习惯便延续了下来。爷爷和爸爸的故事，爸爸讲了一年又一年……

前年底，我和妻子结婚了，随之就搬到了城里。去年初秋快到国庆节的时候，我早早地就意识到了自己的责任，早早地就在心里复习起了爷爷和爸爸的故事，还回忆起自己当兵时的一些难忘的故事。国庆节的前一天晚上，吃过晚饭后我对妻子说，今天晚上我给你讲故事吧！妻子很诧异，说，讲故事？什么故事？我说，是爷爷的故事，爸爸的故事，还有我的故事，那些打仗的故事，当兵的故事。妻子似乎显出不耐烦的样子，然而我却以我的宽容与耐心使她很快就沉浸到了爷爷和爸爸的故事中。妻子默默地聆听着，眼里闪着感动的泪光……

我想，等我们有了孩子，我想我会讲得更加投入、更加陶醉的。我期待着那一天的到来……

如今，国庆节又一天天地临近了，那些难忘的故事又开始在我的心中涌动了……

在这个喧嚣的年代，或许常常有人会问：社会发展到了今天，人人围着钱转，人们对于祖国、对于军队的那种朴素的感情还存在吗？我要说，存在，永远都会存在。就像我们家，当这种感情成为家族的一种传统、化为亲情的一部分时，这种感情便再也无法从你的生命中分离了，而且还会一代一代地传下去，直到永远。没有这种感情，爷爷也不会让爸爸去当兵；没有这种感情，爸爸也不会让哥哥和我去当兵……

人世间，有些感情，与时间无关……

国庆节又要到了，爷爷，你在那边还好吗……

军旅岁月里的激情回忆

过久了从家到单位的两点一线的生活，感觉自己就像是被圈在了一个永远也走不出去的圈子里，常常感觉不到年轻人本应有的激情了。是老了吗？没有啊，我还不到三十岁啊！可是，我的激情都到哪里去了呢？

在这个夕阳渐渐西沉的春天的傍晚，我翻开一期《青年文摘》，看到了20世纪七八十年代我国对越自卫反击战前线的一组老照片，总题为《老山记忆》。扑簌簌的眼泪滑落之际，我也不禁回忆起自己的军旅岁月，回忆起那些难忘的激情经历……

还记得在哨台上站岗值勤时的情景。冬天里寒风怒吼，夏日里烈日当空，然而挺拔的军姿却始终没有一丝动弹。尽管两个小时的一班岗下来，腰也酸了腿也痛了，然而在哨台上时却绝不会放松一丝一毫。记得一天下午执行总部首长车辆调整任务，背对着炽热的烈日站在哨台上，在等待的安静的时光中，我看到了地上自己清晰的影子。那等待的时光是安静的，我们的军姿也是安静的，然而这安静里却凝固着我们挑战身体极限的坚持与忍耐。而那烈日下的安静的时光，也永远地镌刻在了我的灵魂之中……

还记得体能训练时的一次次挑战。那天下午到底跑了多少公里，不知道，只知道跑了整整一个下午。待终于跑到了最后的终点，我们一个个都瘫倒在了地上。有一次拉单杠，在班长和战友们的鼓舞呐喊下，我硬是拼尽最后一丝力气拉了三十六个单杠，创下了自己也是全排的单杠纪录。从单杠上落下来躺在地上，仰望着那蔚蓝的天空，我有一种永远也不想动的感觉……

还记得去新疆驻训时的情景。誓师大会上，沸腾的热血奔涌在每一个年轻的身体里。在体温表要放在水中保存的五十三度的沙漠高温环境中，我们扎营、生存、训练，一次次地挑战着生命的极限。那时最美、最幸福的时光，就是那一个个夕阳西下的美丽的傍晚……

忘不了那数不清多少次的紧急集合。那年春天由于政治局势紧张，作为应急机动作战部队的我团时刻处于高度紧张的战备状态，一天几次地拉紧急集结号。每一次紧急集结号响起的时候，我们都不知道是在搞战备训练还是真的去战场。也许每一次背上背囊跑出连队都是与老连队作最后的诀别，也许每一次跑向训练场都是奔赴那血与火的战场。在那紧张的步伐声中，我更深刻地明白了战争的含义，明白了军人的责任……

忘不了庆功会上和会餐时举杯痛饮时的呐喊。一桌上的战友站起来端起满满的酒杯，大家准备好后同时预备道："一——二——"，然后深吸一口气同时喊道："啊——"，直至喊得血管暴涨脸发紫没有了一点气儿才一饮而尽。这长长的呐喊声喊出了军威，喊出了士气，喊出了浓浓的战友情。而若是老兵退伍前的告别宴，这一声长长的呐喊声之后，一张张平日里刚强无比的脸上却早已是道道热泪……

忘不了深夜在被窝里打着电筒爬格子时的情景。白天训练没时间，因而夜里的时间便格外珍贵。闷得热得出了汗，用毛巾擦一擦。指导员来查铺了，迅速卧倒作沉睡状。尽管白天眼睛常常肿得像桃子，日子久了不免憔悴，但当看到自己的文字终于变成了铅字，在无比喜悦无限欣慰的同时，心想：这一切，值了……

　　…………

从火热的往事中走出来，我顿时感觉自己年轻了五岁。望一望窗外，这个世界也年轻了五岁……

最后一个军礼

回望自己两年的军旅历程，我又一次充满了激情……

我对于军装的热爱和向往，其实远不止是因为爷爷、爸爸和哥哥都是或曾是军人的缘故，更多的是来自于自己对于军人吃苦精神和奉献精神的深刻理解。2003年冬，我终于如愿以偿地穿上了军装，来到北京空军某部成为一名解放军战士！

第一年，我在团警卫排站岗。在空军部队里，警卫是最苦的，冬天有刺骨的寒风簌簌的大雪，夏天有炙热的骄阳恼人的蚊子。最重要的是累。两小时长的一班岗站下来，腿也酸了腰也疼了，身体虚弱得要命。然而我深知，这才是一个军人对部队、对祖国实实在在的奉献，也是锻炼自己的最好机会。我认真地站好每一班岗，从没有抱怨过。即使后来有了调走的机会，我也自愿放弃了。我是一名警卫，我是一名哨兵，我为自己的职业而感到骄傲，感到自豪！

第二年，按照部队的老传统，我们这些刚成上等兵的警卫们被分调到各个连队搞军事装备。到了新的连队、新的岗位，我并没有放松自己。在干好自己本职工作的同时，我还利用自己的特长协助连队文书出板报，协助连干写材料。其实，我也成连队文书了，只是没有文书头衔而已。除此之外，业余时间我还坚持读书、写作、投稿，三月份的时候竟然在《空军报》上发表了自己的处女作《哨兵》。从此，对于写作我更加一发不可收拾。从那时到退伍前的多半年时间里，我不仅在《空军报》上发表了作品，还在《解放军报》和《战友报》上发表了作品，两首诗歌还在全军"中华魂"征文活动中获得优秀入围奖。我想，这也算是自己对部队的一点点贡献吧！

我一直都想留在部队长期干下去，因此那年考军校名落孙山后我就决定争取留队。我是一直都有这个目标的。可是，那年恰逢部队编制调整，我和许多想留队的战友都没能实现留队的梦想。在连里，连干和老兵们对我的评价是相当高的，一个老班长还说我是连里同年兵中素质最高的一个。他们都想让我留下来，可我的岗位和部队的需要决定了我不能留下来。大家都为我感到遗憾，我也深感惋惜、依恋和伤心。那天连长宣布完退伍人员的名单后我回到宿舍卸军衔、帽徽和领花，望着陪伴了我两年的军衔、帽徽和领花，我再也控制不住自己的感情，深情地吻向了它们，滴滴热泪掉在了我还没有穿够的军装上……

在临走前那最后的几天里，杨树叶正簌簌地落得厉害，连里打扫卫生的人手很紧，我没有像其他老兵那样出去游玩，而是和大家一块去扫树叶，打扫卫生。临走前的那个晚上联欢会开完后，我把自己负责的电脑房彻彻底底地打扫了一遍，之后又把自己的宿舍彻彻底底地打扫了一遍。只要在部队一分钟，我就要把自己的工作干好……

在连里，我和副指导员的关系一直很好，这不仅是因为工作上的关系，更是因为我们有许多共同语言。他是一位好领导，正直、和善，对我特别好，我们建立了没有上下级关系的深厚友谊。我走的那天早上，正好是他送兵。在火车站的站台上，我们久久说着道别的话。他让我回到老家后依然保持军人的吃苦精神和优良作风好好干，相信我一定能干出一番事业来。我频频点头，永远记住了他的话。后来，火车启动了，我上了火车，和他挥手告别。这时，我突然意识到自己不该向他挥手告别，而应该向他敬军礼，用我们军人的礼节和他告别。于是，我迅速立正，向副指导员敬了个标准的军礼。而副指导员则立正向我敬了个更为标准的军礼……

火车开动了，我们用军人的礼节做着最后的、无声的告别，直到我们谁也看不到谁了。我缓缓地放下右手，在心里默默地说：别了，副指导员；别了，我战斗了两年的部队；别了，我的军旅历程……

然而，我又想，这最后的一个军礼不仅是一个结束，更是一个新的开始，我将永远保持军人的吃苦精神和优良作风，去走我前面的人生路……

我的母亲是军人的母亲

我的母亲是军人的母亲，她的两个儿子都是军人。

父亲在县人武部工作，我和哥哥从小就受了军装的熏陶，也从小就有了当兵的梦想。而母亲，对军人、对军队的感情我想也是深厚的，尽管她从未说出口过。

2001年，哥哥高中毕业，他要去当兵。听了哥哥的想法，母亲沉思了片刻，但最后只自言自语地说："去吧，锻炼锻炼也好，也算是咱家又为国家出了一份力。"多少深情和依恋，多少矛盾与斗争，都凝结在这句自我安慰的话中了。

哥哥当兵走的前些天母亲就为去不去送哥哥而左右为难起来。她想去送哥哥，那是她养育了十九年的儿子啊！可她又怕去了会掉泪，掉了泪会让哥哥长久地牵挂。就这样，母亲考虑了三四天还是没决定下来，直到哥哥走的前一天晚上她才终于下定了决心。她对就要离开这个家的哥哥说："永峰啊，我就不去送你了。你看家里一切都好，到部队打个电话回来就行，有你爸和你弟在家呢！"哥哥走的那天天阴沉沉的，母亲真的没去送哥哥。当我和送行的乡邻从暮色中归来，却看见母亲独自躺在床上抽泣。那一刻，我的喉咙又一次难受到了极点……

2003年，我也高中毕业了，我对母亲说我也想去当兵。大儿子当兵还没回来，二儿子又想去当兵，这对一个母亲来说是一个多么艰难的选择啊！我理解母亲，但我更想去当兵，因而才对母亲说出了我的想法。然而我做好了失败的准备，即使母亲不同意我当兵我也能理解她。因为，若是两个儿子都当兵去了，种地没了助手不说，光对儿子的思念就是平常的母亲所难以承受的。然而，母亲仍默默地同意了，没说一句自己的难处。尽管我当兵前半个月哥哥退伍回来了，但他很快就到了市军分区工作，又一次穿上了军装，又一次与母亲相隔遥远。

　　我走的那天雪花飘飞，瘦小的母亲挤在人群中一遍遍地叮嘱我路上要小心，到部队好好干。当送兵的汽车隆隆响起来的时候，我陡然感到了时间的宝贵，于是赶紧在人群中寻找母亲的身影，然而却没有找到。霎时间我明白了：刚才母亲一直忍着没掉泪，现在肯定是控制不住了，但为了不让我看到她的泪眼，就到别处去以泪洗面了……

　　太阳底下，母亲一人在地里辛勤地劳作，累了就停下来捶捶腰；寂静的夜晚，想起了儿子，于是就拿出两个儿子的照片仔细地端详，一不小心泪点竟滴在了照片上……一年多来，这样的场景常常浮现于我的脑际。每当此时，也正是我最想念母亲的时候。母亲是伟大的，而军人的母亲则是最伟大的，因为她们的儿子是军人，她们注定要比平常的母亲牺牲得更多。我在心里说：母亲，不必忧伤，您的儿子是军人，您是军人的母亲。军人的母亲是最幸福的母亲，因为每个军人都是她的儿子！

　　我的母亲，是军人的母亲……

家中有个兵老爸

老爸是县人武部的参谋，是个名副其实的老兵，我常常叫他兵老爸。

兵老爸排行老三，当年在天津当有线通信兵，练得一身好绝技。退伍后，兵老爸做过豆腐、卖过葡萄、种过西瓜、收过鸡蛋，还和母亲亲自动手烧砖盖房，年轻时的创业经历相当曲折、丰富。后来，兵老爸参加县人武部组织的民兵训练，因专业本领突出被领导发现，之后就留在人武部当临时民兵教练，再后来就转了正。

兵老爸雷厉风行、乐观幽默，很有军人气度。训练场上指挥几百号民兵，威武、严肃，不是将军胜似将军。我的头发长了，他总会说："像什么话！国民党军队啊？"

兵老爸很爱他的那身军装，爱军队，爱国防。这么多年，他从未买过一件便服。上班穿军装，下了班上地干活就换上旧迷彩。兵老爸常给我们讲部队里的一些有趣和感人的事，使我们都深深地了解了部队，理解了军人，爱上了军装。谈起他的当兵经历和民兵训练，他更是兴味盎然、滔滔不绝，加上感叹词、动作的配合，简直就是在播讲一部激烈的长篇评书。

兵老爸极富有生活情趣，兴趣多多。与乡邻们谈起武器装备、军事风云，用"口若悬河"这个词来形容一点也不为过，是一个相当专业的军事迷。兵老爸还喜欢养花，院子里全是他种的苹果树、冬青、月季，俨然一个果园加花园。兵老爸不能驰骋疆场过一把打仗的瘾，象棋就成了他的最爱。每每晚饭吃过，他总要约上棋友布阵对弈，直至三更。

兵老爸对工作向来踏踏实实、认真负责。上级交给他的任务，他一定认认真真地完成。这么多年来，在我的脑海里，他冒雨上班、摸黑回家的记忆数也数不清。

兵老爸，我的兵老爸！

哥哥当兵走的那阵子

哥哥当兵走的那阵子是我永远也忘不了的。

穿上了军装，哥哥有说不出的激动，多年的梦想终于变成了现实。但同时，也免不了有一丝的沉重。离开亲人，离开故乡，这一去就是两年。哥哥又是老大，他深知他去当兵父母的担子又会加重一些。因而，哥哥穿上军装的那几天我没有见过他笑。

父亲当民兵教练多年，很有军人气魄，是个名副其实的老兵。儿子去当兵，他给儿子唯一的礼物就是教他喊口令。他说军人的儿子就要像军人，像不像军人首先就看你口令响不响。在麦地里，在寒风中，父亲喊一声洪亮的口令，哥哥跟着喊一声。父亲指出不足，让他重喊，一遍，两遍，三遍，真不知喊多少遍才能过一个口令。这是哥哥穿上军装后上的第一堂军事课。

儿行千里母担忧。哥哥即将奔赴几千里外的军营，母亲心里有千万个不舍，但当兵是儿子从小就有的梦，她不能阻挡儿子去圆梦呀！那几天母亲心事重重，她一直在为去不去送哥哥而左右为难着。哥哥当兵她当然想去送一送，那是她养育了十九年的亲儿子呀！可母亲偏偏又多想了一步，她担心自己到时会掉泪，掉了泪会让哥哥长久地挂念。犹豫来犹豫去，她终于下定决心不去送哥哥。

哥哥走的那天天阴沉沉的，下午又飘起了雪花，更添一抹离情别绪。傍晚我赶到家里时，只见母亲独自坐在床头抽泣。那一刻我的眼泪再也控制不住，扑簌簌地掉下来，为哥哥，更为母亲。母亲的坚忍和对儿子的理解让我感动，让我感动得掉泪。

那时我正读高一，父亲和母亲怕耽误我的功课，都不让我去送哥哥，可我执意要去。我在学校寄宿，一星期回家一次，那个阴沉沉的星期天我打听好哥哥星期三走后恋恋不舍地离开家奔向学校。星期二下午我顾不得雪大路滑，骑上自行车往家赶，谁知到村口时竟听一个乡邻说哥哥下午就走了。原来，我返校后送兵日期提前了一天，我赶到家里时哥哥已登上南下的列车轰隆隆地开赴南昌了。

我到家后不久，送行的亲戚和乡邻就回来了，我看见小妹的眼睛红红的。哥哥向来比我疼爱小妹，此时看着小妹，我又明白了自己的一份责任。

哥哥虽当兵走了，但我们一家人的心在那时却紧紧地连在了一起⋯⋯

哥哥当兵走的那阵子，我永远也忘不了。

当兵一年

从小就想当兵的我是怀着满腔激情踏进军营的。新兵连里不怕苦不怕累，处处争第一。班长任命我为班副，新兵连结束时还被记嘉奖一次。

新兵下连我被分到警卫排成为一名哨兵。我喜欢这份工作。我总以为，哨兵虽苦虽累，但当兵是来奉献的，付出的越多当兵的价值就越大。爸妈找关系想把我调到别的连队学技术，然而我放弃了。尽管他们二老有些生气，但我却没有为自己的选择而感到后悔。

哨兵是辛苦的，夏天有蚊子骄阳，冬天有寒风雪霜。在哨台上握枪立正，一班岗下来，腰也疼了，腿也麻了。然而我仍热爱着这份工作，年轻人吃点苦算什么，现在的苦就是将来宝贵的人生财富。不经历风雨，怎能见彩虹？

不知不觉中，当兵已一年了，我也即将离开这个哨所奔赴新的工作岗位了。说真的，心里真有点不舍。舍不得钢枪，舍不得哨台；舍不得哨所，舍不得战友。

新兵下连那天一个新战士喊我一声"班长"，我又惊又喜又慌，忙对他说我不是班长，可又想不出更合适的称呼，只是觉得心里虚得很。

是啊，当兵一年了。这一年里有收获有失落，有眼泪有喜悦。忘不了第一次穿上军装时的感觉，忘不了第一次往家打电话时的呜咽；忘不了和战友们的朝夕相处，忘不了钢枪哨台哨所。

爸妈来信问：当兵当够了吗？我说没有。想留队吗？我说想。我热爱这身军装。

其实，留不留队并不重要。然而这段当兵的历史是无论如何也无法从我的生命中抹杀了。

高原红

　　时间已是八月底，正是青藏高原阳光最炽烈的日子。此时，在高原上的一个边陲哨所，一名略显消瘦的哨兵，正身着迷彩服，背着钢枪，迎着火辣的阳光在哨位上执勤警戒。下午的耀眼的阳光斜斜地照下来，将他笔直的影子投射在身后，与哨所的影子保持着平行。他目不转睛地注视着辽阔的边防线，坚毅的目光严肃而专注。他的脸颊上是两朵紫红色的高原红。这两朵高原红，是两年的风吹日晒，是两年的忠诚戍守，是两年的无悔青春。

　　这几天，他多次主动替战友执勤，不让替都不行。战友们怕他吃不消，纷纷劝他换岗休息，却一次次地被执拗的他坚定地回绝。战友对他说，整天这么晒着，脸上的高原红会恢复不好的，退伍回去找对象都难。但他还是不动声色，倔强地独自值守。

　　站在哨位上，他禁不住回想起两年前刚分到哨所时的满腹怨言，想起已经退伍的班长对他讲的故事，想起这个哨所的传统和精神，想起自己对哨兵这份神圣职责的崇敬和热爱……

　　明天，他就要脱下军装，永远离开这个哨所了。这天晚上，站完最后一班岗，他在日记里写下了落满泪滴的一行字：我想让这两朵高原红消退得更慢一些，我想让高原的阳光在我脸上停留得更久一些，更久一些……

哨兵的寂寞

哨所偏僻，偏僻得难以见到哨所以外的人。哨所人少，少得打扑克玩都凑不够。这里的哨兵很寂寞。

什么是寂寞？

寂寞就是长年驻守在一个小小的哨所里，以哨台为伴，以枪为友；寂寞就是昨天面对的是这几张脸，今天面对的仍是这几张脸，明天面对的还将是这几张脸；寂寞就是终于盼得一封家信，读了一遍又读一遍，今天读了明天还想读，直至将家信读得软如水、破如网。寂寞是哨兵最大的难题，艰苦劳累与寂寞相比，都显得微不足道了。

然而，寂寞也有珍贵的馈赠。这里远离喧嚣的闹市，远离金钱的诱惑。没有利益纷争，没有钩心斗角。在这里心灵能变得纯净如水，还可以看到时间的影子，以后的人生路上可以少几声人生苦短的感叹。

这里的哨兵虽寂寞，但不空虚。身为军人，心系天下，卫国戍边，无上光荣。身后，是全家人的支持和亿万同胞的感激。家人来信问：寂寞吗？回信说：这里的战友都很活泼，不寂寞。首长来了，说：寂寞吧？回答道：一人寂寞，万人安宁，值！

日子久了，这里的哨兵已渐渐适应了寂寞，甚至喜欢上了寂寞。是的，寂寞不是哨兵的冤家，而是哨兵的朋友。

绿色的旅程

从小就有个绿色的梦，那就是当兵。去年年底，这个梦终于成为现实。穿上绿军装的我格外激动，常站到镜子前欣赏自己的英姿。伴着飘舞的雪花带着家人的千叮咛万嘱咐，我来到这千里之外的绿色军营，开始了我绿色的旅程。

走进火热的新兵连，我激情满怀。训练场上不怕苦，打扫卫生抢着干，表演节目自告奋勇，处处争第一。班长任命我为班副，于是我的干劲更大，整天忙忙碌碌日记都顾不上写。这些付出的回报是我能力的提高和新兵连结束时被记嘉奖。

新兵下连我被分到警卫排，成为一名神圣的哨兵，从此开始了自己的站岗生活。哨兵是辛苦的，夏天要顶烈日抗蚊虫，冬季要迎寒风战风沙，然而我没有怨言。我想，我不站岗谁站岗？站岗虽苦，但更光荣。正因为哨兵辛苦，我才更热爱这份工作。当兵本就是来奉献的，付出得越多当兵的价值就越大。就这样，以哨台为伴以枪为友，我站了一年的岗，绿色的旅程也走过了一半。

绿色的旅程，一生中只能有一次，我会踏踏实实地走过后一半的。

每当我走在雄壮的绿色方阵里，听着那震撼人心的口号和歌声，我就会热血沸腾。那一刻，我体会到了军人的豪迈。每当我持枪军容严整地站在哨台上，我就会无比激动。在那长久的沉默中，我感受到了军人的忠诚。军人，这就是军人。

我总以为，自己只是普普通通的一兵，只是军队钢铁长城里再普通、再渺小不过的一块砖。可是，钢铁长城却少不了这一块砖。每一块砖都有它的具体位置、具体作用，少了哪一块都不行。因此，我总是为自己能拥有这身军装而骄傲。

家信里，母亲问：当兵后悔吗？我说，当兵是我自己的选择，遗憾是有，但说不上后悔。当兵不一定后悔两年，但不当兵一定后悔一辈子。

　　绿色的旅程，说长也短。绿色的旅程，无限珍贵。生命中有了这绿色的旅程，一辈子都不会后悔。

绿色的树

我喜欢绿色。绿色给人以希望和精神的振奋，充满了无限的生命力，而且美丽、纯净。没有绿色，我们的世界和人生将变得无比单调而懒散。

我喜欢绿色的树。这不仅是因为他的绿色，更因为他的默默奉献的精神。他在一处扎根，便以此处为家，终生默默无闻地奉献。他净化空气，防风固沙，与诸多的自然破坏因素顽强地抗争，永无止息地维护着自然界生态的平衡。然而，他却无怨言，不彰功，无所求。没有绿色的树，我们的这个世界将不堪想象。

在我们中华民族的土地上，还有一种世上最崇高的绿色的树，他们是我最敬重的一种树。他们为了我们祖国的和平与安宁，舍弃了自己和家人的无限幸福。哪里需要他们，哪里就有他们顽强挺拔的绿色身影。山沟里，大漠中，高原上，大海中，他们在每一个祖国需要的地方深深地扎下根，顶酷暑、冒严寒、抗缺氧、吃大苦，无怨无悔，坚韧不拔。他们是无处不在的树，他们是四季常绿的树，他们是永远不倒的树！他们，是我们中华民族的脊梁！他们，就是中国军人！

向你们敬礼，我最敬重的绿色的树；向你们敬礼，我最敬重的崇高的树！

悠悠的军号

悠悠的军号从硝烟弥漫的战场传来。我看见爷爷手握三八枪勇猛地冲锋陷阵，眼中的怒火吓破了敌人的胆，杀敌的吼声震碎了敌人的骨。冲，杀，杀，冲……

悠悠的军号从那朴素的年代传来。我看见了爸爸那矫健的身影，那个口号最响的分明是他，那个练得最猛的分明是他。枕戈待旦，时刻准备着。敌人胆敢侵犯，坚决把他消灭净！

悠悠的军号从高高的机关楼顶传来。起床，洗脸，集合，报数，我又开始了新的一天。训练场上我不怕苦和累，理论教室里我超、拼、赶，现代战争，高科技是铁拳！祖国人民请放心，只要我们在，敌人休想得寸土！

悠悠的军号，伴我成长；悠悠的军号，总使我遐想；悠悠的军号，世上最美的旋律……

我是一个兵

哦，穿上了军装，我是一名军人了！新兵连里，训练场上我不怕苦和累，打扫卫生我抢着干，拉歌比赛我吼声震天，表演节目我自告奋勇，处处争第一。因为，我是一个兵！

后来，在日复一日的工作、生活中，对待工作我学会了持之以恒，对待批评我学会了虚心倾听，对待摩擦我学会了退让一步，对待挫折我学会了卷土重来。因为，我是一个兵。

而现在，军装已穿了数个春秋。对待奉献我有的只是沉默，对待荣誉我有的只是微笑，对于新战友我学会了如何照料，对于家庭我已懂得了什么叫责任。因为，我是一个兵。

是的，我是一个兵，我是一个兵！

当兵首都

当兵首都，是与众不同的；当兵京都，是幸运的。

进京的梦想，最初产生于刚上学时画着天安门的课本上。自体检、政审后定下兵来，我就开始了日思夜盼。呵，我就要进京了，我就要成为京都的一名解放军战士了！多年的梦想即将圆，心中的激动与憧憬是无法言说的。

从北京南站走下火车来到军营，我便开始了真正的军营生活。

京都的军营，是庄严的；京都军营的纪律，是严明的。尽管不能马上登上天安门，但也另有许多与众不同的地方。

站岗值勤，一侧是纯净的军营，一侧是飞驰着无数车辆的高速公路和无限繁华的都市生活。此时，突然就有了一种神圣的使命感：一夫当关，万物莫进，绝不能让一丁点的社会流毒与浮躁溜进军营！

当兵京都，可常见到高层首长和领导。每逢高层首长和领导来视察、慰问，对部队来说都是一件大事，而作为迎接首长的哨兵，自己心中更是无比地激动。首长车辆来到，打放行手势，转身，敬礼，激动得热血沸腾、脊背发麻，那感觉是终生难忘的。

当兵京都，最重要的是可以领略北京的繁华、文化底蕴和气质。

在北京，我曾登上神圣的天安门眺望广阔的天安门广场；我曾行走在颐和园中体验秀美的山水和清王朝的建筑与文化；我曾站在中华世纪坛的顶峰眺望对面雄伟的北京西站和四周的京城；我曾徜徉在文化积淀深厚的北京大学里体味浓浓的中华文化气韵；我曾移步在北京图书大厦的书海里感叹人类知识的丰富与文化的深厚；我曾漫步在北京宽阔、庄严而繁华的街头，在熙熙攘攘的人流中感受京都人的生活……

首都的许许多多的事物都是全中国唯一的，当我去亲近、去体验它们的时候，我不能不想到中国，我的心胸不能不为之开阔，我的灵魂在不知不觉中就升华了……

北京，你的气质已融入了我的骨髓……

当兵首都，是与众不同的；当兵首都，是幸运的，是我一生的幸运！

第六辑 素笺

夏书

学姐六毛：

　　近好！久未通信，甚念。

　　自前年夏天分别后，已有两年未能谋面。如今又到夏天，便又怀想起南昌和大学生活来，继而便又想起了学姐你，想起了小温、继宏和吴松，想起了我们几个共同读书写作的风雅时光。我们老校区所在的湾里区，不知桂花是否已经在开第一季花？不知宿舍楼旁的泉水是否依然在淙淙地流淌？不知山上翠岩禅寺的钟声是否依旧在学校上空空灵回荡？不知山间氤氲的水汽是否还是那样潮润清凉？毕业数年，作为我的第三故乡，魂牵梦萦的南昌时常闯入我的梦境。尤其是山水湾里，那里的桂花香，那里的泉声和钟声，那里的水汽，仿佛都已浸到了骨子里，恐怕此生永远也忘不掉了。未毕业时我便构思过一篇写湾里的散文《湾里印象》，然而数年过去，一直未能成行，实在惭愧。日后，我定会尽快写出，来纪念湾里，纪念我的大学时代，纪念我们的难忘时光。

　　除了湾里，我更加怀想的，倒是我们几个人的风雅时光。那时，每到周五晚上，我们便会带上自己一周来的新作和糯米酒、南昌小吃到吴松的风雨斋里小聚，互评作品，饮酒作诗，大谈文学，直到月儿偏西，山气微凉。那样的时光，随着毕业季的到来，已然不再。毕业至今，大家甚至没能齐聚过。那些文事，对于现在的我们来说，皆成奢望。

　　毕业后的这几年，在老家，在现实生活中，曾经桀骜不驯的我已按部就班地步入到了世人的常规生活轨迹，工作、结婚、生子以及锅碗瓢盆和风雨奔波。这其中，有欢笑、有眼泪、有收获、有失落。人生的百般滋味，品尝了不少，也增加了不少人生的积淀。然而毕业后的这几年，心中始终有一种孤独的感觉，一种孤立无援的感觉。虽有那么多的亲朋好友，却总感觉像是一个人在走，在一条荒凉的路上前行。我思来想去，这大约是因为少了你们陪伴的原因吧。不知你有无此感。文人在一起，才不孤单。

这次写信，我想着重探讨一下关于经济与文学的取舍问题，或者说是时间与文学的取舍问题，想对此谈谈自己的一点看法，并希望能得到你的回复。

如今的社会，生活压力异常地大，生活节奏异常地快，红尘滚滚，利欲熏心，人人都在为金钱而疾步如飞地奔波。但即便这样，钱好像还是挣不够。人们工作，加班，甚或还要在主业之外再谋一个第二职业，几乎想把二十四小时全用在挣钱上。这样的结果，是人们的业余时间少了，享受生活的时间少了，幸福指数实在难以提升起来。这样的结果于我们，便是读书写作的时间少了，创造的时间少了。然而，尽管现实如此残酷，但我始终认为，决不应该因为金钱而失掉所有的人生乐趣。我固执地认为，人不是金钱的奴隶，金钱应该听由人来支配。挣钱是没有尽头的，而人生却只有短短几十年。在这几十年里，我们应该享受人生，应该提升生活品质，应该做些有意义的事。用金钱来换生命，是很得不偿失的一件事。在一天的时间里，在一周的时间里，在一月、一年的时间里，我们都应该抽出一部分时间来做一些自己喜欢做的事，做一些自己感兴趣的事。这样到死时能够说，我这一生没有全部献给金钱。如此，生活方为生活，人生方为人生。如此，生活才算自然，人生才算圆满。现实想逼迫我们将生活和人生变得不正常，对此，我们应该反抗，应该做自己的主人，使自己过正常的生活，享正常的人生。

话虽这样说，然而我又何尝不是常常深陷于这种取舍的纠结之中呢？说起来容易做起来难，这就是理想与现实之间的距离。发现这个问题是第一步，找到解决问题的办法是第二步，解决了问题是第三步。只有走完这三步，人生的修行才算修成了正果，人生的境界才能豁然开朗。而这个问题，不知我还要背多久。

留校任教后，由一个学生转变为一名老师，不知你是否已经适应？有许多年轻学生的相伴，生活应该充满朝气和欢声笑语吧？遗传了你的才华，小麦多是不是格外的聪慧呢？

　　书信将止，忍不住又怀想起大学时光来。我非常佩服你的凝聚力和号召力，当年总能组织起一些有趣的活动来。那些时光很开心，很诗意，很难忘。今后如有机会，我们几个一定还要同游、同写，互赏、互评。

　　夏安，不尽。

学弟永涛

二〇一四年初夏

雨天书

文君:

　　来信收悉,提笔祝好。

　　你的来信,给我忙碌而平静的生活带来了不少的情趣。在这个互联网时代,能收到一封自远方寄来的纸质的信,对于谁而言都显得弥足珍贵。在由草木制成的纸上,写下只属于一个人的个性的字,然后装进一枚精致的信封中,写上一段长长的路程和一个人的名字,然后再盖上一个凝固了时间的邮戳,经由若干双手和若干天的时光邮寄到对方手中,是一件很怀旧而雅致的事。一封古朴的信,使生活的情趣扑面而来。而说到情趣,就不能不提到知堂先生。知堂先生是很有情趣的一个人,他笔下的喝茶、茶食、乌篷船、野菜等等,无不充满着浓浓的生活情趣。比如说起喝茶,他这样说:喝茶当于瓦屋纸窗之下,清泉绿茶,用素雅的陶瓷茶具,同二三人共饮,得半日之闲,可抵十年的尘梦。喝茶的情趣中,含蕴了别样的生命体验。生活平淡,不可没有情趣。

　　炎炎七月,想必你已经放暑假了吧。教师这个职业是很不错的,除了工作环境相对纯净,甚少需要勾心斗角外,更重要的是有寒暑两个假期的馈赠。一切生命都需要休息,生理上需要,精神上同样需要。于是,一天结束要睡觉,一周结束要过周末,一年里要休年休假。而我们这漫长的一生里,是不是也应该有一个长长的假期呢?但这长长的假期,又在哪里呢?

　　这次来信,你主要谈了你对文人的一些看法,并且表明了你不想做文人的态度。对此,我也想谈一点自己的粗陋见解,姑且作为探讨。

　　信的开始,首先我要推掉你信中对我的一个称呼——散文大家。我只是一个散文作者,称不上散文家,更称不上散文大家。用闲散的文字在纸上排出长长短短的句子,是一种乐趣,一种热爱,也是一种需要。正如有人需要抽烟，有人需要喝酒，写作于我而言，也只是一种普通的爱好而已。人生苦短，不可没有喜好。

至于文人，《现代汉语词典》上的解释是指会做诗文的读书人，还有别处的解释是指会写文章或写过不少文章的读书人。我比较赞同《现代汉语词典》上的解释，是指会做诗文的读书人。会做诗文说得很明确，即会创作文学作品。单单会写文章，或者写过不少文章，还不能称作文人，因为这些文章的内容、形式都没有明确，也可能是新闻、公文或论文。如果写的是新闻，那么这个人应该称作记者。如果写的是公文，那么这个人应该称作职员。如果写的是论文，那么这个人可以称作专家或学者。这些人都不能称作文人。

你在信中说你不想做文人，原因大致可以概括为两点：一是因为做文人太苦，需要学习，需要积累，需要坚持写作；二是因为做文人需要坚守，需要担当。你不想做文人，大约也可以说你有点怕吃苦，也有点怕担当。你是一个女子，这些想法也是一个女子正常的想法，对此我表示理解。然而，我总是认为，或者我期望，作为一个文学爱好者，在文学上还是应该有所追求的。在艺术水平上要不断求得进步，在思想深度上要不断进行拓展，以使自己的作品分量越来越重，价值和意义越来越大，从而能够更长久地流传下去，源源不断地带给读者阅读的享受和精神的力量。一个真正的作者，一个有责任感的文人，应该不断提高自己的创作水准，并且坚守信仰，担当道义，以一颗纯净的心，为文学，为人类精神世界的建构做出自己不懈的努力。

而无论你愿不愿意做一个文人，当你写作到一定程度的时候，你就会在不知不觉中自然而然地成为了一个文人，不管你承认不承认。我们不应刻意去充当文人，要个空名，也不必刻意去回避，整日诚惶诚恐。一切努力便好，顺其自然。如果做一个完美的文人感到沉重，也不妨少一些担当，多一些纯粹的艺术元素，抑或是自娱自乐，这也未尝不可。

以上只是我的一点粗陋见解，用以探讨。偏颇、谬误之处，还望批评指正。

　　这次回信的时间有些长，因为我觉得，雨天的书信应当雨天回，这样才更接近来信的情韵。于是，便多等了几日，终于撞到今天这个淅淅沥沥的雨天闲日给你回信。延误了时日，在此表示歉意。

　　夏日炎炎，善自珍重。

永涛

二〇一四年荷月

秋书

斌杰兄：

久不通函，至以为念，今夜提笔，见字如面。

前几日接到你的电话，我甚是意外，甚是惊喜。粗略算来，我们至少有两年多没有联系了吧。在这微凉的仲秋时节，老同学的电话是颇能使人感到温暖的。这不免又使我怀念起了大学生活。那时，我们一同上课，一同写作，一同探讨，一同出游，该是怎样充实而又诗意的生活。只可惜，生活的河流从来都是湍急地向前涌流，从来没有倒流的机会。当年作为班里"四大才子"的继宏、吴松、你我以及我们的学姐六毛，如今也都栖居五地，散落天涯海角，各自为生，各自在世俗的生活里过着近于世俗的日子。想到这里，不免心生一丝无奈的慨叹。有什么办法呢，有些东西一生中只能有一次，有些美好只能用来回忆。除了释然，别无他法。

近几日，连绵不断的秋雨带来了一场场的凉，秋意更加浓了，秋天愈加深了。天气转凉，心就趋于平静，容易使人回顾和总结。碰巧接到你的电话，便使我难免对大学毕业以来的生活历程回头看一看。

大学毕业后的十年里，工作方面，我先到企业里做事，后来当过一段记者，再后来先后到几个单位干起了专业写材料的"刀笔小吏"，直至今日。这虽也算是文字工作，但却与文学毫不相干甚至背道而驰，并且十分劳心费神，没日没夜，苦不堪言，使我欲逃离而不得。生活方面，我依着世俗的规则和程序，结婚，生子，在小小的县城里过着小人物的日子，慢慢从青年走向中年，进行着带有宿命感的轮回。

世俗是不容易打破的，在世俗的生活中人得变得平凡一点，至多做一个外圆内方、外俗内雅的人，否则就会碰得头破血流。但是，我始终认为，世俗不等于庸俗，平凡不等于平庸。这么多年来，不论在世俗的人世间怎样随波逐流，我始终没有抛弃自己挚爱的文学，没有放弃自己对文学的追求，没有忘记自己的初心，这是唯一使我感到欣慰的。不论工作再忙，生活再琐碎，我总是想办法挤出一点时间来写点东西，努力使自己离梦想更近一点点。对此，我对周围的人的解释是，我这是忙里偷闲、苦中作乐、自娱自乐。当然，由于时间少和惰性的原因，我写的也并不算多，因而每年年底回顾时都会陷入深深的自责与忏悔之中。但是，总算还没有停止写作。

这些年里，渐渐的，你们四个人都先后停止了写作，这使我感到些许的失落和孤单。此后的文学路上，我们五个人里，就只有我一个人单枪匹马地前进了，再没有人和我一起探讨文学、相互鼓励了。这种孤单，我想你们是能懂的。

从我内心来讲，我还是希望你们能重新拾起笔来写作的，哪怕是一点点随性的文字。因为再随性的文字，也都会闪现作者思想的光芒，带着作者情感的温度。只要还在写，心灵就不会苍白，灵魂就不会孤独，希望就不会迷失。一个人的堕落是从不读书开始的，一个作者的平庸是从不写作开始的。我们的青春芳华与文学相伴，我们曾经是文学青年，文学就是我们的初心，希望我们永远不要忘记自己的初心，永远与文学相守。不管世界何等纷扰，世事何等难料，生活何等无奈，我们都应该始终保持内心的那份淡定与从容，热爱着自己的热爱，执着着自己的执着，快乐着自己的快乐，幸福着自己的幸福。

初心，就是自己的梦想，就是自己最初的选择，最初的所爱。往大了说，只要我们每个人都能不忘初心，都能坚守自己的梦想，都能为自己的梦想不懈努力，那么这个世界就会充满蓬勃向上的力量，就会充满无限的可能性，每个人的人生都会变得更有意义，世界也将变得更加美好。我等待着这样一群人，我期待着这样一个世界。

灯下絮语，不知所云，遥寄同窗，纸短情长。
就此止笔。秋安，不尽。

永涛
二〇一九年桂月

晚秋书

继宏兄：

提笔问好，见字如面。

转眼间，已是深秋时节，心境亦随之不同起来。秋天是一片风景，也是一种意境，一种心境。它落定了嘈杂、浮华与嚣尘，平静重新回归这个世界。夜里，一个人走在回家的路上，暗淡的灯光下，冷风萧索，秋叶翻飞，脚步声稀，使人难免生出一丝淡淡的落寞来。如果一年的时光是一场戏剧的话，那么春天应该是开幕，夏天应该是高潮，秋天就应该是落幕了。而漫长的冬天里，只有彩排，没有演出。该落幕的终究会落幕，然而落幕之后不一定有演出，这似乎是一种人生的常态。站在落下的幕布前，即使刚才的戏剧再好看，也必然是要散场、要回家的，那种空落落的感觉，应当也是生命中不可或缺的一种体验。

人生在世，有几个人能完全按照自己的意愿去生活呢？被上帝抛到世间的芸芸众生，大都戴着一副看不见的枷锁在奔忙劳碌，疲于奔命。想到这些，黯然神伤之余，竟也看开了一些，也多了些继续走下去的勇气。是的，既然已经走到了秋天，那么剩下的路依然要走下去，哪怕前面的冬天里没有演出，哪怕依然是形单影只，哪怕冷风更冷，秋雨拍打。在秋风秋雨中执著前行，是一种情境，一种意境，一种心境，一种境界。

我还觉得，在人生的路上，不仅要不断地往前走，还要走得稳，走得好，走得充实，走得不心虚，走得有意义。不管喜欢做什么，还是从事什么职业，都应该热爱，都应该认认真真地做好，在自己的专业领域努力做到更好，做到最好，争取有所建树。碌碌无为、平平庸庸的人生，最要不得。在人生的路上，热爱着自己的热爱，执着着自己的执着，哪怕苦些累些，也是一种幸福。

写到这里，方才明白过来，这次写信其实并无要事，也无主题，貌似自言自语，实则胡言乱语。只是觉得大学时的同窗好友了解最深，才想到找你排遣一下苦闷，回忆一下过往的快乐罢了。如若扰乱了你的心绪，还望见谅。

　　得知你即将成婚，我也感到甚是欣喜快慰。为你高兴，为你祝福。此后的人生路上，你将看到更多的风景，收获更多的快乐。同时，也期待你继续用手中的笔，去记录、分享你精彩的人生。

　　夜长而梦短，纸短而情长。秋安，不尽。顺颂文祺！

永涛

庚子年菊月

冬书

斌杰兄:

久未通信,提笔祝好。寒冬腊月里,见字如暖阳。

时间是世上最奇妙的东西,它能带走太多太多,而又那么悄无声息。还没来得及多看几眼缤纷的秋光,转眼之间就走到了冬天。正如我们还没在大学时代里痛快地挥霍青春,忽然之间就进入了中年。几多沧桑,几多感慨。个中滋味,各自品尝吧。

走在冬夜里,行于寒风中,冬意在向每一个毛孔侵袭。我想起以前,一个人行走在冬日的旷野里,大地都冻得裂开了口子,空中飘浮着浓浓的雾气,树枝上挂满雪白的雾凇。那无边无际的寒冷使人感到疼痛,孤单,凄凉,容易使人想起自己人生中的至暗时刻,使人无比地向往温暖,向往家,向往人与人之间的温情。所以,我不喜欢冬天,不喜欢寒冷。但我又总是觉得,冬天虽然寒冷之至,但却又是不可或缺的。它在使人寒冷、疼痛的同时,也让人清醒、冷静,叫人多一些生命的体验和人生的思索。它那么严酷地降临到这个世界上,用冰冷而坚硬的事实告诉我们一些世界和人生的真相,让我们不得不直面冷酷的世界和惨淡的人生。不管我们喜不喜欢,愿不愿意,敢不敢,我们都必须面对现实,面对自我。不管主动,还是被动,我们都必须修炼出自己强大的内心。否则,连一个四季的轮回都走不到头。

然而,冬天,又绝不是一个静止、停滞不前的季节,更不是一个死亡的季节。漫长的严冬里,洞穴里的动物们没有死,而是在冬眠,等待着春雷的讯息;大地上的植物们没有死,它们只是落下了叶子,结下了种子,等待着来年的生发;大地上的人们更没有死,而是在休养生息,并计划着未来。冬天不仅没有摧毁世间的生命,反而磨砺了生命。经过了寒风和霜雪的洗礼，所有的生命变得更加坚韧、执着、旺盛。并且，漫长的严冬，催熟了更多温暖、明亮、多彩的梦想。冬天，不是在展现寒冷，而是在孕育春天。

写到这里，本来阴郁的心里，竟也多了些温暖和希望。那么，就让我们各自向手中哈哈气，搓搓手，捂捂脸，然后继续走前面的路吧。人生的路上，有时候需要自己温暖自己。

写信本无事，自言以慰之。满纸唠叨言，但愿未扰君。

冬安，不尽。顺颂文祺！

永涛

庚子年寒月

仲夏书

兰竹兄：

仲夏时节，又入汛期，天气闷热。在这烦躁难耐的夏夜里，一个人走了许多的路，心中的躁动方才平息了一些。走在路上时，想了一些事，梳理了一些思绪，总想找人聊一聊，第一个便想到了你。但此时已是子夜，不便打扰，忽然就想到了用书信这种古老的方式倾吐一下，向你传达一下我的思想，也在纸上留下自己的心迹，聊以自慰。

我们的相识，与许多文友的相识一样，都起源于文字。我觉得，在这世上，文字应该是最至真至纯的媒介了。君子之交淡如水，文友之间，又何尝不是呢？写作的人，相互之间都有一种惺惺相惜的情意，这也是为什么大家喜欢在一起的缘由。

在我们这些文朋诗友当中，我年龄算是偏小的，只不过在文学圈里多跑了几年龙套而已，没什么实力可言。以前文学圈里的前辈、老师、兄长，有的已经离开了这个世界，有的早已放弃了写作，有的至今仍在坚守。我也没有想到，作协的接力棒会这么早交到我的手中。在这之后的日子里，我始终诚惶诚恐，惟恐自己的创作水平不能服众，惟恐自己的组织能力不能胜任，怕为大家搞不了更好的服务，怕耽误了我们肥乡的文学事业。因此，我始终在努力，尽心尽力组织一些有意义的活动，扩大影响、浓厚氛围、发掘人才，帮助大家积累素材、提升水平、发表作品。一路走来，虽然我遇到了不少的困难，承受了不少的压力和委屈，但我仍然乐此不疲。同时，在繁忙的工作之余，我还得坚持创作，为给大家带个好头，带动大家一起创作、共同提高，共享成功的喜悦。虽然我做得并不好，但我一直在努力。

从古至今，文人都是自视清高的，文学圈里也有相互抨击、恶意攻击的恩恩怨怨，常常弄得两败俱伤、各自消散，把本就不大的文学圈搞成一盘散沙，伤了和气，坏了风气，也阻碍了文学事业的繁荣发展。我觉得，这是中国文人的一种劣根性，是传统文化中的糟粕。我有一个愿景，那就是以更宽广的胸怀团结更多的作家，相互学习、互相激励、彼此温暖、抱团创作，真正让文学圈里的风气清朗起来，让更多的力量凝聚起来，让文学事业繁荣起来。我们已经进入了新时代，该与不良风气告别了。我是这么想的，也是努力这么做的。虽然我做得还不够好，但负责作协一年多来，我遇到了不少的好前辈、好老师、好兄长、好弟妹，当然也包括你在内。对你们，我是充满感激的，没有你们的帮衬，没有你们的支持和付出，就没有已经取得的可喜成绩，也没有如今的良好局面。以后的日子里，仍然少不了你们的大力支持，还望一如既往地给予帮助。文学事业不是一个人的事，也不是几个人的事，而是所有作家共同的事业，需要大家的共同努力。在文学的道路上，我愿初心不改、始终如一，也愿我们永远携手并肩、相向而行，共同迎来百花齐放的文学的春天！

笔至此处，返观所写，自知是一派胡言、一厢情愿。但是，这又何尝不是愚弟的一片心意、一个心愿呢？

夏安，不尽。顺颂文祺！

愚弟：永涛
庚子年榴月

人生本诗意

——散文集《人生无处不诗意》后记

人生，是一趟很诗意的旅行。童年时，有无比纯真的心灵；少年时，有无限热切的梦想；青年时，有执著前行的脚步；中年时，有阅尽人世的成熟；老年时，有看淡一切的从容。

一年四季，也是一个很诗意的轮回。春天，有万物复苏的生机与朝气；夏日，有淋漓尽致的热情与舒展；秋季，有丰富多样的景致与收获；凛冬，有充满希望的积淀与孕育。

一日时光，也是一次很诗意的流转。清晨，有喷薄的日出和全新的世界；正午，有炽烈的激情和极致的辉煌；日暮，有绚烂的晚霞和归巢的喜悦；夜里，有如水的月光和长久的安宁。

不仅是在时间上时时有诗意，在空间上也处处充满诗意。家里有安静和温馨，途中有回忆和遐想，远方有风景和天地。

诗意，本就存在于世界的角角落落和生命的全过程。正如德国诗人荷尔德林的著名诗句："人，诗意地栖居在这片大地上。"只是由于生活的仓促和灵魂的粗糙，到如今，才至于不得不去寻找诗意，或者说是找回诗意。找回，本就属于我们的诗意。

人生，本诗意。

诗意，超越了诗歌，逾越了文学，跨越了艺术，突破了文化。因为诗意，本就是生活里的一丝精神愉悦，人生中的一次感动感慨，生命中的一回感悟顿悟。诗意不局限于文学，不局限于美学，不局限于哲学，它是与世界同在、与生命共存的美，一种大美。

人生无时不诗意，人生无处不诗意。只是，它需要被发现，被营造，被升华。需要我们放慢脚步，静下心来，擦亮眼睛，去发现，去感受，去体悟。诗意可以是人生中的美好，可以是生活中的琐事，可以是旅途中的一抹时光。我用眼睛去发现美，用心灵去感受美，然后试着用文字去记录美、描摹美、搬运美，试图用文字呈献给读者更多的美好。如今，我将这些美好的过往归拢梳理，收于一集，取名"人生无处不诗意"，作为继《土生土长》之后的第二部散文集推出。

在我追求文学的道路上，在此书成书的过程中，得到了许多人的支持和帮助。除了父母家人外，还要感谢许多人，如李书平、薛路、张帅奇、胡波、武社军、殷现宗、殷帅、郝占波、曹志江、李涛涛等等，不再一一列举。

诗意无穷尽，文学无止境。此书的出版又是一个句号，但它不会是最后一个句号。让我们怀着对文学的热爱、敬畏与虔诚，静待花开……

郑永涛

二〇二三年十一月十五日